AF553388

# विदेश रिपोर्टिंग
## सिद्धान्त और व्यवहार

रामशरण जोशी

राधाकृष्ण प्रकाशन

ISBN : 978-81-8361-003-2

**विदेश रिपोर्टिंग : सिद्धान्त और व्यवहार**



**पहला संस्करण** : 2005
**पहली आवृत्ति** : 2022
**मूल्य** : ₹ 495

**प्रकाशक**
राधाकृष्ण प्रकाशन प्राइवेट लिमिटेड
जी-17, जगतपुरी, दिल्ली-110 051

**शाखाएँ** : अशोक राजपथ, साइंस कॉलेज के सामने, पटना-800 006
पहली मंजिल, दरबारी बिल्डिंग, महात्मा गांधी मार्ग, प्रयागराज-211 001
36 ए, शेक्सपियर सरणी, कोलकाता-700 017
वेबसाइट : www.radhakrishnaprakashan.com
ई-मेल : info@radhakrishnaprakashan.com

**मुद्रक**
बी.के. ऑफसेट
नवीन शाहदरा, दिल्ली-110 032

VIDESH REPORTING : SIDHANT AUR VYAVHAR
Edited by Ramsharan Joshi

# विदेश रिपोर्टिंग
# सिद्धान्त और व्यवहार

# दो शब्द

रिपोर्टिंग या समाचार संकलन पत्रकारिता की एक बहुआयामी विधा है। लेकिन यह विधा दैनन्दिन पत्रकारिता की रीढ़ भी है। इसके अभाव में पत्रकारिता निर्जीव लगेगी। जटिल से जटिलतर व तकनीक प्रधान होती पत्रकारिता में रिपोर्टिंग की स्थिति भी इससे भिन्न नहीं है। रिपोर्टिंग, चाहे राजनीतिक या संसदीय या आर्थिक या ज्ञान-विज्ञान या खेल की रहे, आज सभी का विशेषीकरण हो रहा है। एक वक्त था जब एक ही संवाददाता राजनीतिक और गैर-राजनीतिक 'बीटों' (रिपोर्टिंग क्षेत्र) को एक साथ कवर किया करता था। लेकिन समय बदलने के साथ-साथ इसमें भी परिवर्तन आया है। आज बड़े-छोटे अखबारों में राजनीतिक व वैदेशिक मामलों, रक्षा मामलों, आर्थिक मामलों आदि के लिए स्वतन्त्र विशेषज्ञ-संवाददाता रखे जाते हैं।

प्रस्तुत पुस्तक में अतिविशिष्ट व्यक्तियों (वी.वी.आई.पी. : राष्ट्रपति, उपराष्ट्रपति, प्रधानमन्त्री आदि) और वैदेशिक मामलों की रिपोर्टिंग विधा के सम्बन्ध में व्यापक जानकारी देने का प्रयास किया गया है। इस विधा को व्यवहार से भी जोड़ा गया है। यह व्यवहार इस लेखक की वी.वी.आई.पी. की राजकीय विदेश यात्राओं और विभिन्न देशों के घटनाचक्र के व्यापक कवरेजों पर आधारित है। इस अनुभव आधारित पुस्तक में 'वी.वी.आई.पी. व विदेश रिपोर्टिंग' का कोई क्रान्तिकारी सिद्धान्त प्रतिपादित नहीं किया गया है। लेकिन इस विधा की प्रक्रिया को पूरी तरह से खोलकर रखने का प्रयास अवश्य किया गया है : 1. इस विशेषीकृत रिपोर्टिंग की प्रक्रिया क्या है ? 2. कौन-सी व्यवहारात्मक समस्याएँ हैं ? 3. रिपोर्टिंग की तैयारी कैसे की जानी चाहिए ? संवाददाता से क्या-क्या अपेक्षाएँ हैं ? और विदेश यात्रा एवं घटनाओं के कवरेज में किन-किन बातों को ध्यान में रखा जाना चाहिए ?

वास्तव में वी.वी.आई.पी. और राजनयिक मामलों की रिपोर्टिंग का स्वयं का एक व्यापक व जटिल संसार है क्योंकि 15 अगस्त, 1947 के पश्चात एक स्वतन्त्र राष्ट्र के रूप में विदेशों के साथ भारत के दौत्य सम्बन्धों का कई गुना विस्तार हुआ है। भारत का जहाँ न्यूयॉर्क स्थित संयुक्त राष्ट्र में एक स्थायी प्रतिनिधि होता है वहीं इसके विभिन्न देशों में राजदूत या उच्चायुक्त भी होते हैं। इसके अतिरिक्त अन्तरराष्ट्रीय स्तर की घटनाओं में भारत की महत्त्वपूर्ण भूमिका भी कम-अधिक रहती है। गुटनिरपेक्ष आन्दोलन के उत्कर्ष काल में भारत की भूमिका प्रायः निर्णायक रही है। द्विध्रुवीय व्यवस्था या शीतयुद्ध के काल में भी भारत ने 'शक्ति सन्तुलन' की भूमिका निभाई थी। आज

बहुआयामी भूमंडलीकरण के दौर में भी भारत की भूमिका कम चुनौतीपूर्ण नहीं है। पड़ोसी देश चीन और पाकिस्तान के साथ सम्बन्धों का सामान्यीकरण; आतंकवाद का मुकाबला; दक्षेस आन्दोलन में भूमिका, एकल ध्रुवीय शक्ति व्यवस्था के दौर में राष्ट्रीय सम्प्रभुता को अक्षुण्ण रखना; एशिया और अफ्रीका व दक्षिण अमरीका के देशों के साथ द्विपक्षीय सम्बन्धों को प्रगाढ़ बनाना आदि ऐसी चुनौतियाँ हैं जिनको समझने के लिए संवाददाता को विशेषीकृत व्यावसायिक दक्षता से लैस होने की जरूरत होती है। दौत्य सम्बन्धों के विस्तार के कारण भारत के अतिविशिष्ट व्यक्तियों की राजनयिक विदेश यात्राएँ भी स्वतः ही महत्त्वपूर्ण हो गई हैं। अतः वी.वी.आई.पी. बीट से सम्बद्ध संवाददाता का उत्तरदायित्व भी पहले से अधिक बढ़ गया है। उससे यह अपेक्षित है कि वह नई वैश्विक और क्षेत्रीय प्रवृत्तियों की समझदारी से पूरी तरह लैस हो, और भारत की विदेश नीति व उसके लक्ष्यों का उसे पुख्ता ज्ञान हो।

प्रस्तुत पुस्तक को दो भागों में विभाजित किया गया है। प्रथम भाग में विदेश रिपोर्टिंग और वी.वी.आई.पी. की विदेश यात्राओं की कवरेज प्रक्रिया पर विस्तार से प्रकाश डाला गया है। यह भी बतलाया गया है कि राष्ट्रपति या प्रधानमन्त्री की मीडिया पार्टी के लिए पत्रकारों का चयन किस प्रकार किया जाता है ? और यात्रा से पूर्व किस प्रकार की औपचारिकताओं व तैयारियों को पूरा करना आवश्यक है ? पुस्तक का दूसरा भाग विदेश-यात्राओं के व्यावहारिक कवरेज से सम्बन्धित है। विधि, व्यवहार और अनुप्रयोग के संश्लेषण से इस विशेषीकृत रिपोर्टिंग को ठीक से समझने व सीखने में मदद मिलेगी।

**—रामशरण जोशी**

# विषय-सूची

# भाग : एक

*सिद्धान्त*

# विदेश रिपोर्टिंग के आकर्षण

अक्सर अन्तरराष्ट्रीय समाचार संकलन (फॉरेन रिपोर्टिंग) को काफी आकर्षक, ग्लैमर से भरपूर और अर्थ-उपजाऊ माना जाता है। औसत पत्रकार की आकांक्षा रहती है कि वह अन्तरराष्ट्रीय मामलों की रिपोर्टिंग करे या विभिन्न देशों की घटनाओं की रिपोर्टिंग के लिए उसे बाहर भेजा जाए। यदि राष्ट्रपति या प्रधानमन्त्री या किसी अन्य वीआईपी की विदेश यात्रा कवरेज के लिए उसे भेजा जाता है तो यह उसके लिए गर्व की घटना होती है। विदेश रिपोर्टिंग में सबसे बड़ा आकर्षण विदेश यात्रा और अतिरिक्त अर्थोपार्जन का रहता है। संवाददाता की यह भी कोशिश रहती है कि उसे किसी प्रकार विदेश में नियुक्ति मिले। निश्चित ही विदेश नियुक्ति के दौरान रिपोर्टिंग करने से उसे दो प्रमुख लाभ मिलते हैं : पहला लाभ यह है कि पत्रकार की अपने व्यावसायिक और सामाजिक क्षेत्रों में छवि का ग्लैमरीकरण होता है; उसकी सामाजिक व व्यावसायिक हैसियत में वृद्धि होती है और उसके अनुभवों का विस्तार होता है; और दूसरा लाभ यह है कि विदेश नियुक्ति से पत्रकार की आय में कई गुना वृद्धि होती है। जब वह विदेश नियुक्ति से स्वदेश लौटता है तब उसके पास धन का खासा सुरक्षित कोष रहता है। क्योंकि विदेशों में विदेशी मुद्रा में ही वेतन की अदायगी की जाती है। इसलिए औसत पत्रकार चाहता है कि उसे विदेश रिपोर्टिंग के अवसर मिलते रहें।

परराष्ट्रीय मामलों की रिपोर्टिंग को मोटे रूप में निम्न ढंग से प्रस्तुत किया जा सकता है : राष्ट्रीय राजधानी में रहकर भारतीय विदेश मन्त्रालय और विदेशी दूतावासों की घटनाओं का समाचार संकलन। इन घटनाओं की रिपोर्टिंग के लिए संवाददाता को सर्वप्रथम अखबार या चैनल के ब्यूरो का सदस्य होना पड़ता है। वैसे दिल्ली से प्रकाशित सभी दैनिकों के अपने ब्यूरो होते हैं जिसमें जरूरत के मुताबिक कार्य का विभाजन किया जाता है। एक-एक संवाददाता के पास तीन-चार तक मन्त्रालय रहते हैं जिनमें विदेश मन्त्रालय भी रहता है। विदेश मन्त्रालय को अति महत्त्वपूर्ण व संवेदनशील मन्त्रालय के रूप में देखा जाता है। इसलिए काफी अनुभवी संवाददाता को ही विदेशी मामलों के कवरेज की जिम्मेदारी सौंपी जाती है। विदेश मन्त्रालय के प्रवक्ता द्वारा मीडिया के लिए रोजाना 'मीडिया ब्रीफिंग' की जाती है। इस ब्रीफिंग से संवाददाता को हर रोज विविध घटनाओं की जानकारी प्राप्त होती है। इन जानकारियों के आधार पर खबरें तैयार की जाती हैं इसलिए अनुभवी संवाददाता इस ब्रीफिंग में नियमित रूप से उपस्थित रहना

जरूरी समझता है। इसके अतिरिक्त राष्ट्रीय राजधानी स्थित विभिन्न देशों के दूतावास भी खबरों के प्रमुख स्रोतों में से एक होते हैं। विदेशी मामलों को नियमित रूप से कवर करनेवाले राजनयिक संवाददाता प्रमुख देशों के दूतावासों के सम्पर्क में नियमित रूप से रहते हैं। प्रायः विदेशी दूतावास रात्रि भोजों या कॉकटेल पार्टियों (शराब पार्टियों) का आयोजन करते रहते हैं। इन आयोजनों में भारतीय राजनयिक संवाददाताओं और वरिष्ठ पत्रकारों व सम्पादकों को भी बुलाया जाता है। ऐसे अवसरों पर अनौपचारिक चर्चाओं के माध्यम से कई प्रकार की रोचक जानकारियाँ प्राप्त होती हैं। कई अवसरों पर विदेशी दूतावास अपने देशों से सम्बन्धित विभिन्न घटनाओं की जानकारियाँ औपचारिक रूप से भी देते हैं। यदि कोई विदेशी नेता भारत यात्रा पर आता है तब भी सम्बन्धित देश का दूतावास 'पत्रकार वार्ता' का आयोजन करता है।

## *विदेशी दूतावास और रिपोर्टिंग*

विदेशी दूतावासों में अमेरिका, ब्रिटेन, फ्रांस, जापान, रूस, पाकिस्तान, इजराइल, चीन, ईरान, इराक, जर्मनी आदि देशों के दूतावास काफी सक्रिय रहते हैं। जब विश्व में 'दो ध्रुवीय शक्ति व्यवस्था' (बाई पोलर आर्डर) थी तब प्रचार को लेकर अमेरिका और तत्कालीन सोवियत संघ के बीच बहुरंगी प्रतिस्पर्धाएँ रहा करती थीं। दोनों ही दूतावासों के प्रचार अधिकारी भारतीय संवाददाताओं को लुभाने के भिन्न-भिन्न उपक्रम किया करते थे। दोनों के जनसम्पर्क विभाग अपने यहाँ आए दिन कॉकटेल पार्टियों और रात्रि भोजों का आयोजन किया करते थे। भारतीय संवाददाता भी कॉकटेल पार्टी के निमन्त्रण प्राप्त करने की जुगाड़ में व्यस्त रहते थे। लेकिन सोवियत संघ के पतन के पश्चात स्थिति बिलकुल बदल गई। अमेरिका ने अपने प्रमुख शत्रु सोवियत संघ को निर्णायक रूप से परास्त कर दिया। दिल्ली के राजनयिक प्रचार क्षेत्र में अमेरिका को सपाट मैदान खेलने के लिए मिल गया और प्रचार पर उसका लगभग एकमात्र अधिकार स्थापित हो गया। राजनयिक संवाददाता भी अमेरिका की दूतावास की ओर आकर्षित हो गए क्योंकि रूस ने अपने प्रचार कार्यालय को लगभग बन्द ही कर दिया। यही स्थिति पूर्वी यूरोप के भूतपूर्व साम्यवादी देशों की हुई। एकलध्रुवीय व्यवस्था के अस्तित्व में आने के बाद पोलैंड, हंगरी, चेकस्लोवाकिया आदि देशों के दूतावासों की गतिविधियों में तेजी से कमी आई। चूँकि पूर्वी जर्मनी का पश्चिमी जर्मनी में विलीनीकरण हो चुका था इसलिए उसके दूतावास का स्वतन्त्र अस्तित्व ही समाप्त हो गया।

प्रचार की दृष्टि से चीन की गतिविधियों में निश्चित ही तेजी आई है। यह दूतावास अब पहले की तरह संकोच से काम नहीं लेता है। अब मीडिया के साथ इसके पहले से अधिक सहज सम्बन्ध हो गए हैं।

मुस्लिम देशों में पाकिस्तान के हाई कमीशन (अर्थात दूतावास) का प्रचार काफी योजनाबद्ध ढंग से होता है। क्योंकि पाकिस्तान और भारत के सम्बन्ध निरन्तर 'कभी

गर्म-कभी ठंडे' रहते हैं इसलिए इस देश की घटनाओं का कवरेज भी काफी संवेदनशील और जोखिम भरा रहता है। भारतीय पत्रकार को हाई कमीशन में आसानी से प्रवेश नहीं मिल पाता है। पाकिस्तानी अधिकारी भी भारतीय पत्रकार को सन्देह की दृष्टि से देखते हैं। बहुत कुछ इस बात पर निर्भर करता है कि भारत-पाक सम्बन्ध किस दौर से गुजर रहे हैं। यदि किसी भारतीय पत्रकार के पाकिस्तानी हाई कमीशन के साथ घनिष्ठ सम्बन्ध बन जाते हैं तो उस पर भी सरकार की कड़ी नजर रहती है। इसके मेरे निजी अनुभव हैं।

पाकिस्तान में नियुक्त भारतीय संवाददाताओं को भी समान स्थिति का सामना करना पड़ता है। पाकिस्तान की सरकार भारतीय संवाददाताओं और पाकिस्तानी संवाददाताओं पर कड़ी नजर रखती है। यह मैं निजी अनुभवों के आधार पर कह सकता हूँ। 1987 में जब मैं पहली दफा पाकिस्तान यात्रा से लौटा था तब दिल्ली स्थित गुप्तचर विभाग के कतिपय लोगों ने मुझसे अनौपचारिक स्तर पर पूछताछ की थी। इसके बाद मुझ पर परोक्ष नजर रखी गई क्योंकि मैं 1994 तक पाकिस्तान की महत्त्वपूर्ण घटनाओं के कवरेज के सिलसिले में इस्लामाबाद, पेशावर, लाहौर, कराची तथा अन्य क्षेत्रों की यात्रा पर जाता रहा। 1994 की यात्रा के दौरान तो बहुत ही कटु अनुभव हुए। इस्लामाबाद के होटल में ठहरने से लेकर विमान पकड़ने तक पाकिस्तान की खुफिया एजेंसी के लोगों ने खुलेआम मेरा पीछा किया। मैं जहाँ कहीं भी गया, दुकान से लेकर पाकिस्तानी दोस्त के घर तक मेरा सभी जगह पीछा किया गया। पाकिस्तान की कुख्यात खुफिया एजेंसी सम्भवतः आईएसआई-एजेंसी के लोग कार में सवार दिखाई दिए। चूँकि भारत और पाकिस्तान के सम्बन्ध कभी भी सहज नहीं रहे हैं अतः इस तरह के अनुभव अस्वाभाविक भी नहीं लगते।

एक वक्त था जब अमेरिकी और चीनी दूतावास के सम्पर्क में रहनेवाले पत्रकारों पर भी निगरानी रखी जाती थी। यह वह काल था जब भारत में प्रत्येक राजनीतिक दुर्घटना का दोष सी.आई.ए. (सेंट्रल इंटेलीजेंस ऑफ अमेरिका) पर थोप दिया जाता था। पत्र-पत्रिकाओं में अमेरिका के समर्थन में लेख भी खूब छपा करते थे। (वैसे आज भी छपा करते हैं) नई दिल्ली और वाशिंगटन के बीच मधुर सम्बन्धों के अभाव के कारण प्रेस भी 'शक के घेरे में' रहा करती थी। कतिपय पत्रकारों ने इसकी कीमतें भी चुकाई हैं। भारत-चीन युद्ध के पश्चात चीन का दूतावास भी प्रायः 'राजनयिक अस्पृश्यता' का शिकार रहा है। लेकिन राजीव काल में स्थितियाँ काफी बदलीं और पत्रकारों ने चीनी दूतावासों में सहज ढंग से आना-जाना शुरू किया। इसका यह अर्थ नहीं कि ऐसे पत्रकार सरकार की गुप्त नजरों से बचे रहते हैं। वैसे दूतावासों से करीबी सम्बन्ध रखनेवाले मीडियाकर्मियों पर कम-अधिक नजर रखी ही जाती है। शायद विदेशों में भी इसी प्रकार खुफिया नजरें प्रेस पर रखी जाती हों ! उदाहरण के लिए, 1990 में जब मैं चीन की यात्रा पर था तब वहाँ के गुप्तचरों ने मेरा हर पड़ाव पर पीछा किया। यात्रा के अन्तिम पड़ाव शंघाई के होटल में मैं ठहरा हुआ था। वहाँ हर जगह गुप्तचर तैनात थे और मेरी

प्रत्येक गतिविधि पर उनकी नजरें गड़ी हुई थीं।

राष्ट्र की राजधानी होने के कारण दिल्ली में प्रायः अन्तरराष्ट्रीय स्तर के आयोजन होते ही रहते हैं। विदेशी मामलों की रिपोर्टिंग करनेवाले पत्रकारों को इन आयोजनों की कार्रवाइयों को कवर करने के अवसर और निमन्त्रण निरन्तर मिलते रहते हैं। इस श्रेणी के आयोजनों में--गुटनिरपेक्ष आन्दोलन, राष्ट्रमंडल आयोजन, दक्षेस सम्मेलन, द्विपक्षीय वार्ताएँ, द्विपक्षीय आर्थिक आयोगों की बैठकें, संयुक्त राष्ट्र से सम्बद्ध विभिन्न संस्थाओं की बैठकें, विश्व बैंक और अन्तरराष्ट्रीय मुद्रा कोष की विभिन्न गतिविधियाँ, विदेशी शिष्टमंडलों की यात्राएँ, शिक्षा, विज्ञान, स्वास्थ्य, उद्योग, ऊर्जा, पर्यावरण, बाल श्रम, परमाणु निरस्त्रीकरण, शान्ति वार्ताएँ आदि घटनाओं को शामिल किया जा सकता है। विदेशी मामलों के कवरेज में रुचि रखनेवाले पत्रकार को ऐसी घटनाओं के कवरेज में 'बहुआयामी व्यावसायिक अनुभव' की प्राप्ति होती है। मुझे याद है कि जब मैंने पहली दफा 1983 में दिल्ली में आयोजित गुटनिरपेक्ष आन्दोलन और राष्ट्रमंडलीय आन्दोलन को बारी-बारी से कवर किया था तब मैं विभिन्न राजनीतिक व्यवस्थाओं की धाराओं के प्रतिनिधियों के सम्पर्क में आया था। इन सम्मेलनों को कवर करने के लिए पहुँचे विदेशी मीडिया प्रतिनिधियों के साथ बातचीत के माध्यम से मुझे काफी कुछ सीखने को मिला था। इसका लाभ यह हुआ कि जब मैं 1985 में राजीव गांधी के साथ बहामा द्वीप में आयोजित राष्ट्रमंडलीय सम्मेलन को कवर करने के लिए गया तब मुझे नयापन नहीं लगा। सम्मेलन की कई प्रक्रियाएँ, और वहाँ मौजूद कई चेहरे मुझे परिचित लगे। क्योंकि 1983 में दिल्ली के अनुभवों से मेरा प्रारम्भिक प्रशिक्षण हो चुका था। अतः जब मैंने न्यूयॉर्क में राष्ट्र संघ की महासभा की कार्रवाई को कवर दिया तब मेरे लिए विभिन्न देशों के राष्ट्राध्यक्षों और शासनाध्यक्षों की पहचान, उनकी भाषण शैली और वैचारिक स्थितियों को समझने में विशेष दिक्कत नहीं हुई। इसके बाद मैंने कई अन्तरराष्ट्रीय घटनाओं को कवर किया। अतः राष्ट्रीय राजधानी में रहकर विदेशी मामलों की रिपोर्टिंग, संवाददाता या पत्रकार को विविध आयामी अनुभवों और व्यावसायिक दक्षता से लैस कर देती है।

## *देशी-विदेशी संवाददाता*

राष्ट्र की राजधानी होने के कारण दिल्ली में विदेशी पत्र-पत्रिकाओं, न्यूज एजेंसियों और टीवी चैनलों के प्रतिनिधि भी नियुक्त रहते हैं। पिछले कुछ वर्षों में दिल्ली स्थित विदेशी मीडिया प्रतिनिधियों की संख्या में भी वृद्धि हुई है। इस समय दिल्ली में रायटर समेत विश्व की सभी प्रमुख न्यूज एजेंसियों के 'ब्यूरो' काम कर रहे हैं। इन ब्यूरो में विदेशी पत्रकारों के अलावा भारतीय पत्रकार भी कार्यरत हैं। राजधानी में विश्व के प्रमुख दैनिकों और पत्रिकाओं (न्यूयॉर्क टाइम्स, पीपुल्स डेली, डेलीमेल, डेलीटेलीग्राफ, अशाई शिम्बुन, इंडिया पोस्ट, न्यूजवीक, दि इकोनोमिस्ट, संडे टेलीग्राफ, टाइम्स मैग्जीन,

टोकियो शिम्बून आदि) के करीब 50 संवाददाता भारतीय घटनाओं को कवर कर रहे हैं। इसी तरह विदेशी इलेक्ट्रोनिक मीडिया संगठनों (एशियन न्यूज चैनल, बीबीसी, एपीटीवी, चाइना रेडियो इन्टरनेशनल, चाइना सेंट्रल टेलीविजन, जर्मन रेडियो नेटवर्क, रेडियो फ्रांस इन्टरनेशनल, रेडियो नीदरलैंड, वाइस ऑफ अमेरिका आदि) के भी 30 से अधिक संवाददाता दिल्ली में तैनात हैं। विदेशी पत्र-प्रतिनिधियों का एक अलग से संघ भी है। दिल्ली में समय-समय पर विदेशी मामलों से सम्बन्धित गोष्ठियों का आयोजन किया जाता है। भारतीय नेताओं और विदेश मामलों के विशेषज्ञों को बुलाकर चर्चाएँ आयोजित की जाती हैं। विदेशी घटनाचक्र को कवर करनेवाले भारतीय पत्रकार भी ऐसे कार्यक्रमों में आमन्त्रित रहते हैं। इस तरह आयोजनों के माध्यम से विश्व की प्रमुख घटनाओं को समझने का अच्छा अवसर प्राप्त होता है। विदेशी संवाददाताओं के सम्पर्क से भी काफी कुछ सीखने व जानने का अवसर मिलता है। क्योंकि विदेशी संवाददाताओं के पास ऐसी जानकारियाँ भी रहती हैं जो कि भारतीय संवाददाता को सहजता से उपलब्ध नहीं होती हैं। प्रायः भारतीय नेताओं और विदेशी मामलों से सम्बन्धित नौकरशाहों में यह कमजोरी रहती है कि वे कई विषयों में पश्चिम और अमेरिका के मीडिया प्रतिनिधियों को आवश्यकता से अधिक 'तरजीह' देते हैं। भारतीय पत्रकार उपेक्षित-से महसूस करते हैं। अतः जहाँ इस स्थिति के प्रतिवाद की जरूरत रहती है, वहीं इससे लाभ भी उठाया जाना चाहिए।

यह एक कटु सच्चाई है कि विदेश मन्त्रालय की नौकरशाही भारतीय पत्रकारों के साथ भी भेदभाव बरतती है। निजी अनुभवों के आधार पर मैं यह कह सकता हूँ कि भारत से प्रकाशित अंग्रेजी अखबारों के पत्रकारों को हिन्दी तथा अन्य भारतीय भाषाओं के पत्रकारों की तुलना में प्राथमिकता के स्थान पर रखा जाता है। अंग्रेजी मीडिया प्रतिनिधियों को विशेष जानकारियाँ-सूचनाएँ उपलब्ध कराई जाती हैं। उनके साथ विशेष प्रकार का व्यवहार किया जाता है। इसके विपरीत गैर-अंग्रेजी पत्रकारों को कई अवसरों और जानकारियों से वंचित रखा जाता है। इस सम्बन्ध में दो घटनाओं का विशेष रूप से उल्लेख करना चाहूँगा। पहली घटना का सम्बन्ध राष्ट्रपति शंकरदयाल शर्मा की विदेश यात्रा से है। संयोग से मैं 1997 में डॉ. शर्मा की अन्तिम राजकीय यात्रा में शामिल था। मेरे अलावा मराठी, मलयालम और अन्य भाषाओं के संवाददाता भी मीडिया पार्टी के सदस्य थे। अंग्रेजी के पत्रकारों की संख्या भी अच्छी थी। डॉ. शर्मा को पाँच देशों (ओमान, पोलैंड, चेक, स्लोवाकिया और इटली) की राजकीय यात्रा पर जाना था। राजनयिक शिष्टाचार के अनुसार प्रत्येक देश के राष्ट्रपति को 'राजकीय स्वागत भोज' दिया जाता है। प्रत्येक भोज में राष्ट्रपति के अलावा उनके साथ चलनेवाले राजनीतिज्ञ अधिकारीगण और चुनिन्दा पत्रकारों को भी निमन्त्रित किया जाता है। मैंने देखा कि ओमान से लेकर चैक गणराज्य तक दिए गए राजकीय भोजों में हिन्दी या अन्य भारतीय भाषाओं के किसी भी पत्रकार को सम्मिलित नहीं किया गया। पत्रकारों का चयन राष्ट्रपति के सचिव या अन्य अधिकारी किया करते थे। राष्ट्रपति की यात्रा का

अन्तिम पड़ाव रोम था। मैंने और मेरे अन्य भाषाई पत्रकार साथियों ने इसे गम्भीरता से लिया और राष्ट्रपति से शिकायत करने का निर्णय लिया।

हमारे इस निर्णय से साथ चल रहे अधिकारियों में हड़कम्प मच गया और विमान में ही हमें आश्वस्त किया गया कि रोम प्रवास के दौरान इस गलती की पुनरावृत्ति नहीं होगी। लेकिन रोम में आयोजित भोज में भारतीय नौकरशाही ने अपना करिश्मा फिर दिखा दिया। इटली के राष्ट्रपति द्वारा आयोजित स्वागत भोज में मुझ समेत हिन्दी के चार पत्रकारों को निमन्त्रित किया गया। अंग्रेजी का कोई पत्रकार निमन्त्रित नहीं था। पर आश्चर्यजनक तथ्य यह है कि मराठी तथा दूसरी भाषाओं के पत्रकार भी अनिमन्त्रित रहे। एक तरह से पत्रकारों को विभाजित करने की यह भी एक कोशिश थी। मैंने राष्ट्रपति के सचिव एस.एस. सोहनी से पुनः इसका प्रतिवाद किया, और माँग की कि मराठी और मलयालम के पत्रकारों को भी चयनित किया जाए। पर इसमें उन्होंने अपनी असमर्थता व्यक्त की।

भेदभाव की दूसरी घटना का सम्बन्ध प्रधानमन्त्री इन्द्रकुमार गुजराल की अमेरिका यात्रा से है। 1997 के सितम्बर माह में प्रधानमन्त्री की मीडिया पार्टी के सदस्य के रूप में मैं न्यूयॉर्क गया हुआ था। उन दिनों भारत और पाकिस्तान का मामला हमेशा की तरह गरमाया हुआ था। दोनों देशों के सम्बन्ध तनावपूर्ण थे। राजनयिक और मीडिया क्षेत्रों में एक ही सवाल गर्म था कि क्या प्रधानमन्त्री गुजराल और पाकिस्तान के तत्कालीन प्रधानमन्त्री नवाज शरीफ की मुलाकात होगी ? तीन-चार दिन के न्यूयॉर्क प्रवास के दौरान मैंने देखा कि विदेश मन्त्रालय के अधिकारीगण अंग्रेजी पत्रकारों की 'विशेष ब्रीफिंग' करते रहते हैं। एक रोज यह स्थिति असहनीय हो गई। मैं और हिन्दी के एक अन्य पत्रकार तत्कालीन विदेश सचिव रघुनाथन पर उबल पड़े। हम दोनों ने भाषाई पत्रकारों के साथ किए जा रहे पक्षपातपूर्ण रवैये को लेकर आक्रोश भरे स्वरों में शिकायत की। सचिव के इस आश्वासन के बाद कि भविष्य में इसकी पुनरावृत्ति नहीं होगी, इसके बाद ही स्थिति शान्त हुई। इस तरह की अनेक घटनाएँ हैं। विदेश मन्त्रालय का अधिकारी वर्ग इस पूर्वाग्रह से ग्रस्त रहता है कि गैर-अंग्रेजी भाषाई पत्रकार अधकचरे किस्म के होते हैं और विदेशी मामलों में उनकी समझदारी नहीं के बराबर रहती है।

वैसे इस तरह की धारणा आंशिक रूप से सही भी है। हिन्दी के पत्रकार की जितनी गहरी दिलचस्पी 'राजनीतिक एवं सांस्कृतिक रिपोर्टिंग' में रहती है उतनी विदेशी मामलों की रिपोर्टिंग में नहीं रहती है। इसमें काफी अध्ययन की जरूरत होती है। भारत की विदेश नीति, विभिन्न देशों के साथ उसके दौत्य सम्बन्ध और अन्तरराष्ट्रीय घटना-चक्र के विभिन्न आयामों को समझने के लिए अतिरिक्त माध्यम की आवश्यकता होती है। राजनीतिक क्षेत्र की तरह इसमें लफ्फाजी से काम नहीं चल सकता। विदेशी मामलों की रिपोर्टिंग के लिए ठोस जमीन की आवश्यकता है। इसलिए अधिकारी वर्ग के पूर्वाग्रह पूरी तौर पर निराधार नहीं कहे जा सकते। अलबत्ता यह भी सही है कि नौकरशाही औपनिवेशिक मानसिकता से भी ग्रस्त रहती है और वह भारतीय भाषाओं

की पत्रकारिता को दोयम दर्जे पर रखना पसन्द करती है। इस सौतेले व्यवहार में उसका वर्गीय दृष्टिकोण काफी सक्रिय रहता है। इसे तोड़ने की जरूरत है।

पर हमें यथार्थ से पलायन नहीं करना चाहिए। हिन्दी के पत्रकारों से यह अपेक्षा की जाती है कि वे विदेशी मामलों की रिपोर्टिंग की दक्षता अर्जित करें। यह तभी सम्भव है जब हिन्दी के संवाददाता समकालीन अन्तरराष्ट्रीय मुद्दों पर अपनी पकड़ मजबूत रखें। देश की विदेश नीति पर उनका अध्ययन रहे। मेरा अनुभव है कि हिन्दी के अनेक पत्रकार परमाणु निरस्त्रीकरण, दक्षिण-दक्षिण संवाद, दक्षिण उत्तर वार्ता, गुटनिरपेक्ष आन्दोलन, अन्तरराष्ट्रीय मानवीय कानून, रंग-नस्ल भेद, बहुध्रुवीय व्यवस्था या एकल ध्रुवीय व्यवस्था, विश्व व्यापार संगठन, शीतयुद्ध जैसे मुद्दों से अपरिचित या अर्ध-परिचित दिखाई देते हैं। अतः हिन्दी के पत्रकार को चाहिए कि वह इन आरम्भिक बाधाओं को दूर करके ही विदेशी मामलों की रिपोर्टिंग की शुरुआत करे। यदि जरूरी हो तो विदेशी और अन्तरराष्ट्रीय मामलों से सम्बन्धित कोर्स का अध्ययन शुरू करे।

## II

### *यात्रा पूर्व सन्दर्भ सामग्री*

जब से भारत में चौबीस घंटे अहर्निश न्यूज चैनलों (आज तक, जी न्यूज, एनडी टीवी, सीएनएन, बीबीसी, सहारा टीवी, जैन टीवी आदि) का विस्फोट हुआ है तब से कवरेज का दायरा भी व्यापक हो गया है। प्रत्येक छोटी-से-छोटी घटना को बड़ा करके छोटे पर्दे पर पेश किया जाता है। इसका एक लाभ यह भी हुआ है कि संवाददाताओं की गतिशीलता में भी वृद्धि हुई है। आज इलेक्ट्रॉनिक न्यूज मीडिया की कोशिश यह रहती है कि देशी और विदेशी, सभी प्रकार की घटनाओं का अधिकतम कवरेज किया जाए। इस दृष्टि से देशी चैनलों और विदेशी घटनाओं का कवरेज काफी बढ़ा है। उदाहरण के लिए, 11 सितम्बर, 2001 को न्यूयॉर्क और वाशिंगटन की चुनिन्दा इमारतों पर आतंकवादियों के हमलों को देशी चैनलों द्वारा बारीकी से पेश किया गया। अफगानिस्तान में तत्कालीन तालिबान सरकार के खिलाफ अमेरिका की सैनिक कार्यवाही के व्यापक कवरेज की व्यवस्था की गई। अतः अब विदेशी घटनाओं के कवरेज के लिए सुशिक्षित व प्रशिक्षित टीवी पत्रकारों को भेजा जाता है। ताजा खाड़ी युद्ध (मार्च, 2003) के कवरेज के लिए भी भारतीय पत्रकार इराक, कुवैत, टर्की, जोर्डन, सीरिया जैसे देशों में गए।

प्रिन्ट मीडिया की भी प्रायः यही स्थिति है। यद्यपि इसमें अंग्रेजी प्रेस, हिन्दी प्रेस से काफी आगे है। लेकिन हिन्दी तथा अन्य भाषाओं के क्षेत्रीय अखबार भी अपने संवाददाताओं को महत्त्वपूर्ण घटनाओं के कवरेज के लिए स्वतन्त्र रूप से भी बाहर भेजने लगे हैं। उदाहरण के लिए, जब मैं दिल्ली में नई दुनिया का ब्यूरो प्रमुख था तब मुझे

पाकिस्तान, अफगानिस्तान, श्रीलंका जैसे देशों में प्रमुख घटनाओं के कवरेज के लिए कई बार भेजा गया। ये यात्राएँ, अति विशिष्ट व्यक्ति की विदेश यात्राओं के कवरेज से अलग थीं। इन यात्राओं के दौरान मैंने सम्बन्धित देशों की कई घटनाओं का व्यापक कवरेज किया और एक अच्छा 'रिस्पोंस' भी मिला।

उदाहरण के लिए, मैंने पाकिस्तान की पहली यात्रा ज़ीया की तानाशाही (1987) के दौरान की थी। ज़ीयाशाही से शुरू हुआ यात्राक्रम बेनजीर भुट्टो के लोकतान्त्रिक शासन तक चला। इस तरह के 'असाइनमेंट' को स्वीकार करने से पहले यह जरूरी है कि इसकी पुख्ता तैयारी कर ली जाए। इसके बाद ही पत्रकार सम्बन्धित देश और उससे जुड़ी घटनाओं के साथ न्याय कर सकता है। पहली बार पाकिस्तान यात्रा पर जाने से पहले मैंने पाकिस्तान के इतिहास, संस्कृति, सामाजिक-आर्थिक तानाबाना, प्रमुख समस्याएँ, 1947 के बाद के प्रमुख घटनाचक्र, प्रमुख नेतागण आदि के बारे में अध्ययन किया और जरूरी सन्दर्भ सामग्री जमा की। इन दोनों बातों का लाभ मुझे पाकिस्तान की यात्रा के दौरान मिला। अफगानिस्तान की यात्रा के दौरान भी मैंने यही किया।

प्रायः देखने में आया है कि पत्रकारगण पूर्ण तैयारी के बिना ही विदेश यात्रा पर निकल पड़ते हैं। उनके पास आधी-अधूरी जानकारी रहती है और उनका कवरेज भी अधकचरा रहता है। मिसाल के लिए किसी पत्रकार को पाकिस्तान के चुनाव के लिए भेजा जाता है तो उससे यह अपेक्षित है कि उसे पाकिस्तान के राजनीतिक जीवन में सेना की भूमिका का पुख्ता ज्ञान हो। उसे यह भी मालूम होना चाहिए कि आजादी के बाद से लेकर ताजा चुनाव तक निर्वाचित सरकारों की नियति क्या रही ? क्या वजह है कि पाकिस्तान में लोकतन्त्र टिकाऊ साबित नहीं हुआ है ? क्यों फौजी तानाशाही की लम्बी-लम्बी अवधियाँ बनी रही हैं ? इससे जुड़े अनेक सवाल हैं। इसी तरह भारत और पाकिस्तान के परस्पर रिश्तों की भी गहरी जानकारी होनी चाहिए। यह जानकारी केवल राजनीति तक ही सीमित नहीं रहनी चाहिए बल्कि सामाजिक व्यवस्था, कला संस्कृति, अर्थव्यवस्था जैसे पक्षों से भी सम्बन्धित होनी चाहिए। इसके अतिरिक्त सम्बन्धित देश के नेताओं तथा विभिन्न क्षेत्रों के विशिष्ट जनों के सम्बन्ध में भी जरूरी जानकारियाँ रखना उपयोगी रहता है। ऐसे व्यक्तियों के पते और अन्य सम्पर्क माध्यमों की उपलब्धता काफी उपयोगी सिद्ध होती है। इसका अनुभव मेरी पहली पाकिस्तान यात्रा के दौरान हुआ। चूँकि मेरे पास लाहौर, रावलपिंडी, इस्लामाबाद, पेशावर, कराची जैसे शहरों के प्रमुख पत्रकारों, नेताओं तथा अन्य विशिष्ट व्यक्तियों से सम्बन्धित सन्दर्भ सामग्री उपलब्ध थी, अतः मुझे व्यावसायिक दायित्वों को निभाने में विशेष अड़चन नहीं हुई।

विदेशों के घटनाचक्र के कवरेज में कई बार ऐसे भी अवसर आते हैं जब अपेक्षित सन्दर्भ सामग्री मौजूद नहीं रहती है। आपको केवल अनुभवों और विवेक के आधार पर काम लेना पड़ता है। ऐसी ही एक स्थिति का सामना मुझे श्रीलंका की प्रथम यात्रा के दौरान करना पड़ा। कोलम्बो के दो दिवसीय प्रवास के दौरान मैंने बगैर पूर्व तैयारी के

काम किया। यद्यपि इससे पहले मैं एक दिन के लिए जाफना की यात्रा कर चुका था। श्रीलंका की घटनाओं से मैं प्रायः परिचित था। अतः कोलम्बो और जाफना से घटनाओं की जानकारियाँ एकत्रित करने में मुझे विशेष परेशानी नहीं हुई। अलबत्ता जाफना यात्रा पर जाने से पहले लिट्टे तथा अन्य तमिल संगठनों के उद्देश्यों, लक्ष्यों और कार्यशैलियों की थोड़ी-बहुत जानकारी मुझे थी। उक्त सतही जानकारी के बल पर मैंने वहाँ की घटनाओं को कवर किया। कई बार ऐसा भी होता है जब सम्बन्धित देश में होनेवाले अनुभवों के आधार पर आप अपने कवरेज की रणनीति तय करते हैं। क्योंकि यह जरूरी नहीं है कि यात्रा से पहले आप जो सोचेंगे, गन्तव्य स्थान पर पहुँचने के बाद वैसा ही होगा। इसका अनुभव मुझे नामीबिया के स्वतन्त्र राष्ट्र के रूप में जन्म लेने के क्षणों का कवरेज करते समय हुआ। इस अफ्रीकी देश में मेरा कोई परिचित व्यक्ति या सम्पर्क सूत्र नहीं था। मैं प्रधानमन्त्री वी.पी. सिंह की मीडिया पार्टी के सदस्य के रूप में नामीबिया की राजधानी विन्डूक पहुँचा हुआ था। सरकारी सुविधा उपलब्ध होने के बावजूद मैं कोई विशेष कवरेज नहीं कर पा रहा था। इसकी मुख्य वजह यह थी कि राजधानी विन्डूक की स्थानीय जनता के साथ मेरा किसी प्रकार का सम्पर्क नहीं था। मुझे केवल सरकारी जानकारी पर ही निर्भर रहना पड़ रहा था। लेकिन संयोग से दक्षिण अफ्रीका से विन्डूक पहुँचे प्रवासी भारतीयों ने मुझे विविध प्रकार की जानकारियाँ उपलब्ध कराईं। उक्त जानकारियों के आधार पर मैं रूटीन कवरेज से हटकर कुछ खबरें भेज सका। अतः विदेश यात्रा के दौरान कवरेज को लेकर पत्रकार को काफी सतर्क, सक्रिय और बहुआयामी रहने की जरूरत है। घुमन्तू पत्रकार से यह अपेक्षा की जाती है कि वह सम्बन्धित देश की ज्वलन्त समस्याओं से जरूर परिचित हो। विदेश कवरेज के लिए विदेश यात्रा पर निकलने से कवरेज की प्राथमिकताएँ जरूर तय कर लेनी चाहिए। सुस्पष्ट रूपरेखा के अभाव में कवरेज का फोकस बिखर सकता है। अतः घटनाओं और विदेश यात्राओं के लिए कवरेज के लिए सुचिन्तित व सुव्यवस्थित व्यापक तैयारी अति आवश्यक है।

# विदेश रिपोर्टिंग का महत्त्व व प्रक्रिया

## *विदेश रिपोर्टिंग का महत्त्व*

समाचार संकलन या रिपोर्टिंग के विभिन्न क्षेत्रों में विदेशी मामलों और अति विशिष्ट व्यक्तियों की विदेश यात्राओं की रिपोर्टिंग को अत्यन्त महत्त्वपूर्ण माना जाता है। यह काफी रोमांचक, चुनौतीपूर्ण, विविधतापूर्ण, बहुस्तरीय और व्यापक दायरेवाली होती है। इस रिपोर्टिंग के लिए राष्ट्र की विदेश नीति और अन्य राष्ट्रों के साथ उसके राजनयिक सम्बन्धों की गहरी जानकारी अत्यन्त आवश्यक है। विभिन्न कारणों से अंग्रेजी प्रेस ने विदेशी मामलों की रिपोर्टिंग और अति विशिष्ट व्यक्तियों (राष्ट्रपति, उपराष्ट्रपति, प्रधानमन्त्री आदि) की विदेशी यात्राओं के कवरेज पर निरन्तर ध्यान दिया। एक समय तक इसकी एक क्षेत्र में 'मोनोपोली' तक रही। इसका एक सबसे बड़ा कारण यह भी रहा कि अंग्रेजी प्रेस और सत्ता प्रतिष्ठान के बीच सदैव नजदीकी सम्बन्ध रहे। स्वतन्त्र भारत के नव शासक वर्ग ने भी अंग्रेजी प्रेस को निरन्तर प्राथमिकता के स्थान पर रखा और विदेश मन्त्रालय से सम्बन्धित मामलों की रिपोर्टिंग के सिलसिले में अंग्रेजी पत्र-पत्रिकाओं की तुलना में भारतीय भाषाई प्रेस को अधिक महत्त्व नहीं दिया। एक ऐसा भी समय था जब भारत के अति विशिष्ट व्यक्तियों की राजकीय विदेश यात्राओं के कवरेज के लिए अंग्रेजी प्रेस (समाचार एजेंसी और अखबार) के सम्पादक, ब्यूरो प्रमुख और विशेष संवाददाता ही उनके साथ जाया करते थे। अपवादस्वरूप राजधानी से प्रकाशित हिन्दी दैनिकों के सम्पादकों या विशेष संवाददाताओं को वी.आई.पी. की विदेश यात्रा के लिए गठित प्रेस पार्टी में यदा-कदा सम्मिलित कर लिया जाता था। लेकिन पहली प्राथमिकता पर हमेशा अंग्रेजी पत्रकार हुआ करते थे।

उत्तर नेहरू काल में साउथ ब्लाक के शासकों (दिल्ली स्थित प्रधानमन्त्री कार्यालय और विदेश मन्त्रालय) ने भारत की विदेश गतिविधियों के व्यापक कवरेज के सम्बन्ध में भारतीय भाषाई प्रेस की ओर भी ध्यान देना शुरू किया। लालबहादुर शास्त्री (1964-66) और इन्दिरा गांधी (1966-77 और 1980 से 84) ने हिन्दी सम्पादकों और विशेष संवाददाताओं के साथ-साथ दूसरी भाषाओं के वरिष्ठ पत्रकारों को भी विदेश यात्राओं के 'कवरेज' के लिए प्रोत्साहित किया। लेकिन गैर-अंग्रेजी पत्रकारों को सबसे अधिक प्रोत्साहन राजीव-काल में ही मिला। प्रधानमन्त्री राजीव गांधी (1984-1989) ने

अपनी लगभग सभी विदेश यात्राओं में भाषाई पत्र-पत्रिकाओं के मालिकों, सम्पादकों, ब्यूरो प्रमुखों और विशेष संवाददाताओं को बड़ी तादाद में शामिल किया। संयोग से मैंने राजीव गांधी के प्रधानमन्त्री बनने के पश्चात उनकी दूसरी लम्बी राजकीय यात्रा (सितम्बर, 1985) और प्रधानमन्त्री के रूप में अन्तिम यात्रा (अक्टूबर-1989) को कवर किया। इन दोनों यात्राओं के अलावा भी मैंने उनकी कई विदेश यात्राओं की रिपोर्टिंग की। राजीव गांधी द्वारा शुरू की गई परम्परा को उनके 'उत्तरवर्ती' प्रधानमन्त्रियों ने भी जारी रखा। अल्पकाल के लिए प्रधानमन्त्री विश्वनाथ प्रताप सिंह भी अपनी प्रथम विदेश यात्रा (1990) में अपने साथ हिन्दी के अतिरिक्त दूसरी भाषाओं के पत्रकारों को भी ले गए। संयोग से मैं भी मीडिया पार्टी का सदस्य था। इसके पश्चात पी.वी. नरसिंह राव, एच.डी. देवगौड़ा, इन्द्रकुमार गुजराल और अटलबिहारी वाजपेयी भी अपनी सभी राजकीय विदेश यात्राओं के व्यापक कवरेज के लिए अंग्रेजी के साथ-साथ सभी भारतीय भाषाओं के पत्रकारों को अपने साथ ले जाते रहे। प्रधानमन्त्री मनमोहन सिंह (2004) ने भी इसी परिपाटी का पालन किया।

राष्ट्रपति और उपराष्ट्रपति भी अपनी राजकीय यात्राओं में पत्रकारों को अपने साथ ले जाना जरूरी समझते हैं। डॉ. शंकरदयाल शर्मा ने भी पहले उपराष्ट्रपति, और बाद में राष्ट्रपति के रूप में भाषाई पत्रकारों को अपनी विदेश यात्राओं के कवरेज के लिए काफी प्रोत्साहित किया। संयोग से मैंने पहले डॉ. शर्मा की उपराष्ट्रपति के रूप में और बाद में राष्ट्रपति के रूप में उनकी कई विदेश राजकीय यात्राओं को कवर किया। पिछले कुछ वर्षों से विदेश मन्त्री और रक्षा मन्त्री भी अपने साथ संवाददाताओं को ले जाने लगे हैं। वैसे कैबिनेट मन्त्री द्वारा पत्रकार को अपनी विदेश यात्रा में साथ ले जाना इस बात पर निर्भर करता है कि वह राजनीतिक दृष्टि से कितना महत्त्वपूर्ण व वजनदार है। आर्थिक या राजनीतिक दृष्टि से उसकी विदेश यात्रा का कितना महत्त्व है ? ऐसे भी उदाहरण हैं जब रेल मन्त्री, पर्यटन मन्त्री, पर्यावरण मन्त्री जैसे मन्त्रियों ने भी अपने साथ दो-तीन पत्रकारों को विदेश यात्रा पर ले जाना जरूरी समझा।

वास्तव में अति विशिष्ट व्यक्तियों के विशिष्ट अवसरों की रिपोर्टिंग स्वयं में एक उपलब्धि होती है। क्योंकि एक संवाददाता का सपना होता है कि वह अति विशिष्ट व्यक्तियों या विशिष्ट व्यक्तियों के विशिष्ट अवसरों की रिपोर्टिंग करे। यदि इस प्रक्रिया में राष्ट्रपति, उपराष्ट्रपति, प्रधानमन्त्री और विदेश राष्ट्राध्यक्ष की राष्ट्रीय और अन्तरराष्ट्रीय गतिविधियों के 'कवरेज' का अवसर प्राप्त होता है तो वह इसे अपने पत्रकारिता-जीवन की उपलब्धि के रूप में देखता है।

प्रायः राष्ट्राध्यक्ष या शासनाध्यक्ष या अन्य किसी विशिष्ट व्यक्ति की विदेश यात्रा के समाचार संकलन के लिए ऐसे पत्रकार को चुना जाता है जिसकी अन्तरराष्ट्रीय मामलों, विदेश नीति, अन्तरराष्ट्रीय घटनाचक्र और भारत के साथ अन्य देशों के राजनयिक सम्बन्धों की गहरी जानकारी हो। चूँकि अंग्रेजी प्रेस में विदेशी मामलों की रिपोर्टिंग की पुरानी परम्परा रही है और अंग्रेजी अखबारों में इसे पर्याप्त स्थान भी दिया

जाता है इसलिए अंग्रेजी में इस विशेषीकृत रिपोर्टिंग के संवाददाताओं या स्तम्भ लेखकों की कमी नहीं है। दक्षिण भारत के प्रमुख अंग्रेजी दैनिक 'हिन्दू' में तो विदेशी घटनाओं के कवरेज के लिए अलग से स्वतन्त्र संवाददाता की व्यवस्था की गई है। इस संवाददाता को 'कूटनीतिक संवाददाता' (डिप्लोमैटिक कॉरेसपोंडेंट्) कहा जाता है। इसके अलावा हिन्दू ने पाकिस्तान, श्रीलंका, पश्चिम एशिया, अमेरिका और यूरोप समेत विश्व के विभिन्न भागों में करीब एक दर्जन से अधिक 'विदेश संवाददाताओं' को भी नियुक्त कर रखा है। इसी तरह अंग्रेजी के अन्य प्रमुख अखबार—टाइम्स ऑफ इंडिया, इंडियन एक्सप्रेस, हिन्दुस्तान टाइम्स, टेलीग्राफ, डेकन हैराल्ड, एशियन ऐज जैसे दैनिकों ने भी विभिन्न देशों में अपने संवाददाताओं को रखा हुआ है। अंग्रेजी न्यूज एजेंसी—प्रेस ट्रस्ट ऑफ इंडिया (पी.टी.आई.) और यूनाइटेड न्यूज ऑफ इंडिया (यू.एन.आई.) के भी विदेशों में ब्यूरो और अंशकालिक संवाददाता हैं।

जहाँ तक हिन्दी और अन्य भाषाई समाचार-पत्रों का सम्बन्ध है, वे विदेशी मामलों के कवरेज को लेकर तुलनात्मक दृष्टि से कम उत्सुक हैं। यद्यपि पूर्व की अपेक्षाकृत पिछले दस-पन्द्रह वर्षों में भाषाई प्रेस में भी विदेशी घटनाओं के कवरेज को लेकर जागरूकता बढ़ी है और भारत सरकार के विदेश मन्त्रालय की गतिविधियों का ठीक-ठीक कवरेज होने लगा है। हिन्दी के कतिपय प्रमुख महानगरीय और प्रादेशिक दैनिकों (नवभारत टाइम्स, हिन्दुस्तान, राष्ट्रीय सहारा, भास्कर, जागरण, अमर उजाला, राजस्थान पत्रिका, नई दुनिया आदि) में अन्तरराष्ट्रीय मामलों को लेकर नियमित कवरेज होता है और विशेषज्ञों के लेख या टिप्पणियाँ भी प्रकाशित की जाती हैं। इसके साथ-साथ आवश्यकतानुसार सम्पादकीय भी लिखे जाते हैं। हिन्दी दैनिकों ने भी विदेश मन्त्रालय की गतिविधियों के नियमित कवरेज की व्यवस्था की है। इन दैनिकों के संवाददाता विदेश मन्त्रालय की प्रतिदिन होनेवाली 'प्रेस ब्रीफिंग' में जाते हैं और घटना के महत्त्व को ध्यान में रखकर रिपोर्टिंग भी करते हैं। लेकिन यहाँ कुछ सीमाओं को निस्संकोच स्वीकार करना होगा : एक, हिन्दी के अधिकांश पत्रकार भारत की विदेश नीति और अन्तरराष्ट्रीय मामलों की बारीकियों एवं जटिलताओं से लगभग अनभिज्ञ होते हैं; दो, हिन्दी के पत्रकारों में इस क्षेत्र की विशेषज्ञता का अभाव पाया जाता है; तीन, वे इस क्षेत्र को गम्भीरता से नहीं लेते हैं और पत्रकार वार्ता में प्रश्न करने से संकोच करते हैं; चार, अति विशिष्ट व्यक्तियों की राजकीय यात्राओं के दौरान भी हिन्दी और अन्य भाषाई पत्रकारों की विदेश मामलों की अधकचरी समझदारी उजागर होती है; पाँच, वे पर्याप्त तैयारी से लैस नहीं होते हैं। यह भी देखा गया है कि जब कोई विदेशी राष्ट्राध्यक्ष या शासनाध्यक्ष भारत की यात्रा पर आता है तब हिन्दी के संवाददाता उससे वांछित प्रश्न नहीं कर पाते हैं। ऐसे अवसरों पर अंग्रेजी पत्रकारों का दबदबा बना रहता है। हालाँकि यह सच है कि विदेश मन्त्रालय हिन्दी तथा अन्य भाषाई संवाददाताओं की प्रच्छन्न उपेक्षा भी करता है। पक्षपातपूर्ण व्यवहार को लेकर विदेश मन्त्रालय के अधिकारियों से प्रतिवाद (इस सम्बन्ध में कतिपय अनुभवों का उल्लेख किया गया है)

भी किया जाता है। लेकिन यह भी सच्चाई है कि गैरअंग्रेजी विदेशी संवाददाताओं की जमीन भी गीली व कमजोर रहती है। अतः इस विशेषीकृत रिपोर्टिंग को करने से पहले संवाददाता को इस क्षेत्र के सभी आयामों की पुख्ता जानकारी होनी चाहिए।

## II

### *समन्वित दृष्टि*

यह विशेषीकरण का युग है लेकिन विशेषीकरण के साथ-साथ समन्वित दृष्टि (इन्टीग्रेटिड एप्रोच) की जरूरत है। विश्व घटनाचक्र को अर्थनीति और सामरिक नीति के परिप्रेक्ष्य में भी समझने की जरूरत होती है। अच्छे पत्रकारों को इन तीनों क्षेत्रों की अन्तर्सम्बन्धता और पारस्परिक निर्भरता की भी जानकारी होती है। विदेश यात्राओं के कवरेज के दौरान इन विषयों की जानकारी काफी उपयोगी सिद्ध होती है। हिन्दी के पत्रकारों को चाहिए कि वे भी इस विशेषज्ञता को अर्जित करें।

विदेशी मामलों की रिपोर्टिंग करने के लिए संवाददाता को निम्न बातों को ध्यान में रखना चाहिए : एक, विदेश मन्त्रालय की संरचना की पर्याप्त जानकारी। राजधानी नई दिल्ली के सत्ता प्रतिष्ठान परिसर (साउथ ब्लाक और नॉर्थ ब्लाक) में विदेश मन्त्रालय स्थित है। विदेश मन्त्रालय, प्रधानमन्त्री कार्यालय और रक्षा मन्त्रालय के बीच स्थित है। विदेश मन्त्री और विदेश सचिव, मन्त्रालय में ही बैठते हैं। विदेश मन्त्रालय के सचिव के अधीन संयुक्त सचिव, उप सचिव, निदेशक तथा अन्य अधिकारी होते हैं। मन्त्रालय में राष्ट्रों के महत्त्व और भारत के साथ उनके सम्बन्धों के स्तर को ध्यान में रखकर विभिन्न विभागों का गठन किया गया है। उदाहरण के लिए, पाकिस्तान, चीन, रूस, अमेरिका, यूरोप, पश्चिम एशिया, उत्तर पूर्व एशिया, दक्षिण अमेरिकी देश, अफ्रीकी देश, संयुक्त राष्ट्र, गुटनिरपेक्ष आन्दोलन, राष्ट्रकुल आदि से सम्बन्धित विशेषीकृत विभाग हैं। सम्बन्धित मामलों के विशेषज्ञ इन विभागों के प्रभारी होते हैं। ये सब भारतीय विदेश सेवा (आई.एफ.एस.) से सम्बद्ध होते हैं। इन्हें 'कैरियर डिप्लोमेट' भी कहा जा सकता है। इन्हें कूटनीति (डेप्लोमेसी) का उच्च शिक्षण-प्रशिक्षण प्राप्त होता है। इसके बाद ही इन्हें विदेश सेवा में विभिन्न पदों पर नियुक्त किया जाता है। इनमें से ही राजदूत, उच्चायुक्त, संयुक्त राष्ट्र में स्थायी भारतीय प्रतिनिधि तथा अन्य अन्तरराष्ट्रीय संगठनों में भारतीय प्रतिनिधि के रूप में नियुक्ति की जाती है।

विदेश मन्त्रालय के ही अधीन जनसम्पर्क और प्रचार-प्रसार निदेशालय होता है। इस निदेशालय का कार्य देश की विदेश नीति और समय-समय पर लिए जानेवाले निर्णयों को प्रचारित व प्रसारित करना, उन्हें सही परिप्रेक्ष्य में रखना और देश-विदेश के लोगों को भारतीय दृष्टिकोण से अवगत कराना आदि होता है। इस निदेशालय का एक निदेशक होता है जिसके अधीन उपनिदेशक व सहायक निदेशक होते हैं। यह निदेशक

विदेश सेवा का ही व्यक्ति होता है और संयुक्त सचिव स्तर का होता है। इस निदेशक का मुख्य काम प्रतिदिन अपने कार्यालय में विदेश मन्त्रालय को कवर करनेवाले संवाददाताओं को बुलाना और प्रमुख अन्तरराष्ट्रीय घटनाओं के सम्बन्ध में भारत सरकार की प्रतिक्रिया से अवगत कराना रहता है। विदेश मन्त्रालय की दैनिक 'प्रेस ब्रीफिंग' होती है। इस ब्रीफिंग में प्रायः वे ही संवाददाता मौजूद रहते हैं जो विश्व मामलों को नियमित रूप से कवर करते हैं। भारतीय संवाददाताओं के अलावा दिल्ली स्थित विदेशी संवाददाता भी ब्रीफिंग में शामिल होते हैं। इसका दिलचस्प पक्ष यह है कि सरकार की ओर से ब्रीफिंग करनेवाले अधिकारी का नाम प्रेस में नहीं दिया जाता है। इसके स्थान पर केवल यह कहा जाता है कि विदेश मन्त्रालय के 'एक प्रवक्ता के अनुसार' या 'प्रवक्ता' ने पत्रकारों को बताया'। विदेश मन्त्रालय की यह प्रेस ब्रीफिंग शास्त्री भवन स्थित उसके सूचना व प्रसार निदेशालय में की जाती है। यदि कोई जरूरत हुई या विशेष अवसर हुआ तो विदेश सचिव स्वयं भी शास्त्री भवन में आकर पत्रकारों को सम्बोधित करते हैं या साउथ ब्लाक स्थित अपने कार्यालय में ही संवाददाताओं को बुला लेते हैं। महत्त्वपूर्ण अवसरों पर विदेश मन्त्री स्वयं भी संवाददाताओं को सम्बोधित करते हैं।

दो, विदेश मन्त्रालय की गतिविधियों के समाचार संकलन के लिए संवाददाताओं को चाहिए कि वह निम्न विषयों के सम्बन्ध में अच्छा अध्ययन करें : 1. भारत की आधारभूत विदेश नीति (नेहरू काल से लेकर वर्तमान काल तक); 2. गुटनिरपेक्ष आन्दोलन; 3. भारत-पाकिस्तान सम्बन्ध; 4. भारत और दक्षेस; 5. भारत और रूस (तत्कालीन सोवियत संघ और वर्तमान रूस); 6. भारत और अमेरिका; 7. भारत और यूरोप; 8. भारत और राष्ट्रमंडल; 9. भारत और चीन; 10. दक्षिण-दक्षिण संवाद; 11. भारत की परमाणु नीति; 12. भारत और राष्ट्र संघ; 13. भारत और पश्चिम एशिया; 14. भारत और रूस व्यापार संगठन; 15. भारत और पूर्वी देश; 16. भारत और मध्य एशिया; 17. भारत और आतंकवाद; 18. भारत और ब्रिटेन; 19. भारत और मॉरीशस; 20. भारत और मूल भारतवंशी राष्ट्र; 21. भारत और अफ्रीकी देश; 22. भारत और उत्तर शीतयुद्ध काल; 23. भारत और मानव अधिकार; 24. भारत और विश्व पर्यावरण; 25. भारत और कश्मीर विवाद; 26. तिब्बत विवाद; 27. भारत और विश्व व्यापार संगठन; 28. खाड़ी संकट; 29. भारत और आसियान; 30. भारत और यूरोपीय संघ आदि।

## III

### *चयन-प्रक्रिया और तैयारियाँ*

राष्ट्रपति, उप-राष्ट्रपति और प्रधानमन्त्री की राजकीय विदेश यात्राओं के समाचार

संकलन के लिए पत्रकारों के चयन का कोई निश्चित मापदंड नहीं है। वस्तुस्थिति यह है कि चयन-प्रक्रिया काफी ऐच्छिक और ढीली-ढाली किस्म की होती है। सर्वप्रथम अति विशिष्ट व्यक्ति की पसन्द या नापसन्द को प्राथमिकता पर रखा जाता है। वह अपने चहेते व्यक्ति को अपनी प्रेस पार्टी में शामिल करा सकता है। यद्यपि सरकार का दावा जरूर रहता है कि चयन-प्रक्रिया पूरी तरह से पक्षपातरहित है और सभी पत्र-पत्रिकाओं को वांछित प्रतिनिधित्व दिया जाता है। लेकिन व्यावहारिकता में कई कारक ऐसे होते हैं जो चयन-प्रक्रिया में महत्त्वपूर्ण भूमिका निभाते हैं। उदाहरण के लिए, मीडिया प्रतिष्ठान की हैसियत, मीडिया मालिक और पत्रकार का प्रभाव; अति विशिष्ट व्यक्ति की तात्कालिक आवश्यकता या पसन्द; पत्रकार की किसी विशेष क्षेत्र या देश में विशेषता; विदेश यात्रा के अवसर का महत्त्व; प्रधानमन्त्री कार्यालय या विदेश मन्त्रालय के घोषित एवं अघोषित उद्देश्य आदि ऐसे कारक हैं जिन्हें चयन-प्रक्रिया के दौरान ध्यान में रखा जाता है।

चयन-प्रक्रिया पूरी तरह से निरापद नहीं रहती है। यह भी देखने में आया है कि 'पेशेवर पत्रकार' के स्थान पर अखबार मालिकों को मीडिया टीम में शामिल कर लिया जाता है। अखबारपति अपने सम्पादक, ब्यूरो प्रमुख या किसी अन्य पत्रकार को भेजने के स्थान पर स्वयं को ही विदेश यात्रा के लिए मनोनीत करने की कोशिश करते हैं और प्रधानमन्त्री कार्यालय या विदेश विभाग के पास अपना नाम भेज देते हैं। गैर-अंग्रेजी मीडिया में इस तरह की प्रवृत्ति अधिक प्रबल रहती है। इस प्रवृत्ति का दुष्परिणाम यह रहता है कि अखबार मालिक विदेश यात्राओं के दौरान खबर भेजने की बजाय 'विशिष्ट व्यक्ति सम्पर्क अभियान' और सैर-सपाटे में अधिक व्यस्त रहते हैं। चूँकि उनके पास धन का अभाव नहीं होता है अतः वे खरीददारी भी जमकर करते हैं। कई बार यह भी देखा गया है कि यात्रा के दौरान अखबार मालिक किसी व्यावसायिक पत्रकार को पकड़ लेने हैं और उसे विभिन्न प्रकार के लालच देकर उनके नाम से (मालिक) खबरें भेजने के लिए कहते हैं। मैंने यह भी देखा कि अखबार मालिक फोन से अपने मुख्यालय स्थित समाचार सम्पादक को निर्देश देते हैं कि वे एजेंसी की खबरों में मामूली हेर-फेर करके उनके नाम से प्रकाशित करें। आठवें व नवें दशक में यह प्रवृत्ति काफी उग्र थी। लेकिन सदी के अन्तिम दशक में इसमें कमी आई है। अब भारतीय भाषाओं के अखबारपति अपने संस्थानों के ही पेशेवर पत्रकारों को अति विशिष्ट व्यक्तियों की विदेश यात्राओं के कवरेज के लिए भेजने लगे हैं। यहाँ मैं यह स्पष्ट करना जरूरी समझता हूँ कि कई अखबारपति को 'श्रेष्ठ व्यावसायिक पत्रकार' की श्रेणी में भी रखा जा सकता है। इस दृष्टि से हिन्दू, डेकन हैराल्ड, नई दुनिया, अमर उजाला, राजस्थान पत्रिका, जागरण जैसे प्रेस संस्थानों के मालिक किसी भी व्यावसायिक सम्पादक या पत्रकार से कम नहीं रहे हैं।

साधारणतः सरकार अंग्रेजी सहित सभी भारतीय भाषाओं के अखबारों, पत्रिकाओं और न्यूज चैनलों को बारी-बारी से अति विशिष्ट व्यक्ति की यात्रा में प्रतिनिधित्व देती है। मान लीजिए, किसी प्रदेश से चार बड़े अखबार प्रकाशित होते हैं

तो उनके प्रतिनिधियों को एक-एक करके मीडिया पार्टी में शामिल किया जाता है। यही अंग्रेजी मीडिया पर भी लागू होता है। भारत सरकार के पत्र सूचना कार्यालय (पी.आई.बी.) के पास सभी पत्र-पत्रिकाओं और न्यूज चैनलों की लिस्ट होती है। जब राष्ट्रपति, उपराष्ट्रपति या प्रधानमन्त्री की विदेश यात्रा का कार्यक्रम बनता है तब विशेष विमान में स्थान उपलब्धता के आधार पर मीडिया पार्टी का आकार निर्धारित किया जाता है। पी.आई.बी., चयनित दैनिक या साप्ताहिक समाचार-पत्र और न्यूज चैनल के सम्पादकों या व्यवस्थापकों या प्रबन्धकों को औपचारिक पत्र भेजकर उनसे मीडिया पार्टी में शामिल होने व सम्बन्धित संस्थान से अपना प्रतिनिधि मनोनीत करने के लिए भी कहता है। मीडिया संस्थान से मनोनीत पत्रकार के नाम प्राप्ति के पश्चात पत्र सूचना कार्यालय विधिवत रूप से अपनी कार्रवाई शुरू करता है। यह कार्रवाई विभिन्न चरणों में विभाजित रहती है। प्रथम चरण में मनोनीत व्यक्ति को निर्धारित तिथि और स्थान पर पहुँचने के लिए कहा जाता है।

दूसरे चरण में मीडिया पार्टी के लिए मनोनीत सभी मीडिया प्रतिनिधि शास्त्री भवन स्थित विदेश विभाग के प्रचार-प्रसार-सम्पर्क निदेशालय में एकत्रित होते हैं। इस अवसर पर विदेश मन्त्रालय का प्रवक्ता मीडिया प्रतिनिधियों को अति विशिष्ट व्यक्ति की विदेश यात्रा के उद्देश्यों—लक्ष्यों के बारे में विस्तार से समझाता है। इस मीडिया ब्रीफिंग में सभी मीडिया प्रतिनिधियों को सन्दर्भ सामग्री भी दी जाती है जो कि विदेश से अति विशिष्ट व्यक्ति के समाचार भेजने में उपयोगी सिद्ध होती है। इस सन्दर्भ सामग्री में मूलतः भारत और सम्बन्धित देशों के बारे में आधारभूत जानकारियाँ रहती हैं। इसके अतिरिक्त अति विशिष्ट व्यक्ति की राजकीय यात्रा के दौरान विभिन्न प्रकार के सम्भावित समझौतों या सन्धियों या किन्हीं अन्य प्रकार के कार्यक्रमों से सम्बन्धित दस्तावेज भी पत्रकारों को उपलब्ध कराए जाते हैं। इसके साथ-साथ राजकीय यात्रा के दौरान अति विशिष्ट व्यक्ति द्वारा दिए जानेवाले भाषणों की अग्रिम प्रति भी उपलब्ध कराई जाती है। संक्षेप में, एक पूरा 'मीडिया किट' पत्रकार को दे दिया जाता है। इस 'मीडिया किट' में अति विशिष्ट व्यक्ति के साथ जानेवाले मीडिया प्रतिनिधियों को किस होटल में ठहरना है, किस कार में बैठना है, किस-किस प्रकार के कार्यक्रमों को कवर करना है, समाचार या चित्र भेजने आदि की क्या-क्या व्यवस्थाएँ हैं—आदि बातों की जानकारी रहती है।

अनुभवी पत्रकार 'मीडिया किट' में उपलब्ध कराई गई सामग्री का भरपूर लाभ उठाने से नहीं चूकते हैं। अति विशिष्ट व्यक्ति के साथ यात्रा पर रवाना होने से पहले ही चौकन्ने और सक्रिय पत्रकार राष्ट्रपति, उपराष्ट्रपति और प्रधानमन्त्री के लिखित वक्तव्यों के आधार पर तिथि और अक्सर वार 'अपनी न्यूज स्टोरी' अग्रिम रूप से फाइल करके अपने कार्यालय छोड़ देते हैं। प्रत्येक न्यूज स्टोरी पर उसे जारी करने की तिथि और समय अंकित रहता है। इसके साथ-साथ वरिष्ठ पत्रकार राष्ट्रपति या प्रधानमन्त्री के लिखित सम्बोधन और सम्भावित घटनाओं के आधार पर विश्लेषणात्मक

अग्रिम न्यूज रिपोर्ट भी सम्पादक के पास निर्देशित तिथि पर छापने के लिए छोड़ देते हैं। जब मैं पहली बार 1985 में राजीव गांधी के साथ उनकी छह देशों की यात्रा (लन्दन, नसाऊ, हवाना, न्यूयॉर्क, हेग और मास्को) के कवरेज के लिए गया था तब उनके भाषणों की अग्रिम न्यूज स्टोरी तैयार करने के साथ-साथ मैं अपना साप्ताहिक कॉलम–'पिछला सप्ताह' भी लिखकर सम्पादक को दे गया था। उक्त कॉलम में राजीव गांधी की लन्दन में ब्रिटेन के विभिन्न कार्यक्रमों के आधार पर विवरणात्मक लेख लिखा गया था। लेख में कल्पना का भी प्रयोग किया गया था। चूँकि मैं 1983 में लन्दन तथा ब्रिटेन के कुछ क्षेत्रों की यात्रा पहले ही कर चुका था अतः अपने पूर्व अनुभवों के आधार पर कल्पना के घोड़े दौड़ाने में विशेष दिक्कत नहीं हुई। लेकिन ऐसे अवसरों पर लिखते वक्त यथार्थ और कल्पना के बीच सन्तुलन रहना चाहिए, वरना आम पाठकों की दृष्टि में आप उपहास के पात्र भी बन सकते हैं। इसके बाद कई विदेशी कवरेजों में मैंने इस तकनीक का सफलतापूर्वक प्रयोग किया। इसका एक लाभ यह होता है कि आप विदेश में न्यूज भेजते समय अनावश्यक दबाव से स्वयं को बचा लेते हैं, और खबर भेजने पर होनेवाले अनावश्यक खर्च भी बच जाते हैं। इसके साथ-साथ अग्रिम खबर को गम्भीरतापूर्वक तैयार कर सकते हैं और उसमें अतिरिक्त सन्दर्भ तथ्यों का समावेश भी कर सकते हैं। इसका एक लाभ यह भी मिलता है कि अखबार में अग्रिम स्टोरी को अच्छे डिसप्ले के साथ उचित स्थान पर छापा भी जाता है। लेकिन अग्रिम खबर के मामले में पत्रकार को निम्न सावधानियाँ जरूर बरतनी चाहिए : 1. अग्रिम रपट की एक प्रति अपने साथ विदेश यात्रा में ले जाना चाहिए; 2. सम्बन्धित देश में पहुँचते ही पत्रकार को चाहिए कि वह अपने तथ्यों की पुनः पुष्टि करे, यदि अति विशिष्ट व्यक्ति के भाषण या कार्यक्रम में कोई बदलाव होता है तो वह उसकी सूचना तुरन्त फोन या फैक्स से अपने मुख्यालय को दे; 3. राष्ट्रपति या प्रधानमन्त्री के भाषण की समाप्ति या किसी सन्धि या समझौते पर हस्ताक्षर सम्पन्नता के तुरन्त बाद ही अपने मुख्यालय में डेस्क को सूचित किया जाना चाहिए ताकि अग्रिम रपट का उसी दिन उपयोग किया जा सके; 4. अग्रिम रपट के लिए यदि अतिरिक्त सामग्री सम्बन्धित देश में मिलती हो तो उसे तुरन्त ही सम्पादक को प्रेषित कर दिया जाए; 5. अग्रिम रपट के अलावा भी यदि कोई नई घटना घटती है तो उसे भी तुरन्त भेजा जाना चाहिए।

मुझे याद है जब मैं 1990 में तत्कालीन प्रधानमन्त्री विश्वनाथ प्रताप सिंह के साथ नामीबिया की दो दिवसीय यात्रा के कवरेज के लिए गया था तब मैंने नामीबिया मुक्ति आन्दोलन पर एक विशेष रपट पहले से तैयार करके दिल्ली से इन्दौर भिजवा दी थी। नामीबिया को मध्य रात्रि में दक्षिण अफ्रीका की गुलामी से मुक्ति मिलनेवाली थी और इस अवसर का साक्षी बनने के लिए प्रधानमन्त्री सिंह को राजधानी विन्डूक पहुँचना था। भारत और नामीबिया के समय में कई घंटों का फासला था। जब वहाँ मध्य रात्रि का समय था तब भारत में प्रातः के चार बज रहे थे। मैंने विन्डूक पहुँचते ही इन्दौर फोन कर दिया और प्रधानमन्त्री की अगवानी की सूचना दे दी। इस फोन

के तुरन्त बाद की भूमिका अग्रिम रपट ने स्वयं निभाई।

भारत और अमेरिका के बीच 11-12 घंटे के समय का अन्तर होता है। जब वहाँ सुबह होती है तो यहाँ शाम होती है। न्यूयॉर्क में प्रायः सुबह प्रधानमन्त्री संयुक्त राष्ट्र महासभा को 11-12 के बीच सम्बोधित करते हैं। उस समय भारत में आधी रात बीत चुकी होती है। ऐसे क्षणों में प्रधानमन्त्री के भाषण पर आधारित अग्रिम रपट अपना करिश्मा दिखाती है। इसलिए अति विशिष्ट व्यक्ति के साथ जानेवाले सम्पादक या संवाददाता को चाहिए कि वह अग्रिम रपटें तैयार करने और मेज़बान देशों में तथ्यों एवं घटनाओं की 'रिचैकिंग' या 'क्रॉस चैकिंग' करने की आदत डाले।

विदेश यात्रा के दौरान मीडिया ब्रीफिंग का समय, मेज़बान देश के अति विशिष्ट या विशिष्ट व्यक्तियों के साथ मीडिया वार्ता का समय, सम्बन्धित देश के महत्त्वपूर्ण पर्यटन एवं औद्योगिक स्थल, मीडिया प्रतिनिधियों का पर्यटन कार्यक्रम आदि से सम्बन्धित जानकारियाँ पूर्व वितरित पुस्तिका में भी रहती हैं। इसके अतिरिक्त मेज़बान देश स्थित भारतीय दूतावास या उच्चायोग के अधिकारियों के पते एवं टेलीफोन नम्बर भी उपलब्ध कराए जाते हैं।

## IV

### *सुरक्षा जाँच व अन्य औपचारिकताएँ*

तीसरे चरण में यात्रा से सम्बन्धित विभिन्न प्रकार की औपचारिकताएँ पूरी कराई जाती हैं। प्रायः यह माना जाता है कि अति विशिष्ट व्यक्ति के साथ जानेवाले मीडिया प्रतिनिधियों को खर्च नहीं करना पड़ता है। लेकिन यह सही नहीं है। अति विशिष्ट व्यक्ति की विदेश यात्रा के कवरेज पर मीडिया संस्थानों को भी काफी कुछ खर्च करना पड़ता है। उदाहरण के लिए, सरकार मीडिया प्रतिनिधि को केवल अति विशिष्ट व्यक्ति के विशेष विमान में आने-जाने की निःशुल्क यात्रा सुविधा भी उपलब्ध कराती है। चूँकि यह विशेष विमान काफी बड़ा होता है और अति विशिष्ट व्यक्ति को मीडिया प्रतिनिधियों से विमान में ही वार्ता की जरूरत होती है इसलिए उन्हें साथ ले जाया जाता है। विशेष विमान में मीडिया प्रतिनिधियों के बैठने की विशेष व्यवस्था की जाती है। विमान में सबसे पहले सुरक्षाकर्मी, अति विशिष्ट व्यक्ति के निजी सहायक और इसके बाद मीडिया प्रतिनिधियों की सीटें होती हैं। मीडिया प्रतिनिधियों को दो वर्गों में विभाजित किया जाता है : 1. सम्पादक, वरिष्ठ पत्रकार एवं मीडियापति और 2. ब्यूरो प्रमुख, विशेष प्रतिनिधि, सामान्य संवाददाता। सभी मीडिया प्रतिनिधियों की सीटें आवंटित होती हैं और उन पर विधिवत नम्बर होता है। मीडिया प्रतिनिधियों के पश्चात साथ जा रहे अधिकारियों, सचिवों और मन्त्रियों या सांसदों के केबिन होते हैं। अति विशिष्ट व्यक्ति के लिए विशेष प्रकार की व्यवस्था की जाती है।

यात्रा के दौरान मीडिया प्रतिनिधि को अपने ही व्यय पर होटल में ठहरना पड़ता है और भोजन आदि की व्यवस्था करनी होती है। उसे अपने ही खर्च पर खबरों को भी भेजना होता है। ब्रीफिंग के तीसरे चरण में साथ जानेवाले पत्रकार को यह भी बतला दिया जाता है कि सम्पूर्ण यात्रा पर उसका कितना व्यय होगा और अमुक देश में होटल आदि पर उसे कितना खर्च करना पड़ेगा ? इसके पश्चात मीडिया प्रतिनिधि को विदेशी मुद्रा प्राप्त करने के लिए विशेष अनुमति पत्र दिया जाता है। इसके अतिरिक्त एयर इंडिया के विशेष विमान में यात्रा के टिकट जारी किए जाते हैं। इसके साथ-साथ उसे सुरक्षा पहचान पत्र और यात्रा में साथ ले जाए जानेवाले सामान के लिए सुरक्षा लेबल दिए जाते हैं। इसी चरण में विदेश विभाग के अधिकारी मीडिया प्रतिनिधियों के लिए वीजा की व्यवस्था करते हैं। वे मीडिया प्रतिनिधियों से पासपोर्ट इकट्ठा करते हैं और दिल्ली स्थित सम्बन्धित दूतावासों के पास उन्हें भेजकर वीजा प्राप्त करते हैं। वीजा शुल्क भी मीडिया प्रतिनिधि को ही वहन करना पड़ता है।

तैयारी के अन्तिम चरण में मीडिया प्रतिनिधियों से निर्धारित समय पर विमान तल पर पहुँचने के लिए कहा जाता है। उड़ान से करीब दो घंटे पहले दिल्ली स्थित वायुसेना के विशेष विमान तल पर पहुँचना होता है। यह विमान तल पालम क्षेत्र में स्थित है। विमान तल पर मीडिया प्रतिनिधियों और उनके सामान की कड़ी सुरक्षा जाँच होती है। उड़ान से पहले मीडिया प्रतिनिधियों को 'कस्टम क्लियरेंस' करवाना पड़ता है। विमान तल पर ही एक निश्चित मात्रा में विदेशी मुद्रा देने के लिए व्यवस्था की जाती है। उड़ान से करीब आधा-पौने घंटे पहले मीडिया प्रतिनिधियों का विमान में बैठना शुरू हो जाता है। अति विशिष्ट व्यक्ति निर्धारित समय पर ही विमान में चढ़ते हैं। विमान में चढ़ने से पहले उन्हें विशिष्ट व्यक्तियों द्वारा विदाई दी जाती है। विदाई से पहले अति विशिष्ट व्यक्ति विमान तल पर पहुँचे हुए मीडिया प्रतिनिधियों से भी संक्षिप्त वार्ता करते हैं। इस संक्षिप्त मीडिया वार्ता में वे अपनी यात्रा के उद्देश्यों पर प्रकाश डालते हैं। याद रहे, मीडियावार्ता में अति विशिष्ट व्यक्ति के साथ जानेवाले मीडिया प्रतिनिधि शामिल नहीं होते क्योंकि तब तक वे विमान में अपनी सीट पर बैठ चुके होते हैं।

## *विमान दृश्य*

विशेष विमान की उड़ान के साथ ही मीडिया प्रतिनिधि की कवरेज यात्रा के पहले चरण की शुरुआत होती है। विमान के उड़ान भरते ही मीडिया प्रतिनिधियों को विमान परिचारिकाएँ शीत पेयजल प्रदान करती हैं। इसके पश्चात विमान में परस्पर परिचय का दौर शुरू होता है। मीडिया प्रतिनिधि एक-दूसरे का परिचय लेते हैं। अति विशिष्ट व्यक्ति के साथ यात्रा कर रहे राजनीतिज्ञ और अधिकारीगण मीडिया प्रतिनिधियों के पास आते हैं और अनौपचारिक स्तर पर विचारों का आदान-प्रदान करते हैं। मीडिया प्रतिनिधि स्वयं भी इन विशिष्ट व्यक्तियों के केबिनों में जाते हैं और 'एक्सक्लूसिव' खबर की

जुगाड़ में जुट जाते हैं। जरूरत के मुताबिक अति विशिष्ट व्यक्ति भी अपने केबिन से बाहर आकर मीडिया प्रतिनिधियों से मिलते हैं और हल्के-फुल्के किस्म के सवाल-जवाब का दौर चलता है। इसके पश्चात अति विशिष्ट व्यक्ति अपने केबिन में लौट जाते हैं और विमान के वातावरण पर अनौपचारिकता छा जाती है।

आकाश में अनौपचारिकता के वातावरण में मीडिया प्रतिनिधि, राजनीतिज्ञ और अधिकारीगण आपस में विचारों का आदान-प्रदान करते हैं : एक, ऐसे मौकों पर राजनीतिज्ञ चर्चाएँ होती हैं; दो, सरकार की घरेलू एवं विदेश नीति की समीक्षा की जाती है; और तीन, अति विशिष्ट व्यक्ति के मेज़बान देशों और भारत के पारस्परिक सम्बन्धों का जायजा आदि लिया जाता है। अनौपचारिक चर्चाओं का मूल उद्देश्य यह होता है कि मीडिया प्रतिनिधि और सरकारी पक्ष, दोनों एक-दूसरे के दृष्टिकोण को अच्छी तरह से समझ लें। इन चर्चाओं के माध्यम से मीडिया प्रतिनिधि और सरकारी प्रतिनिधि एक-दूसरे को प्रभावित करने की कोशिश भी करते हैं। कई बार यह भी होता है कि सरकारी प्रतिनिधि बड़ी चतुराई से मीडिया प्रतिनिधियों के बीच खास बात उछालने या उन्हें अनुकूलित करने का प्रयास भी करते हैं। मेरे निजी अनुभव हैं कि अति विशिष्ट व्यक्ति, सरकारी प्रतिनिधि के माध्यम से अपनी नीति के सम्बन्ध में मीडिया की प्रतिक्रिया जानने की कोशिश भी करते हैं। इस सिलसिले में एक अनुभव का उल्लेख प्रासंगिक रहेगा। सन् 1997 में मैं पूर्व प्रधानमन्त्री इन्द्रकुमार गुजराल के साथ न्यूयॉर्क यात्रा पर था। जब हमारा विमान फ्रेंकफुर्ट से न्यूयॉर्क के लिए रवाना हुआ तब पाकिस्तान को लेकर चर्चा चल पड़ी। चर्चा का मुख्य मुद्दा यह था कि क्या इन्द्रकुमार गुजराल को अमेरिका की मध्यस्थता स्वीकार करनी चाहिए ? दूसरा मुद्दा यह था कि क्या प्रधानमन्त्री गुजराल को पाकिस्तान के तत्कालीन प्रधानमन्त्री नवाज शरीफ से मिलना चाहिए या नहीं ? भारत को किस सीमा तक तत्कालीन अमेरिकी राष्ट्रपति क्लिंटन के हस्तक्षेप को स्वीकार करना चाहिए ? इन दो-तीन सवालों को लेकर विमान में दो-ढाई घंटे तक विवाद रहा और सरकारी प्रतिनिधियों ने कई पैंतरे बदले। जहाँ तक मुझे याद है, विवाद के शुरुआती चरण में विमान में यह खबर फैली कि प्रधानमन्त्री गुजराल अमेरिकी दबाव के सामने झुककर नवाज शरीफ से मुलाकात करेंगे। मीडिया प्रतिनिधियों की ओर से इस पर तीखी प्रतिक्रिया हुई। कुछ देर तक एक-दो वरिष्ठ पत्रकारों को प्रधानमन्त्री ने अपने केबिन में बातचीत के लिए बुलाया भी। करीब ढाई घंटे की कवायद के बाद इस विवाद का पटाक्षेप हुआ। संक्षेप में, अनौपचारिक चर्चाओं के माध्यम से 'टोहबाजी' के दौर चलते रहते हैं।

इस अनौपचारिक माहौल में सभी यात्रियों की जरूरी सुविधाओं का ध्यान रखा जाता है। मसलन, एक, शीतल पेय और मद्यपान का दौर चलता है; दो, विभिन्न व्यंजनों से युक्त भोजन परोसा जाता है; तीन, शास्त्रीय और फिल्मी संगीत की स्वरलहरियाँ विभिन्न चैनलों पर चलती रहती हैं; और चार, अंग्रेजी और हिन्दी की फिल्में लघु पर्दे पर दिखाई जाती हैं। कुल मिलाकर विमान में यात्रियों के लिए 'घर से दूर घर' का

वातावरण पैदा किया जाता है।

कभी-कभी यह भी होता है कि विमान में ही अति विशिष्ट व्यक्ति के वक्तव्य की प्रतियाँ वितरित कर दी जाती हैं। कभी-कभी विदेश मन्त्रालय अपनी प्रेस विज्ञप्ति भी विमान में जारी कर देता है। प्रधानमन्त्री राजीव गांधी की विदेश यात्राओं में विमान में ही प्रेस विज्ञप्तियाँ जारी करने का प्रचलन था। स्व. राजीव गांधी के सलाहकार एस.वाई. शारदा प्रसाद, मणिशंकर अय्यर, जी. पार्थसार्थी, गोपी अरोड़ा आदि विमान में काफी सक्रिय रहा करते थे और वे मीडिया प्रतिनिधियों के साथ दोस्ताना सम्बन्ध रखा करते थे। इस दृष्टि से राष्ट्रपति शंकरदयाल शर्मा के साथ भी मीडिया प्रतिनिधियों के सम्बन्ध हमेशा मधुर रहे। प्रधानमन्त्री अटलबिहारी वाजपेयी के प्रेस सलाहकारों ने भी मीडिया प्रतिनिधियों के साथ सदैव जीवन्त सम्पर्क रखा। एक प्रकार से विमान में ही अति विशिष्ट व्यक्ति के सलाहकार राष्ट्रपति या प्रधानमन्त्री की 'इमेज प्रोजेक्शन' का काम शुरू कर देते हैं।

## V

### *मेज़बान देश में*

मेज़बान देश के हवाई अड्डे पर उतरने से पहले ही विमान में सुरक्षाकर्मी समस्त मीडिया प्रतिनिधियों को 'सुरक्षा बैज' दे देते हैं। इस बैज को प्रत्येक प्रतिनिधि को गले में लटकाना पड़ता है। यदि यह बैज खो जाए तो मीडिया प्रतिनिधि को कई परेशानियों का सामना करना पड़ सकता है। इसके अतिरिक्त प्रत्येक देश के लिए अलग-अलग पहचान पत्र जारी किए जाते हैं। सम्बन्धित देश के हवाई अड्डे पर उतरते ही पहचान पत्र को अपने कोट या शर्ट पर लगाना अनिवार्य है। सुरक्षा नियमों के प्रति सतर्कता बरतने के साथ-साथ वस्त्रों के बारे में भी सावधानी बरतने की जरूरत होती है। वैसे मीडिया प्रतिनिधि सम्बन्धित देश की जलवायु और मौसम के अनुसार वस्त्र पहनने के लिए स्वतन्त्र हैं। दिल्ली से रवाना होने से पहले ही विदेश यात्रा में पड़नेवाले देशों के सम्भावित तापमान से अवगत करा दिया जाता है। उसी अनुसार वस्त्रों की तैयारी करनी चाहिए।

वैसे मीडिया प्रतिनिधि 'औपचारिक पोशाक बन्धनों' से मुक्त रहते हैं। वे अपनी इच्छानुसार 'कैजुअल या फॉरमल' वस्त्र पहनने के लिए स्वतन्त्र हैं। लेकिन विशेष अवसरों के लिए विशेष प्रकार की पोशाक पहनने की अपेक्षा की जाती है। यदि वे निर्देशित वस्त्र नहीं पहनते हैं तो उन्हें उस अवसर से वंचित कर दिया जाता है। इस सम्बन्ध में एक निजी घटना आज भी मुझे कचोटती है। 1989 में मैं तत्कालीन उपराष्ट्रपति शंकरदयाल शर्मा के साथ उनकी लन्दन यात्रा पर गया हुआ था। यात्रा के दौरान डॉ. शर्मा के सम्मान में आयोजित औपचारिक भोज में हम मीडिया प्रतिनिधि भी

आमन्त्रित थे। शायद राजकुमार चार्ल्स भी उसमें शामिल होनेवाले थे। मीडिया प्रतिनिधियों से कहा गया कि वे कोट-पेंट और टाई या बन्द गले के जोधपुरी सूट पहनकर आएँ। यदि आप ऐसा नहीं करते हैं तो आपको औपचारिक भोज में शामिल नहीं होने दिया जाएगा। संयोग से मेरे पास दोनों पोशाकों में से कोई भी पोशाक नहीं थी। वैसे भी मैं कभी टाई नहीं लगाता हूँ। भोज के एक आयोजक ने मुझसे अनुरोध किया कि मैं तात्कालिक उपयोग के लिए किसी की टाई ले लूँ। लेकिन मैंने उनके इस अनुरोध को विनम्रतापूर्वक अस्वीकार कर दिया। अन्त में लन्दन के एक पंजाबी ढाबे में खाना खाना उचित समझा। मेरे मीडिया साथियों ने मेरे इस निर्णय को 'धृष्टता' कहा और उसकी 'हँसी' उड़ाई।

एक अन्य यात्रा में मैंने विदेश विभाग के उपसचिव से सूट माँगकर काम चलाया। उक्त उपसचिव के पास दो जोधपुरी सूट थे। कहने का तात्पर्य यह है कि अति विशिष्ट व्यक्ति की विदेश यात्रा के दौरान कई प्रकार के औपचारिक अवसरों का सामना करना पड़ता है जहाँ पोशाक बन्धन जरूरी हो जाता है। ऐसे समय में मीडिया प्रतिनिधि से यह अपेक्षा की जाती है कि वह औपचारिक वस्त्रों में ही आए। अब यह पत्रकार के निर्णय पर निर्भर करता है कि वह ऐसे आयोजन में शामिल होना चाहता है या उससे दूर रहना चाहता है। इस सम्बन्ध में सबके अपने-अपने दृष्टिकोण हैं।

अति विशिष्ट व्यक्ति की विदेश यात्रा के कवरेज का प्रथम चरण मेज़बान देश के हवाई अड्डे पर उतरने के साथ ही शुरू हो जाता है। प्रायः मीडिया पार्टी के सदस्यों को दो वर्गों में बाँट दिया जाता है। एक वर्ग प्रिन्ट मीडिया यानी पत्र-पत्रिकाओं के प्रतिनिधियों का होता है। दूसरा वर्ग इलेक्ट्रॉनिक मीडिया यानी विभिन्न न्यूज चैनलों के प्रतिनिधियों का होता हैं। तीसरा एक और वर्ग होता है जिसमें सरकारी मीडिया (दूरदर्शन, आकाशवाणी, फिल्म डिविजन, पत्र सूचना कार्यालय, फोटो डिविजन, अति विशिष्ट व्यक्ति का जनसम्पर्क अधिकारी) के सदस्यों को रखा जाता है। अति विशिष्ट व्यक्ति के विमान के रुकते ही सर्वप्रथम इलेक्ट्रॉनिक मीडिया और फोटोग्राफरों को उतारा जाता है ताकि वे अति विशिष्ट व्यक्ति के विमान से उतरने और मेज़बान देश के राष्ट्रपति या प्रधानमन्त्री या अन्य विशिष्ट व्यक्ति द्वारा उनकी अगवानी के क्षणों को दृश्य-श्रव्यबद्ध कर सकें। इसके पश्चात प्रिन्ट मीडिया के प्रतिनिधि विमान से बाहर आते हैं। उन्हें तत्काल अति विशिष्ट व्यक्ति के काफिले में शामिल निश्चित कारों में बैठने के लिए कहा जाता है। कभी-कभी प्रतिनिधि अति विशिष्ट व्यक्ति के साथ सीधे स्वागत समारोह के कवरेज के लिए आयोजन स्थल की ओर रवाना हो जाते हैं या फिर होटल में उन्हें ले जाया जाता है। मेज़बान देश स्थित भारतीय दूतावास या उच्चायुक्त द्वारा आरक्षित होटलों में भारतीय मीडिया प्रतिनिधियों को ठहरा दिया जाता है। यहाँ यह बतला देना जरूरी है कि दिल्ली से रवाना होने से पहले ही मीडिया प्रतिनिधियों से पूछ लिया जाता है कि वे अकेले रूम में रहना चाहेंगे या किसी अन्य पत्रकार के साथ शेयर करना पसन्द करेंगे। चूँकि विदेशों में कमरों का किराया काफी होता है इसलिए कई

पत्रकार आपस में शेयर करना पसन्द करते हैं। यह सस्ता पड़ता है।

होटल में ही एक 'मीडिया सेंटर' पहले से स्थापित रहता है। इस मीडिया सेंटर में खबरें और चित्र भेजने के लिए सभी उपकरण (कम्प्यूटर, फैक्स, मोडेम, टेलेक्स, टेलीफोन आदि) लगे हुए होते हैं। निर्धारित शुल्क देकर आप वहाँ से अपनी, कवरेज सामग्री को किसी भी समय गन्तव्य स्थान पर भेज सकते हैं।

## VI

### *समाचार विशिष्टता*

अति विशिष्ट व्यक्ति की विदेश यात्रा पर कवरेज के दौरान कुछ खास बातों पर ध्यान रखना भी जरूरी है। मीडिया प्रतिनिधि को यह समझना चाहिए कि एजेंसी प्रतिनिधि और समाचार प्रतिनिधि की रिपोर्टिंग में अन्तर होता है। एजेंसी के प्रतिनिधि को लगभग सभी घटनाओं की रिपोर्टिंग करनी पड़ती है। कई बड़े देशों में एजेंसी के एक से अधिक प्रतिनिधि होते हैं और एजेंसी का कार्य निरन्तर कई घंटों तक चलता रहता है। वह अति विशिष्ट व्यक्ति की गतिविधियों को विस्तार से कवर कर करती है। लेकिन अखबार के प्रतिनिधि की भूमिका बिलकुल हटकर होती है। पत्र प्रतिनिधि से यह अपेक्षा की जाती है कि वह अपने मुख्यालय को 'एक्सक्लूसिव समाचार रपट' भेजे। यदि उसकी रपट में विशिष्टता नहीं होती है तो एजेंसी के कवरेज के सामने उसके कवरेज के फीके पड़ने का खतरा बना रहेगा। अतः पत्र प्रतिनिधि को चाहिए कि वह 'रूटीन कवरेज' के मोह को छोड़कर 'विशेष कवरेज' पर अपना ध्यान केन्द्रित करे। इसके लिए उसे चाहिए कि वह विदेश विभाग के अधिकारियों से अलग से मुलाकात कर विशिष्ट प्रकार की जानकारी प्राप्त करने की कोशिश करे। इसके अतिरिक्त वह 'विश्लेषणात्मक या व्याख्यात्मक रपट' भेजे। इसके अतिरिक्त वह मेज़बान देश के नेताओं, मन्त्रियों, अधिकारियों और अन्य प्रभावशाली व्यक्तियों से सम्पर्क कर 'एक्सक्लूसिव न्यूज' बटोरने की कोशिश कर सकता है। इस प्रक्रिया में कई दफा मीडिया प्रतिनिधि को 'स्कूप' भी प्राप्त हो जाता है। लेकिन इन सब कार्यों के लिए अतिरिक्त प्रयास करने की जरूरत होती है।

रूटीन कवरेज से अलग कुछ कर दिखाने के लिए मीडिया प्रतिनिधियों को यह भी चाहिए कि वे मेज़बान देश की स्थानीय जनता से भी सम्पर्क करें; भारत के सम्बन्ध में उनकी प्रतिक्रियाएँ जानने की कोशिश करें; मेज़बान देश में बसे अनिवासी भारतीयों से सम्पर्क कर उनके विचार व स्थिति और उपलब्धियों की जानकारी प्राप्त करें; और उनकी उद्यमशीलता व भावी योजनाओं पर 'स्वतन्त्र फीचर' लिखने के लिए सामग्री एकत्रित करें। मैं समझता हूँ कि इस तरह के प्रयत्न भी उपयोगी सिद्ध हो सकते हैं। मुझे राष्ट्रपति, उपराष्ट्रपति और प्रधानमन्त्री की विभिन्न अवसरों पर राजकीय यात्राओं

(लन्दन, न्यूयॉर्क, मॉरिशस, सुरीनाम, गुयाना, त्रिनिडाड-टोबोगो, ओमान, तंजानिया, इंडोनेशिया आदि) के दौरान इस प्रकार की विशेष रपटें भेजने के उपयोगी अनुभव हुए हैं। मेरे द्वारा भेजी गई विशेष रपटों को मेरे अखबार—नई दुनिया ने अपने प्रथम पृष्ठ पर विशेष ले-आउट के साथ प्रकाशित भी किया। इसके साथ-साथ एजेंसी की रूटीन खबरों को भी छापा।

राष्ट्रपति या प्रधानमन्त्री की राजकीय यात्राओं के दौरान मीडिया प्रतिनिधियों को विभिन्न लोगों से साक्षात्कार के भी अनेक अवसर प्राप्त होते हैं। कई बार यह भी होता है कि नई दिल्ली से रवाना होने से पहले ही विदेश विभाग के अधिकारी मीडिया प्रतिनिधियों से यह पूछते हैं कि क्या वे मेज़बान देश के किसी विशिष्ट व्यक्ति का 'इन्टरव्यू' लेना चाहेंगे ? यदि इस सम्बन्ध में मीडिया प्रतिनिधि अपनी कोई इच्छा व्यक्त करते हैं तो सम्बन्धित देश स्थित भारतीय दूतावास उक्त इच्छित व्यक्ति के साथ इन्टरव्यू के लिए समय निर्धारित करने की भी कोशिश करता है। अच्छा यही रहता है कि मीडिया प्रतिनिधि भी स्वयं स्वतन्त्र रूप से सम्बन्धित व्यक्ति से सीधा सम्बन्ध स्थापित कर समय लेने की कोशिश करे। संयुक्त राष्ट्र महाधिवेशन, गुटनिरपेक्ष आन्दोलन, राष्ट्रमंडलीय सम्मेलन तथा अन्य विभिन्न सम्मेलनों के अवसर पर विभिन्न देशों के राष्ट्रपतियों और प्रधानमन्त्रियों से औपचारिक या अनौपचारिक मुलाकात करने के अच्छे अवसर उपलब्ध होते हैं। मीडिया प्रतिनिधियों को चाहिए कि वह ऐसे अवसरों का भरपूर लाभ उठाएँ। यद्यपि 'प्रोटोकोल सीमाओं' के कारण यह काम आसान भी नहीं है। फिर भी मीडिया प्रतिनिधि अपनी 'व्यावसायिक दुस्साहसिकता' का परिचय दे सकता है।

बहुत कम अवसर होते हैं जब राष्ट्रपति या प्रधानमन्त्री केवल एक ही देश की राजकीय यात्रा पर जाते हैं। वरना प्रायः दो से अधिक देशों को राजकीय यात्रा के कार्यक्रम में शामिल किया जाता है। राष्ट्रपति शंकरदयाल शर्मा की विदेश यात्रा में चार से छह देशों को शामिल किया जाता था। वे प्रायः 12 से 14 दिन की राजकीय यात्रा पर जाते रहे हैं। अतः मीडिया प्रतिनिधि से यह आशा की जाती है कि वह प्रत्येक मेज़बान देश की विशिष्टताओं से परिचित रहे क्योंकि मीडिया सेंटर में आयोजित नियमित प्रेस ब्रीफिंग के अवसर पर सवाल-जवाब को समझने में दिक्कत आ सकती है। मीडिया प्रतिनिधि से यह भी अपेक्षित है कि वह ब्रीफिंग में सटीक व प्रासंगिक सवाल ही करे क्योंकि विदेश यात्रा में समय का महत्त्व सबसे अधिक रहता है। एक देश से दूसरे देश जाने से पहले मीडिया प्रतिनिधि को चाहिए कि वह मेज़बान देश की यात्रा पर समापन रपट भी भेजे। इसके साथ ही अगले देश के बारे में 'प्रारम्भिक रपट' यानी 'करटेन रेजर' भी भेजी जा सकती है। समय की कमी और व्यस्त कार्यक्रम के कारण विमान में भी समाचार रपटें तैयार की जाती हैं। अनुभवी और अभ्यस्त पत्रकारों के पास स्वयं के पोर्टेबल टाइप-राइटर या लेपटॉप होते हैं। वे सीट पर बैठे-बैठे 'न्यूज स्टोरी' तैयार करते रहते हैं। अगले पड़ाव पर पहुँचते ही वे होटल में स्थापित मीडिया सेंटर से

अपनी खबर को भेज देते हैं। कई पत्रकारों के पास अन्तरराष्ट्रीय फोन सुविधा के 'सेल्यूलर फोन' भी होते हैं। यदि ब्रीफिंग के दौरान कोई महत्त्वपूर्ण खबर हाथ लगती है तो वे अपनी जेब से सेल्यूलर फोन निकालकर खबर को तुरन्त ही भेज देते हैं। इसलिए मीडिया प्रतिनिधि को चाहिए कि वह पूरी तैयारी के साथ ब्रीफिंग में मौजूद रहे।

कई बार यह भी होता है कि एक देश की यात्रा की समाप्ति के पश्चात और दूसरे देश में पहुँचने से पहले राष्ट्रपति या प्रधानमन्त्री बीच में ही औपचारिक या अनौपचारिक बातचीत करने के लिए मीडिया प्रतिनिधियों के बीच पहुँच जाते हैं। वे अपने सामान्य अनुभवों से पत्रकारों को अवगत कराते हैं। वैसे राजकीय यात्रा की समाप्ति के पश्चात और स्वदेश रवानगी यात्रा के दौरान अति विशिष्ट व्यक्ति पत्रकारों से जरूर मिलते हैं। यदि अति विशिष्ट व्यक्ति प्रधानमन्त्री है तो खबर अच्छी बनती है। सामान्यतः मेरा अनुभव रहा है कि राष्ट्रपति पत्रकारों के साथ बहुत खुलते नहीं हैं। वे संयमित रूप से ही मीडिया के साथ बातचीत करते हैं। लेकिन इसके विपरीत प्रधानमन्त्री काफी मुखर ढंग से अपने विचार व अनुभव मीडिया के समक्ष रखते हैं। विमान में प्रधानमन्त्री के साथ ब्रीफिंग सत्र काफी रोमांचकारी व अनुभव प्रधान रहता है। इसलिए मीडिया प्रतिनिधि को चाहिए कि वह प्रधानमन्त्री के साथ होनेवाले सवाल-जवाबों को पूरी तरह से टेपबद्ध कर ले। इससे स्वदेश पहुँचने पर खबर बनाने में काफी आसानी रहती है। विदेश यात्रा से लौटने के पश्चात अनुभवी पत्रकार समाचार, रपटें लिखने के साथ-साथ अपने यात्रा संस्मरण या फीचर भी अलग से लिखते हैं। यह सिलसिला कई दिनों तक चलता रहता है। इस मामले में पंजाब केसरी की भूमिका उल्लेखनीय है। इसके मालिक-सम्पादक विदेश यात्रा से लौटने के पश्चात महीनों तक अपने यात्रा संस्मरण लिखते रहते हैं। यद्यपि हर कोई पत्रकार ऐसा नहीं कर सकता लेकिन दो-तीन विश्लेषणात्मक लेख जरूर लिखे जाने चाहिए। यदि सम्भव हो सके तो स्वदेश लौटते समय अति विशिष्ट व्यक्ति का 'विशेष साक्षात्कार' भी लिया जाना चाहिए क्योंकि वे उस समय प्रायः फुरसत में रहते हैं और उनके पास कहने-बताने के लिए भी काफी कुछ होता है। यह भी देखा गया है कि कई बार वे 'ऑफ दि रिकार्ड' बातचीत करने में अधिक रुचि रखते हैं। 'ऑफ दि रिकार्ड' बातचीत में कई महत्त्वपूर्ण जानकारियाँ मिल जाती हैं। अब यह पत्रकार की क्षमता व दक्षता पर निर्भर करता है कि वह किस प्रकार 'ऑफ दि रिकार्ड' जानकारियों का इस्तेमाल करता है। यह पत्रकार के विवेक पर निर्भर करता है कि वह 'ऑफ दि रिकार्ड' और 'आन दि रिकार्ड' से प्राप्त जानकारियों का कितना और कैसा उपयोग करे ? मैंने कतिपय अति विशिष्ट व्यक्तियों के साथ कई प्रकार की 'ऑफ दि रिकार्ड' बातचीतों से काफी कुछ जानकारियाँ प्राप्त की थीं। लेकिन उन जानकारियों का उपयोग इस प्रकार किया गया जिससे किसी को यह आभास न मिले कि अमुक विशिष्ट व्यक्ति से यह सामग्री प्राप्त हुई। राष्ट्रपति शंकरदयाल शर्मा की अनौपचारिक बातचीतों में काफी रुचि रहा करती थी। राजीव गांधी खुले दिल व दिमाग से पत्रकार के साथ बातचीत किया करते थे। उनकी शैली में एक

प्रकार का 'राजनैतिक भोलापन' भी झलका करता था। मीडिया प्रतिनिधि इसका अनुचित लाभ भी उठाया करते थे।

अति विशिष्ट व्यक्ति की विदेश यात्रा के कवरेज के लिए जानेवाले पत्रकार को यह भी चाहिए कि वह अपनी यात्रा के दौरान रोज डायरी लिखे। डायरी में दिनभर की घटनाओं, प्रभावों और महत्त्वपूर्ण जानकारियों को लिपिबद्ध किया जा सकता है। इसका लाभ यह होगा कि यह डायरी 'पैडिंग' का काम करेगी और इससे सहज ही में सन्दर्भ सामग्री उपलब्ध हो जाएगी। भविष्य की यात्राओं के दौरान यह डायरी एक प्रकार से 'कुतुबनुमा' का रोल भी अदा कर सकती है।

# भाग : दो

---

*व्यावहारात्मक अनुभव*

# रिपोर्टिंग की शुरुआत : विदेश यात्रा के सम्बन्ध में

## *प्रधानमन्त्री*

यह किस्सा स्वतन्त्रता प्राप्ति के बाद का है। शायद 1958 या 59 का। तब मैं स्कूल का छात्र हुआ करता था। एक सुबह मेरी कक्षा के अध्यापक ने सभी विद्यार्थियों को निर्देश दिया कि वे आज मध्य रात्रि को न्यूयॉर्क स्थित संयुक्त राष्ट्र महासभा में प्रधानमन्त्री जवाहरलाल नेहरू का विश्व के नाम सम्बोधन सुनें। मैं बहुत प्रसन्न था। लेकिन मेरे और दूसरे साथियों की सबसे बड़ी समस्या यह थी कि किसी के घर में न रेडियो था और न ट्रांजिस्टर। उस जमाने में टेलीविजन तो बिलकुल ही नहीं था। रेडियो और ट्रांजिस्टर सम्पन्न परिवारों में हुआ करते थे। इसके बाद होटलों, ढाबों और चाय-पान की थड़ियों में रेडियो सैट लगे हुए होते थे। लम्बे-लम्बे एरियलों से दूर से ही यह मालूम हो जाता था कि अमुक मकान या थड़ी में रेडियो सेट उपलब्ध है। तब रेडियो के दो कार्यक्रम काफी लोकप्रिय हुआ करते थे। एक, आकाशवाणी के समाचार और दूसरा रेडियो सीलॉन (श्रीलंका)। सीलॉन की हर बुधवार को प्रसारित होनेवाली 'बिनाका गीत माला' तो अत्यन्त लोकप्रिय थी। प्रति बुधवार रात्रि को आठ से नौ बजे के बीच अमीन सयानी द्वारा प्रस्तुत इस कार्यक्रम को सुनने के लिए रेस्टोरेंट और थड़ियों के सामने भीड़ लग जाया करती थी। सम्पन्न मकानों में मेरे जैसे छात्र घुसपैठ करने की जुगाड़ में रहा करते थे।

शाम ढल चुकी थी। हम तीन-चार मित्रों ने तय कर रखा था कि आज रात्रि को चाचा नेहरू का भाषण अवश्य सुनेंगे। चूँकि यह भाषण अर्द्धरात्रि के बाद न्यूयॉर्क से सीधे प्रसारित होनेवाला था इसलिए किसी के घर में बैठकर सुनना सम्भव नहीं था। एक-दो धनी मित्रों से अनुरोध भी किया कि वे हमें रात्रि में अपने यहाँ बैठने दें और रेडियो सुनने दें। लेकिन उनके पालकों ने यह कहकर हमें निराश कर दिया कि बच्चों को देर रात तक नहीं जगना चाहिए। अन्त में मैंने तय किया कि सिनेमाघर के सामने वाली थड़ियाँ और रेस्टोरेंट देर रात तक खुले रहते हैं। उन दिनों सिनेमा का अन्तिम शो एक-डेढ़ बजे समाप्त हुआ करता था क्योंकि फिल्में तीन-तीन घंटे की हुआ करती थीं। मेरी तरकीब काम कर गई। जयपुर स्टेशन रोड पर एक बहुत पुराना सिनेमा हॉल 'पोलो विक्ट्री' यह आज भी मौजूद है। एक जमाना था जब यह जयपुर की शान समझा जाता था और प्रति रविवार इसमें अंग्रेजी की क्लासिक फिल्में दिखाई जाती थीं। मैं और

दो अन्य साथी रात्रि को करीब ग्यारह बजे सिनेमा घर के सामने एक शर्मा रेस्टोरेंट पर पहुँच गए। जेब में कुछ पैसे थे। पहले हमने चाय की चुस्कियाँ लीं। एक चाय प्याली को करीब एक घंटे तक चलाया। एक-दो बार होटलवाले ने हमें झिड़का भी और घर जाने के लिए कहा। लेकिन हमने उससे गिड़गिड़ाने के स्वर में अनुरोध किया कि आज चाचा नेहरू का भाषण सुनना है। होटलवाला भी चाचा का दीवाना था। उसे जब यह मालूम हुआ कि हम प्रधानमन्त्री जी का भाषण सुनना चाहते हैं तो वह भी बहुत खुश हो गया। इसी खुशी में उसने हमें एक-एक चाय और कचौड़ी भी खिलाई। उसे लगा होगा कि हमें भूख लग रही होगी। ठीक बारह बजे उसने अपने शक्तिशाली रेडियो की सुई इधर-उधर घुमानी शुरू की। चाचा का यह भाषण सभी केन्द्रों से एक साथ प्रसारित होनेवाला था। अतः उसके रेडियो ने जयपुर और दिल्ली के केन्द्र आसानी से पकड़ लिए और ठीक 12 या 12.30 पर प्रधानमन्त्री का भाषण शुरू हुआ और लोग भी पंडित जी का 'लाइव भाषण' सुनने के लिए जमा हो गए थे। चाय और कचौड़ी जमकर बिक रही थीं।

नेहरू जी के स्वर जैसे ही रेडियो पर गूँजे, भीड़ में से एक आवाज उठी 'चाचा नेहरू जिन्दाबाद' ! क्योंकि सभी के लिए यह घटना अविश्वसनीय थी। किसी को यह विश्वास नहीं हो रहा था कि वे अपने प्रधानमन्त्री के स्वरों को सात समुन्दर पार से इस प्रकार यथावत् सुनेंगे ! श्रोताओं के लिए सम्बोधन के अर्थ महत्त्वपूर्ण नहीं थे। उनके लिए स्थान, भौगोलिक दूरी, व्यक्ति और 'लाइव-ब्रॉडकास्ट' महत्त्वपूर्ण थे। भाषण शुरू होने के पहले उद्घोषक ने हिन्दी और अंग्रेजी में घोषणा की थी कि अब भारत के प्रधानमन्त्री जवाहरलाल नेहरू राष्ट्र संघ को सम्बोधित करेंगे। उनका भाषण अंग्रेजी में होगा। इस घोषणा से ही हम सभी में एक बिजली-सी दौड़ गई थी।

नेहरू जी के शब्द जैसे ही मेरे कान से टकराए, मैं रोमांचित हो उठा। मेरे अन्दर और भीतर एक प्रकार की अवर्णनीय अनुभूति दौड़ रही थी। रोम-रोम ऊर्जावान बन गया था। सब कुछ दिव्य लग रहा था। मैंने उनका भाषण तो नहीं समझा क्योंकि मेरी अंग्रेजी अच्छी नहीं थी। बस इतना ही महसूस किया कि किसी अद्वितीय घटना से मेरा साक्षात्कार हुआ है। भाषण दस-पन्द्रह मिनट तक चला होगा।

भाषण के अन्तिम क्षणों में एक सपना मेरे किशोर मस्तिष्क पर अंकुरित होने लगा। मैं देख रहा हूँ मैं संयुक्त राष्ट्र महासभा में हूँ; मैं प्रधानमन्त्री के भाषण को वहीं बैठकर सुन रहा हूँ; और मैं उनके भाषण को रेडियो के माध्यम से पूरे देश में पहुँचा रहा हूँ। मैंने संकल्प लिया कि मैं एक दिन न्यूयॉर्क के इस स्थान पर पहुँचकर रहूँगा। इस संकल्प ने यथार्थ का रूप लिया और मेरा सपना साकार हुआ लेकिन करीब ढाई दशक बाद। मैंने संयुक्त राष्ट्र महासभा की प्रेस दीर्घा में बैठकर जवाहरलाल नेहरू के नाती और भारत के तत्कालीन प्रधानमन्त्री राजीव गांधी के महासभा में प्रथम सम्बोधन को कवर किया और वहीं से ही इन्दौर स्थित अपने अखबार 'नई दुनिया' को खबर भेजी। राजीव गांधी से आरम्भ हुआ भारत के प्रधानमन्त्रियों को कवर करने का यह

सिलसिला आगे भी चला। 1997 में प्रधानमन्त्री इन्द्रकुमार गुजराल और 1998 में प्रधानमन्त्री अटलबिहारी वाजपेयी के संयुक्त राष्ट्र महासभा के सम्बोधनों को कवर किया, और न्यूयॉर्क प्रवास के दौरान नियमित रूप से समाचार भेजे।

यूँ तो विदेश घटनाचक्र-कवर करने का प्रथम अवसर 1971 में मिला था। उस वर्ष भारत और पाकिस्तान के सम्बन्ध बुरी तरह से बिगड़ चुके थे। तत्कालीन पूर्वी पाकिस्तान (वर्तमान में बंगलादेश) में पश्चिमी पाकिस्तान के सैनिक नेतृत्व के खिलाफ बगावत शुरू हो चुकी थी। ढाका तथा दूसरे शहरों से विशेष रूप से बंगालियों का पलायन शुरू हो गया था। भारत-पाक सीमाओं पर झड़पें तेज होने लगी थीं। उन दिनों एक बहुभाषी समाचार एजेंसी से सम्बद्ध होने के कारण मैं त्रिपुरा की राजधानी अगरतला गया। वहाँ करीब तीन-चार महीने रहकर अखौड़ा सीमा से पूर्वी पाकिस्तान के घटनाचक कवर किए। इसके पश्चात दिसम्बर में खुलना और जैसोर क्षेत्रों में जाकर सामरिक गतिविधियाँ कवर कीं। युद्ध के पटाक्षेप के पश्चात मुक्त आजाद ढाका की यात्रा की और जनवरी 1972 में भारत लौटा। अन्तरराष्ट्रीय घटनाचक्र को लेकर कवरेज का यह मेरा पहला 'एक्सपोजर' था। लेकिन इसका सम्बन्ध मूलतः सामरिक रिपोर्टिंग से था। इसके पश्चात 1983 में यूरोप के विभिन्न देशों की यात्रा के दौरान भी वैदेशिक गतिविधियों को कवर करने का अवसर मिला था। यूरोपीय देशों (ब्रिटेन, हॉलैंड, स्विट्ज़रलैंड और जर्मनी आदि) में चल रहे 'ग्रीन एवं पीस पार्टी' के आन्दोलन को करीब से देखा था। अमरीका के बढ़ते वर्चस्व के विरुद्ध धरनों और प्रदर्शनों का वातावरण था। पश्चिमी जर्मनी में उभरते नाजीवाद के विरुद्ध आवाजें उठ रही थीं। जैनेवा में मानव अधिकारों के निरन्तर उल्लंघनों को लेकर वातावरण गरमा रहा था। ऐसी ही अनेक गतिविधियाँ थीं। लेकिन मैंने इस यात्रा का आनन्द एक सैलानी और 'अर्द्धसोशल एक्टीविस्ट' के रूप में अधिक लिया। इस यात्रा में मेरे साथ थे बँधुवा मुक्ति मोर्चा के अध्यक्ष स्वामी अग्निवेश और तत्कालीन सांसद इन्द्रवेश। इन दोनों नेताओं, जिन्हें 'विशिष्ट व्यक्ति' की श्रेणी में रखा जा सकता है, के साथ हॉलैंड में बसे भारतीय मूल के सैकड़ों सूरीनामवासियों को समीप से देखने और समझने का अवसर मिला। इस चालीस दिवसीय यूरोपीय यात्रा की अलग कहानी है जिसका यहाँ विवरण देना आवश्यक नहीं है। इस यात्रा का विस्तृत वृत्तान्त मेरी एक अन्य पुस्तक 'हस्तक्षेप' में उपलब्ध है।

मेरा यहाँ सम्बन्ध केवल पत्रकारीय व्यवसाय से सम्बन्धित यात्राओं से है। सही अर्थों में देश के अति विशिष्ट व्यक्ति की विदेश यात्रा को अधिकाधिक रूप से कवर करने का पहला अवसर 1985 में ही मिला था। अक्टूबर, 1985 में मुझे प्रधानमन्त्री राजीव गांधी की 12 दिवसीय विदेश यात्रा में प्रेस प्रतिनिधि के रूप में शामिल किया गया था। अति विशिष्ट व्यक्ति के साथ की गई उक्त प्रथम यात्रा में मैंने राजीव गांधी के लन्दन में दो दिवसीय पड़ाव को कवर किया। उक्त पड़ाव में उन्होंने तत्कालीन प्रधानमन्त्री मार्गरेट थ्रेचर से मुलाकात की। यह वह दौर था जब पंजाब और भारत से

बाहर कनाडा, अमेरिका और इंग्लैंड में खालिस्तानी आन्दोलन का उग्र रूप सर्वत्र दिखाई दे रहा था। खालिस्तानी आन्दोलन के चरमपंथी नेता जगजीत सिंह चौहान लन्दन में छाए हुए थे।

लन्दन पड़ाव के पश्चात राजीव गांधी की यात्रा का दूसरा चरण बहामा द्वीप से शुरू होता है। बहामा की राजधानी नसाऊ में आयोजित चार दिवसीय राष्ट्रीय सम्मेलन में राजीव गांधी के नेतृत्व में प्रतिनिधिमंडल ने भाग लिया। कवरेज की दृष्टि से राष्ट्रमंडलीय सम्मेलन मेरे लिए काफी उपयोगी सिद्ध हुआ। मेरे लिए सचमुच यह परीक्षा की घड़ी थी। दिन में कम-से-कम दो-तीन खबरें टैलेक्स से भेजनी होती थीं। मेरे पास अंग्रेजी का पोर्टेबल टाइप-राइटर हुआ करता था। खबर को पहले रोमन में टाइप करता था। इसके पश्चात वह टैलेक्स से इन्दौर भेजी जाती क्योंकि उन दिनों फैक्स या ई-मेल की सुविधा उपलबध नहीं थी। अतः टेलीप्रिन्टर या टैलेक्स या फोन पर ही पत्रकार निर्भर हुआ करते थे। अत्यन्त आवश्यक समाचार को फोन पर लिखा जाता था। नसाऊ से मैंने अपना साप्ताहिक स्तम्भ 'पिछला सप्ताह' भी भेजा जो कि नियमित खबरों के अलावा था। इस सम्मेलन में मुझे मलेशिया के प्रधानमन्त्री डॉ. महातेर ने सबसे अधिक प्रभावित किया था। उनकी वैचारिक स्पष्टता, प्रभावशाली भाषण-शैली और मिलनसारिता मनमोहक थी।

इस यात्रा की कई उपलब्धियों में से सबसे महत्त्वपूर्ण उपलब्धि मेरे लिए थी इतिहास पुरुष डॉ. फिदेल कास्त्रो के साथ व्यतीत हुए चन्द क्षण। नसाऊ से न्यूयॉर्क जाते हुए राजीव गांधी का काफिला दो दिनों के लिए हवाना भी रुका। क्यूबा की राजधानी हवाना में दो दिवसीय पड़ाव के दौरान एक रात्रि भोज राष्ट्रपति कास्त्रो के साथ प्रधानमन्त्री की पार्टी का रखा गया था। हम मीडिया प्रतिनिधियों को क्रान्ति भवन ले जाया गया। कड़ी सुरक्षा जाँच के पश्चात हमें एक सुसज्जित व शालीन कक्ष में पहुँचाया गया। कुछ मिनट इन्तजार करने के पश्चात डॉ. कास्त्रो अपने सहयोगियों के साथ हमसे मिलने के लिए पहुँचे। बारी-बारी से हम सभी का परिचय कराया गया। जब मेरी बारी आई और मैं अभिवादन के लिए उनके समीप पहुँचा तो कुछ पलों के लिए लगा कि मैं किसी व्यक्ति या राष्ट्रपति से हाथ नहीं मिला रहा हूँ, इतिहास से हाथ मिला रहा हूँ। मेरे समक्ष इतिहास साक्षात् खड़ा था। यह इतिहास केवल क्यूबा का ही नहीं, बल्कि सम्पूर्ण उत्पीड़ित व शोषित मानव जाति का जीवन्त इतिहास था। एक अद्भुत आभा कास्त्रो के व्यक्तित्व से प्रस्फुटित हो रही थी। हम सब उनकी ओर मन्त्रमुग्ध देख रहे थे। उन्होंने हमारे बीच से वरिष्ठतम पत्रकार बिल्ट्स के सम्पादक आर.के. करंजिया को तुरन्त पहचान लिया और अपने समीप बुलाया। उनसे कुछ विशेष रूप से बातें कीं। इसकी वजह यह थी कि जब कास्त्रो ने क्यूबा को मुक्त कराया था तब संयोग से आर.के. करंजिया वहाँ थे। उन्होंने नेहरू जी के निर्देश पर भारत का प्रतिनिधित्व किया था। तब से कास्त्रो और करंजिया के बीच निकटता बनी हुई थी। कुछ देर राष्ट्रपति कास्त्रो और पत्रकारों के बीच अनौपचारिक बातें हुईं। इसके पश्चात हम लोगों ने रात्रि भोज किया।

युवा प्रधानमन्त्री राजीव गांधी अत्यन्त शालीन लेकिन फुर्तीले व्यक्तित्व के धनी थे। पत्रकारों के साथ उनके काफी सौहार्द्रपूर्ण सम्बन्ध थे। वे प्रायः अपने केबिन से निकलकर मीडिया प्रतिनिधियों की सुविधाओं की जानकारी प्राप्त करने के लिए उन तक पहुँच जाया करते थे। उन्हें 'प्रोटोकॉल' की कतई चिन्ता नहीं हुआ करती थी। उनका विश्वास 'इन्फॉर्मल 'इन्ट्रैक्शन' में अधिक रहता था। उनके दो प्रमुख सहयोगी मणि शंकर अय्यर और जी. पारसारथी का मुख्य काम पत्रकारों के साथ मधुर सम्बन्ध रखना होता था। यद्यपि कुछ यात्राओं में वरिष्ठ सूचना सलाहकार एच.वाई. शारदा प्रसाद भी राजीव गांधी के साथ रहे। शारदा प्रसाद का नेहरू परिवार से सम्बन्ध बहुत पुराना था। वे प्रथम प्रधानमन्त्री जवाहरलाल नेहरू से लेकर राजीव गांधी तक के परिवार से निकटता से जुड़े रहे। शायद यही वजह थी कि वे प्रायः नेहरू परिवार की विशेषताओं को पत्रकारों के बीच बड़े सकारात्मक ढंग से रखा करते थे। उनके प्रस्तुतीकरण में भक्तिभाव अधिक झलका करता था। मुझ जैसे युवा और प्रतिबद्ध पत्रकार को कभी-कभी उनकी यह शैली अटपटी लगा करती थी। यह सही है कि राजीव गांधी उन्हें काफी सम्मान दिया करते थे।

मैंने 1985 से लेकर 1998 तक पाँच प्रधानमन्त्रियों (राजीव गांधी, विश्वनाथ प्रताप सिंह, नरसिंह राव, इन्द्रकुमार गुजराल और अटलबिहारी वाजपेयी) के साथ कई बार विदेश यात्राएँ कीं। निसन्देह इसमें सबसे अधिक आनन्द राजीव गांधी की यात्राओं में ही आया क्योंकि उनकी यात्राएँ घटनाओं से परिपूर्ण रहा करती थीं। कब कौन-सी घटना नाटकीय ढंग से घट जाए, इससे हम सभी आशंकित रहा करते थे। इसलिए मीडिया प्रतिनिधियों को हमेशा चौकन्ना व सक्रिय रहना पड़ता था। इसके विपरीत नरसिंह राव, इन्द्रकुमार गुजराल व वाजपेयी की यात्राएँ रोमांचक व चुनौतीपूर्ण नहीं लगीं। इन तीनों प्रधानमन्त्रियों की यात्राओं में मुझे ऐसा प्रतीत हुआ कि मैं खबरों की दरिया में अनुकूल दिशा व धारा के साथ बहता जा रहा हूँ। 1997 में इन्द्रकुमार गुजराल और 1998 में वाजपेयी के न्यूयॉर्क प्रवास के दौरान हम मीडिया प्रतिनिधियों को यह भी लगा कि अनावश्यक रूप से घटनाओं को पैदा किया जा रहा है। मीडिया प्रतिनिधियों के लिए न्यूयॉर्क में दो-दो दिन तक अनावश्यक रूप से पर्यटन व मनोरंजन की व्यवस्था की गई है। इसके विपरीत राजीव गांधी का न्यूयॉर्क प्रवास अत्यन्त व्यस्त रहता था। दिन में तीन-चार खबरें भेजनी पड़ती थीं।

1992 में मैं प्रधानमन्त्री नरसिंह राव की इंडोनेशिया की यात्रा पर भी गया था। उस वर्ष राजधानी जकार्ता में गुटनिरपेक्ष आन्दोलन की बैठक आयोजित हुई थी। प्रधानमन्त्री राव अत्यन्त अनुशासित, संयमित और औपचारिक किस्म के नेता थे। वे पत्रकारों के साथ अनावश्यक चर्चा में उलझने से बचते थे। उनके जवाब सटीक व नपे-तुले और रूखे हुआ करते थे जबकि राजीव गांधी के उत्तर रोचक और सहज व स्वाभाविक हुआ करते थे। वे भारी-भरकम शब्दों का बहुत कम प्रयोग किया करते थे। उनकी भाषा मस्तिष्क के साथ-साथ हृदय को भी स्पर्श किया करती थी। लेकिन नरसिंह

राव की भाषा में गाम्भीर्य अधिक हुआ करता था। उनका इतिहासबोध और सन्दर्भकोश काफी समृद्ध रहा करता था। इस दृष्टि से राजीव गांधी 'किशोर' प्रतीत होते थे।

राजीव गांधी की 'केशोर्य राजनीतिज्ञता' की एक झलकी नामीबिया की राजधानी विन्डहोक में देखने को मिली। 1990 के मार्च मास में मुझे प्रधानमन्त्री वी.पी. सिंह के साथ नामीबिया की यात्रा पर जाने का अवसर मिला था। यह एक ऐतिहासिक यात्रा थी। प्रधानमन्त्री सिंह नामीबिया को एक राष्ट्र के रूप में जन्म लेने के क्षणों का साक्षी बनने जा रहे थे। विन्डहोक में ठीक मध्य रात्रि में दक्षिण अफ्रीका के तत्कालीन श्वेत राष्ट्रपति क्लार्क ने नामीबिया की एक स्वतन्त्र राष्ट्र के रूप में घोषणा की। स्वतन्त्र राष्ट्र नामीबिया का ध्वज फहराया गया। हम सभी मीडिया प्रतिनिधि रोमांचित हो उठे थे। मेरे जीवन का यह पहला अवसर था जब मैं लम्बी दासता की प्रसव-पीड़ा से मुक्त होते हुए एक देश को स्वतन्त्र राष्ट्र के रूप में जन्म लेते हुए देख रहा था। यद्यपि 1971 में मैं तत्कालीन पूर्वी पाकिस्तान व वर्तमान में बंगलादेश देश की प्रसव-पीड़ा को देख चुका था। लेकिन ढाका में बंग बन्धु मुजीबुर्रहमान द्वारा स्वतन्त्र बंगलादेश के स्वतन्त्र ध्वजारोहण के क्षणों का साक्षी बनने से वंचित रहा था। पर मैं इस दफा देख रहा था कि मेरी आँखों के सामने गुलामी के झंडे को कैसे उतारा जा रहा है और आजादी के परचम को कैसे आसमान में लहराया जा रहा है ! मेरे लिए विन्डहोक के वे अद्भुत और अलौकिक क्षण थे।

राजधानी विन्डहोक में प्रवास के दूसरे दिन वहाँ के एक पाँचसितारा होटल 'कालाहारी' में रात्रिभोज का आयोजन था। संयोग से प्रधानमन्त्री सिंह और पूर्व प्रधानमन्त्री राजीव गांधी भी इस होटल में पहुँचे हुए थे। प्रधानमन्त्री पद से हटने के पश्चात राजीव गांधी की यह पहली विदेश यात्रा थी। उन्हें नामीबिया के नेताओं ने विशेष रूप से आमन्त्रित किया था क्योंकि प्रधानमन्त्री रहते हुए युवा गांधी ने नामीबिया की मुक्ति के मुद्दे को हर मंच से उठाया था। इसलिए नव स्वतन्त्र नामीबिया का नेतृत्व पूर्व प्रधानमन्त्री से उपकृत महसूस कर रहा था।

होटल में भोज से पहले लाउंज में वर्तमान प्रधानमन्त्री और पूर्व प्रधानमन्त्री दोनों टकरा गए। वातावरण में राजनयिक असहजता फैल गई। सभी हक्के-बक्के रह गए। भारतीय विदेश विभाग के अधिकारी भी सकते में आ गए। मीडिया प्रतिनिधि भी कुछ क्षणों के लिए अवाक् रह गए। राजीव गांधी ने ही अपनी चिर-परिचित चंचल शैली में चुप्पी को तोड़ा और अपने उत्तराधिकारी वी.पी. सिंह तथा पत्रकारों से बातचीत में लीन हो गए। पत्रकारों ने भी इस अवसर का भरपूर लाभ उठाया। लेकिन प्रधानमन्त्री सिंह काफी असहज दिखाई दे रहे थे। इन क्षणों में लग रहा था कि राजीव गांधी ही प्रधानमन्त्री हैं, और वी.पी. सिंह उनके मन्त्रिमंडल के वरिष्ठ सहयोगी ! राजीव गांधी के चेहरे पर हमेशा की तरह भोलापन खिलखिला रहा था। अन्त में, उन्होंने ही प्रधानमन्त्री से विदाई ली और होटल से सहज भाव से बाहर चले गए। यह रहस्य ही बना रहा कि यह घटना स्वाभाविक थी या सुनियोजित ? कतिपय क्षेत्रों का मत था कि

प्रधानमन्त्री सिंह को नीचा दिखाने के लिए ऐसा किया गया था, जबकि कुछ क्षेत्र यह भी कहते रहे कि राजीव गांधी को उनकी बदली हुई स्थिति का अहसास कराने के लिए यह दृश्य रचा गया। अति विशिष्ट व्यक्तियों की विदेश यात्राओं में अफवाहें भी लगातार उड़ती रहती हैं। इसलिए पत्रकार को काफी सावधानी से काम लेना पड़ता है।

1998 में अटल जी के न्यूयॉर्क प्रवास के दौरान भी कई प्रकार की अफवाहें उठती रहीं; कभी कहा जाता कि प्रधानमन्त्री अपने कैंसर का चेकअप करा रहे हैं; कभी बात उड़ती कि बाईपास की तैयारी चल रही है; कभी यह भी सुनने को मिलता कि क्लिंटन-प्रशासन प्रधानमन्त्री को विशेष निर्देश देने में व्यस्त है; और कभी वाजपेयी जी के निजी जीवन को लेकर चर्चाओं का बाजार गर्म रहता। वैसे अटल जी की शैली काव्यात्मक रहा करती थी। उनके पास असुविधाजनक सवालों को हवा में उड़ाने का बला का हुनर है। वे गम्भीर चीजों के साधारणीकरण के उस्ताद हैं। चुटकुलों में सवालों को उड़ा डालते हैं। अतः मीडिया प्रतिनिधि भी यात्राओं में उतने ही चौकस रहा करते हैं।

निःसन्देह प्रधानमन्त्री की यात्राओं का अपना एक अलग आनन्द होता है। इसका मूल कारण यह है कि भारतीय शासन-व्यवस्था में प्रधानमन्त्री सत्ता की धुरी होता है जबकि राष्ट्रपति प्रायः एक सजावटी सत्ता होता है। अतः द्विपक्षीय वार्ता के सन्दर्भ में प्रधानमन्त्री की भूमिका स्वाभाविक रूप से महत्त्वपूर्ण हो जाती है। इसके अलावा संयुक्त राष्ट्र महासभा, गुटनिरपेक्ष आन्दोलन, राष्ट्रमंडलीय देशों का सम्मेलन जैसे मंचों को सम्बोधित करने का उत्तरदायित्व शासन प्रमुख होने के नाते प्रधानमन्त्री का रहता है। इसके अतिरिक्त कई प्रकार के अन्तरराष्ट्रीय आर्थिक सम्मेलन होते हैं जहाँ प्रधानमन्त्री की उपस्थिति जरूरी समझी जाती है। चूँकि प्रधानमन्त्री के पास शासन की कार्यकारी शक्तियाँ होती हैं अतः मेज़बान देश की भी यह अपेक्षा रहती है कि वह राष्ट्राध्यक्ष के बजाय सम्बन्धित देश के शासन प्रमुख के साथ द्विपक्षीय समझौते सम्पन्न करे। इस दृष्टि से राष्ट्रपति की राजकीय यात्रा की तुलना में प्रधानमन्त्री की विदेश यात्रा अपेक्षाकृत अधिक घटनाप्रधान रहती है। प्रायः प्रधानमन्त्री की विदेश यात्राओं में वरिष्ठ सम्पादकों व पत्रकारों को शामिल किया जाता है। उदाहरण के लिए राजीव गांधी की 1985 की यात्रा में हिन्दू, डक्कन क्रॉनिकल, ब्लिट्स, इन्फा, दिनमान, अमर उजाला, सकाल, मातृभूमि जैसे प्रतिष्ठित पत्र-पत्रिकाओं के प्रबन्ध सम्पादकों व सम्पादकों को शामिल किया गया था। 1998 में अटलबिहारी वाजपेयी की विदेश यात्रा में भी दिलीप पटगाँवकर (टाइम्स ऑफ इंडिया), चन्दन मित्रा (पायनियर), प्रभु चावला (इंडिया टुडे), प्रेम शंकर झा (स्वतन्त्र पत्रकार) जैसे वरिष्ठ पत्रकार थे। इसलिए मैं जितने भी प्रधानमन्त्रियों के साथ गया, कवरेज की दृष्टि से एक प्रकार के 'व्यावसायिक आनन्द व उपलब्धियों' की प्राप्ति हुई।

विदेश यात्राओं के कवरेज की दृष्टि से इस पुस्तक में युवा प्रधानमन्त्री राजीव गांधी और वी.पी. सिंह की यात्राओं के महत्त्वपूर्ण कवरेजों को उदाहरण के रूप में रखा गया है। सम्मिलित की गई कवरेज की कतरनों के माध्यम से यह बतलाने की कोशिश

की गई है कि अति विशिष्ट व्यक्ति की राजकीय यात्रा को किस प्रकार अवसरों व घटनाओं से गुजरना पड़ता है।

## *राष्ट्रपति*

करीब दो दशक की सक्रिय पत्रकारिता के जीवन में मुझे राष्ट्रपति (एक बार) और उपराष्ट्रपति (तीन बार) की विदेश यात्राओं को कवर करने का अवसर प्राप्त हुआ। संयोग से ये दोनों व्यक्ति एक ही थे अर्थात् डॉ. शंकरदयाल शर्मा। पहले मैंने उन्हें उपराष्ट्रपति के रूप में उनकी महत्त्वपूर्ण विदेश यात्राओं को कवर किया और बाद में उनकी अन्तिम (1997) विदेश यात्रा में भी मैं शामिल रहा।

डॉ. शंकरदयाल शर्मा, उपराष्ट्रपति रहे हों या राष्ट्रपति, दोनों ही पदों पर वे अपने पूर्ववर्ती नेताओं की तुलना में अधिक सक्रिय रहे। डॉ. शर्मा की विदेश यात्राएँ हमेशा घटनाओं से भरपूर रहा करती थीं। अपनी वृद्धावस्था के बावजूद डॉ. शर्मा आवश्यकता से अधिक कार्यक्रम रखा करते थे, और एक-एक दिन सात-आठ आयोजनों में भाग लिया करते और भाषण दिया करते थे। 1987 में उन्होंने वेस्टइंडीज के कुछ देशों (त्रिनीडाड-टोबोगो, ब्रिटिश गुयाना और सूरीनाम) की लम्बी यात्राएँ कीं। संयोग से मैं भी उनकी इन यात्राओं में शामिल था। जॉर्जटाउन में उन्होंने एक दिन में कई-कई कार्यक्रमों में भाग लिया। यद्यपि लोगों ने उन्हें सलाह दी थी कि वे सीमित कार्यक्रमों में ही भाग लें और राजधानी जॉर्जटाउन से बाहर की यात्राएँ न करें। लेकिन उन्होंने अपनी आयु और स्वास्थ्य की कभी चिन्ता नहीं की। राष्ट्रपति के रूप में जब वे चेक गणराज्य की यात्रा पर थे तब वे स्वस्थ नहीं थे। उनके पैरों में काफी दर्द रहा करता था। उन्हें चलने-फिरने में काफी कठिनाई हुआ करती थी लेकिन उन्होंने सभी प्रकार के 'राजनयिक शिष्टाचार' का पालन किया। एक बार जब वे 'गार्ड ऑफ ऑनर' ले रहे थे तब यह आशंका भी हुई कि कहीं वे गिर न पड़ें ? लेकिन उन्होंने अगवानी और विदाई के अवसरों की सभी शिष्टाचार रस्मों को निभाया।

डॉ. शर्मा की एक और आदत थी। वे विदेशों में भी लम्बे-लम्बे भाषण दिया करते थे। प्रायः वे 'ऑडियन्स' को खड़े होकर सम्बोधित किया करते थे। कभी-कभी भाषण के दौरान उनका गला भी भर आया करता था और आँखें छलछलाने लगती थीं। एक बार सूरीनाम की राजधानी पारामारीबो में वे अपना लम्बा लिखित अभिभाषण दे रहे थे। अभिभाषण में भारत और सूरीनाम के मूल भारतवंशियों को लेकर कुछ मार्मिक स्थल थे। वे बोलते समय इतने भावुक हो गए कि उनकी आँखें नम हो गईं और धीरे-धीरे आँसू भी बहने लगे। वे इसकी चिन्ता नहीं किया करते थे कि उनकी इस स्थिति का प्रभाव सभा पर क्या पड़ेगा ? वे प्रायः विचारों में डूब जाते और भावुक होकर बोलने लगते। वे लिखित भाषण से बँधे नहीं रहा करते थे। हिन्दी और अंग्रेजी पर उनका समान अधिकार था। वे दोनों में धाराप्रवाह बोला करते थे। उनकी यात्राओं के दौरान

द्विपक्षीय वार्ताएँ भी खूब हुआ करती थीं। चूँकि यात्राएँ राजनीति व शासकीय दृष्टि से घटनाप्रधान हुआ करती थीं इसलिए पत्रकारों को रिपोर्ट करने के लिए खबर सामग्री भी काफी मिला करती थी। मीडिया प्रतिनिधियों के साथ उनके अनौपचारिक व आत्मीय सम्बन्ध रहा करते थे। सम्बन्धों के मामले में वे अधिक 'प्रोटोकॉल' में विश्वास नहीं करते थे।

प्रस्तुत पुस्तक में डॉ. शर्मा की एक यादगार राजकीय विदेश यात्रा के विस्तृत कवरेज के कुछ अंश दिए गए हैं। इन अंशों का सम्बन्ध उपराष्ट्रपति के रूप में डॉ. शर्मा द्वारा भारतीय मूलवंशियों के कतिपय देशों की की गई यात्रा से है। इसके अलावा राष्ट्रपति की लन्दन यात्रा के कवरेज को भी पुस्तक में शामिल किया गया है। डॉ. शर्मा कैम्ब्रिज में 1989 में नेहरू स्मारक व्याख्यानमाला में अपना व्याख्यान देने गए थे। अपनी इस यात्रा में उन्होंने भारत-ब्रिटेन सम्बन्धों को लेकर मेज़बान देश के नेताओं के साथ चर्चा भी की थी। यह वह दौर था जब ब्रिटेन में खालिस्तानी आतंकवादी व अलगाववादी तत्वों का प्रयोग छाया हुआ था। डॉ. शर्मा की यात्रा के दौरान भी इन तत्वों की भारत विरोधी गतिविधियाँ जारी रहीं। जाहिर है ऐसी घटनाएँ मीडिया के लिए काफी रोचक व आकर्षक होती हैं।

मैं यह विश्वासपूर्वक कह सकता हूँ कि उनकी यात्राओं में मीडिया प्रतिनिधि कवरेज की दृष्टि से जहाँ वे काफी सक्रिय रहते थे वहीं वे 'तृप्त' भी हुआ करते थे। पत्रकारीय व्यवसाय की दृष्टि से उनके साथ यात्राएँ आनन्ददायक हुआ करती थीं।

# पाकिस्तान की यात्रा

पाकिस्तान की यात्रा, बचपन से मेरा 'स्वप्न' रहा है। क्योंकि मेरे परिवार से समीपता रखनेवाले कतिपय मुस्लिम परिवार देश विभाजन (अगस्त, 1947) के पश्चात् भारत से उखड़कर पाकिस्तान में जा बसे थे। इन परिवारों में ऐसे लोग भी थे जिन्होंने मुझे बचपन में खिलाया था। एक शाह साहब नाम के फकीर भी थे जो अक्सर हमारे घर आया करते थे और मुझे शिक्षाप्रद कहानियाँ सुनाया करते थे। एक प्रकार से शाह साहब, मेरे पिता के आध्यात्मिक गुरु हुआ करते थे। एक-दो मुस्लिम औरतों का भी परिवार में प्रायः आना-जाना लगा रहता था। विभाजन के समय मैं कोई चार वर्ष का था। 1950 के आस-पास इन परिवारों ने देश से पलायन किया था तब मैं सात-आठ वर्ष का हो चुका था। इन लोगों की धुँधली यादें, धुँधली छवियाँ मेरे दिल-दिमाग में अंकित थीं।

जब मैं 1987 में पहली दफा पाकिस्तान एयर लाइंस के विमान से दिल्ली के इन्दिरा गांधी विमान तल से लाहौर के लिए उड़ा तो मुझे लगा मेरा एक पुराना स्वप्न सच का बाना पहनने जा रहा है। मुझे विश्वास होने लगा कि मैं इस यात्रा में मुझसे टूटकर गए सभी पात्रों को खोज निकालूँगा ! यह भी मैं जानता था कि तब से लेकर अब तक वक्त ने कई करवटें ले ली हैं; दोनों देशों के दरियाओं में काफी पानी बह चुका है; दोनों ही के तलों पर कीच-कादे की मोटी-मोटी तहें जमा हो चुकी हैं; तीन-तीन जंगें हो चुकी हैं; सरहदें अभी तक सुलग रही हैं; कश्मीर की वादियों में अंगारे बरस रहे हैं; एक तरफ लोकशाही है और दूसरी तरफ फौजी तानाशाही है; इस ओर विविधता से परिपूर्ण बहुलतावादी संस्कृति है और उस पार एकल मज़हबपरस्ती अर्थात् 'मज़हबी राज्य' है। तब फासलों के इस बियाबाँ में कैसे मिलेंगे मेरे खोए हुए 'अपने' ? यादों की खूँटी से टँगे सपने और इस सवाल के साथ मैं लाहौर हवाई अड्डे पर उतरता हूँ।

1987 से 1994 के बीच मैंने पाकिस्तान की कई यात्राएँ कीं, अलग-अलग फिज़ाओं में; 1. ज़िया की फौजी तानाशाही व प्रायोजित लोकतन्त्र; 2. 1988 में विकलांग लोकतन्त्र की वापसी; 3. 1989 दक्षेस सम्मेलन; 4. 1990 चुनाव; और 5. 1994 में बेनज़ीर की पुनर्वापसी।

आठ वर्ष की अवधि में पाकिस्तान की पाँच यात्राओं में मैंने इस देश के लोगों को काफी करीब से देखा। मैंने उनके दिलो-दिमाग में झाँकने की कोशिश की। यद्यपि मेरा मूल उद्देश्य वहाँ के राजनीतिक घटनाचक्र को कवर करने का था।

इस दृष्टि से मैंने ज़िया के फौजी निज़ाम से लेकर बेनज़ीर भुट्टो के लोकतान्त्रिक राज की ऐतिहासिक घटनाओं के आर-पार झाँका, कराची से लेकर पेशावर और अफगानिस्तान सीमा तक की यात्राएँ कीं, निर्वाचित सरकारों के उत्थान-पतन को देखा—और कभी नेपथ्य में, कभी मंच पर पाकिस्तानी सैन्य-सत्ता प्रतिष्ठान का बेजोड़ अभिनय भी देखा। हर यात्रा में नए-नए अनुभव हुए। कभी सुखद, कभी दुखद। अन्तिम यात्रा का पटाक्षेप 'ताजा खलिश' के साथ हुआ; हर जगह मेरा पीछा आई.एस.आई. की कारें प्रेत की तरह करती रहीं।

पुस्तक के इस अध्याय में पाक-यात्रा के चन्द महत्त्वपूर्ण कवरेजों और नवाज़शरीफ की निर्वाचित सरकार के पतन तथा जनरल मुशर्रफ के नेतृत्व में सैनिक तानाशाही के उदय पर एक समसामयिक टिप्पणी को सम्मिलित किया गया है। कवरेज़-कतरनों और टिप्पणी से यह समझने व सीखने का अवसर मिलेगा कि 'व्यावसायिक यात्राओं' के माध्यम से किस प्रकार समसामयिक विदेशी घटनाओं की रिपोर्टिंग की जाती है ? रिपोर्टिंग के दौरान किन-किन बातों का ध्यान रखा जाना चाहिए ? पाकिस्तान जैसे संवेदनशील देश में किस प्रकार की सतर्कता आवश्यक है ? ज़रा-सी असावधानी संकट का कारण बन सकती है। पर पाकिस्तान, अफगानिस्तान, श्रीलंका जैसे देशों की घटनाओं की रिपोर्टिंग विविध चुनौतियों से परिपूर्ण होती हैं, और उनसे टकराने के लिए पत्रकार को ललकारती भी रहती हैं।

# चन्द विदेश रिपोर्टिंग

## आतंकवाद की कड़ी भर्त्सना के साथ ब्रिटेन से संवाद की शुरुआत

### 1985

**लन्दन, 14 अक्टूबर। प्रधानमन्त्री राजीव गांधी ने ब्रिटेन के साथ संवाद की शुरुआत आतंकवाद की कड़ी भर्त्सना से की। आपने स्पष्ट शब्दों में घोषित किया कि आतंकवाद लोकतान्त्रिक समाजों के लिए बहुत बड़ा खतरा है। श्री गांधी, आज यहाँ पहुँचने पर उनके सम्मान में प्रिन्स चार्ल्स द्वारा आयोजित स्वागत भोज में अपना औपचारिक सम्बोधन कर रहे थे। प्रधानमन्त्री बनने के बाद श्री गांधी अपनी प्रथम दो दिन की यात्रा पर यहाँ पहुँचे हैं। हीथ्रो हवाई अड्डे पर सारी परम्परा तोड़कर प्रधानमन्त्री मारग्रेट थैचर ने उनका भावभीना स्वागत किया और एक महान देश के शानदार राजनेता के रूप में सम्बोधित किया।**

एक दृष्टि से उनकी अगवानी ऐतिहासिक और अभूतपूर्व कही जाएगी, क्योंकि इंग्लैंड की परम्परा, हवाई अड्डे पर किसी प्रधानमन्त्री का स्वागत करने की नहीं है। परन्तु श्री गांधी का हीथ्रो पर ही स्वागत कर मैडम थैचर ने भारत के साथ परम्परागत, परस्पर सम्बोधन में एक नया आयाम जोड़ने का उल्लेखनीय प्रयास किया है। राजनीतिक रिश्तों के साथ, व्यापारिक रिश्तों का और विस्तार हो, इस मंशा का संकेत इस ऐतिहासिक अगवानी से मिलता है। परन्तु अपने स्वागत भोज के भाषण में भारत के प्रधानमन्त्री ने तात्कालिक तनावों के सन्दर्भ में कोई नरमी या उलझाव नहीं दिखाया है। श्री गांधी ने बेलाग जुबान में कहा है–"बाहरी समर्थन, आतंकवादियों के भ्रमों को जीवित रखे हुए है।" श्री गांधी का मत था कि भारत की लोकतान्त्रिक परम्पराओं ने आतंकवाद को खोखला सिद्ध कर दिया है। उनका आशय, पंजाब के चुनाव और असम के समझौते से था। युवा प्रधानमन्त्री ने मैडम थैचर को याद दिलाया कि भारत के साथ ब्रिटेन भी आतंकवाद का शिकार रहा है। इसलिए वही एक-दूसरे की आतंकवादी समस्याओं को भली प्रकार समझ सकता है।

प्रधानमन्त्री के सम्बोधन का दूसरा महत्त्वपूर्ण पक्ष था दक्षिण अफ्रीका की स्थिति। बगैर कूटनीतिक शब्दावली का प्रयोग किए, श्री गांधी ने श्रीमती थैचर से कहा कि दक्षिण

अफ्रीका में बर्बर तरीके से जनता का दमन किया जा रहा है। लोगों को बुनियादी मानव अधिकार प्राप्त नहीं हैं। "उनका अपराध उनका रंग है", श्री राजीव ने भारी मन से कहा। दक्षिण अफ्रीका की दमनकारी, रंगभेदवाली सरकार, नामीबिया की जनता को भी औपनिवेशिक दासता में जकड़ना चाहती है। वहाँ की गोरी सरकार के प्रबल समर्थक ब्रिटेन की जमीन पर ही भारत के प्रधानमन्त्री ने पुरजोर सम्बोधन में इस विश्व जनमत को दोहराया कि दक्षिण अफ्रीका की असहनीय स्थितियों का अन्त शीघ्र होना चाहिए।

श्री राजीव गांधी ने आर्थिक सहयोग की चर्चा की, परन्तु उनकी प्राथमिकता बहुपक्षीय थी। राजीव का ब्रिटेन को सुझाव था कि बहुपक्षीयवाद जिसमें पिछले कुछ समय से कमी आई है, को प्रोत्साहित करने में ब्रिटेन को सक्रिय भूमिका निभानी चाहिए। इससे अन्तरराष्ट्रीय सहयोग को बढ़ावा मिलेगा।

श्री गांधी ने अपनी यादों के गलियारे से गुजरते हुए वातावरण में एक व्यक्तिगत स्पर्श की छटा बिखेरी। ब्रिटेन के सन्दर्भ में आपने अपने नाना पंडित नेहरू का उल्लेख किया और ऑक्सफोर्ड की अपनी यादों की विनोदप्रियता के साथ चर्चा की। राजीव गांधी ने स्वागत भोज के अलावा, इंडियन लीग द्वारा आयोजित स्वागत में भी भारत के तीन नेताओं का बार-बार उल्लेख किया। महात्मा गांधी, नेहरू और इन्दिरा गांधी को भारत के लिए परिपक्व शक्ति कहा। नेहरू और इन्दिरा गांधी के नेतृत्व में भारत ने आत्मनिर्भरता प्राप्त की है। अपनी स्वर्गीय माँ की स्मृति में इतना तक कहा कि महात्मा गांधी और नेहरू की तुलना में इन्दिरा कांग्रेस को कड़े संघर्ष का सामना करना पड़ा है। परन्तु वे समाजवाद तथा कांग्रेस के दूसरे बुनियादी सिद्धान्तों से विचलित नहीं हुईं। इन्दिराजी, अटल रहीं। कांग्रेस को भारत की गंगा का पर्याय बताया। श्री गांधी ने यह घोषणा भी की कि भारत आधुनिक तकनीक की शक्ति जरूर लेगा, परन्तु महाशक्तियों के उलझाव से दूर रहेगा। राष्ट्रों के मध्य शान्ति और समानता के लिए प्रयासरत रहेगा। राजीव-दम्पति के स्वागत में आकाश खुला था, धूप खिल रही थी। ऐसा दिन लन्दन के लिए अनूठा होता है। एजेंसियों के अनुसार हवाई अड्डे पर स्वागत करनेवालों में भारतीय उच्चायुक्त डॉ. पी.सी. एलेक्जेंडर, उप-उच्चायुक्त आर.सी. अरोड़ा, भारतीय मूल के उद्योगपति स्वराज पाल तथा कई वरिष्ठ भारतीय एवं ब्रिटिश अधिकारी मौजूद थे। शाही वायुसेना ने अतिथियों को फौजी सलामी दी।

## आतंकवाद, ब्रिटेन के लिए तुरुपचाल

**लन्दन, 15 अक्टूबर। सिख और कश्मीरी उग्रवादी ब्रिटेन के लिए तुरुपचाल बने हुए हैं। ब्रिटेन चाहता है कि इस तुरुपचाल से वही भारत को जितना अधिक हो सकता है उतना दबाए और सैनिक साज-सामान का सौदा करे, जिनमें वेस्टलैंड हेलिकॉप्टर भी शामिल है।**

पिछले 24 घंटों की गतिविधियों को देखते हुए लगता है कि भारत कम-से-कम

वेस्टलैंड हेलिकॉप्टर खरीदकर कम्पनी को डूबने से बचाए। वेस्टलैंड हेलिकॉप्टर कम्पनी से करीब 21 हेलिकॉप्टर के खरीदने की बात चली है। यदि भारत बिलकुल इन्कार करता है, तो यह कम्पनी डूब जाएगी। यह सौदा करीब 10 करोड़ पौंड का है। ब्रिटेन की जी-तोड़ कोशिश है कि युवा प्रधानमन्त्री राजीव गांधी को आतंकवाद का भूत दिखाकर यह सौदा पटा लिया जाए।

हालाँकि मैडम थैचर ने कल प्रधानमन्त्री के स्वागत में स्पष्ट शब्दों में घोषणा की है कि उनकी जमीन पर आतंकवादियों को अपनी गतिविधियाँ जारी नहीं रखने दी जाएँगी। कानून के अन्तर्गत जो भी मुनासिब होगा, उग्रवादियों के खिलाफ कार्रवाई की जाएगी। ब्रिटेन के प्रधानमन्त्री ने इस सम्बन्ध में आतंकवाद को कुचलनेवाले कानून की चर्चा भी की। परन्तु, लन्दन स्थित भारतीय कूटनीतिक क्षेत्रों में चर्चा है कि ब्रिटेन की उग्रवादियों के खिलाफ कार्रवाई की बात मौखिक जमा-खर्च है। पहले भी वह ऐसा ही कहते रहे हैं। आज हालत यह है कि ब्रिटेन के साउथ हॉल, डर्बी जैसें प्रमुख गुरुद्वारे आतंकवादियों के कब्जे में हैं। उदारवादी और नरमपन्थी अलग-थलग पड़ गए हैं। भारतीय उच्चायुक्त सूत्रों के अनुसार कई दफा ब्रिटिश सरकार से इस सम्बन्ध में शिकायतें भी कीं, परन्तु कोई ठोस कार्रवाई नहीं की गई। पिछले दिनों श्री गांधी की हत्या के षड्यन्त्र में जिन्हें पकड़ा गया था उन्हें छोड़ा भी जा सकता है। कल लन्दन से प्रकाशित अखबारों ने भी यही लिखा है। एक अधिकारी नें तो यहाँ तक टिप्पणी की है कि राष्ट्रपति रेगन की तरह श्रीमती थैचर ने भी नाटकीय तत्परता या सहानुभूति दिखाई है। प्रधानमन्त्री के रवाना होने के बाद इन उग्रवादियों को छोड़ दिया जाएगा। परन्तु सब कुछ सैन्य और अन्य व्यापारिक सौदों पर निर्भर करता है। इस समय भारत इंग्लैंड को 53 करोड़ पौंड का सामान प्रति वर्ष निर्यात करता है, जबकि ब्रिटेन भारत को 80 करोड़ पौंड से अधिक का निर्यात करता है। इंग्लैंड की मंशा इस निर्यात को और बढ़ाने की है।

सूत्रों का कहना यह भी है कि सिख और कश्मीरी आतंकवादियों को चोरी-छुपे आर्थिक सहायता मिलती है। पाकिस्तान से तो खुलेआम मिल रही है। इसके अलावा सीआईए और विभिन्न स्वयंसेवी संगठन भी मदद देते हैं। ब्रिटिश सरकार भी इस आरोप से बच नहीं सकती। कूटनीतिक सूत्रों के अनुसार ब्रिटिश सरकार विभिन्न माध्यमों से उग्रवादियों को आर्थिक समर्थन देती है। कोई भी राजनयिक विश्वास के साथ कहने में असमर्थ था कि राजीव गांधी की यात्रा के बाद इंग्लैंड उग्रवादियों का सफाया कर देगा।

### *भारत अपनी शर्तों पर चलेगा*

**भारतीय राजनयिक सूत्रों के अनुसार ब्रिटेन आज भी पूर्वाग्रह से ग्रस्त है। पूर्वाग्रह की यह स्थिति परस्पर व्यवहार में दिखाई दे देती है। यद्यपि सरकारी स्तर पर इसमें कमी आई है।**

एक राजनयिक ने इतना जरूर माना कि इंग्लैंड के शासक भारत को एक नई शक्ति के रूप में देखने लगे हैं, जिसकी आसानी से उपेक्षा नहीं की जा सकती। भारत में तेजी से हुए राजनीतिक परिवर्तन से सरकारी क्षेत्र प्रभावित हुआ है।

विशेष तौर पर असम और पंजाब समझौतों ने ब्रिटिश नेतृत्व को इस बात का अनुभव करा दिया है कि भारत को आसानी से खंडित नहीं किया जा सकता। लोकतन्त्र की बुनियादें काफी गहरी हैं। कल भारत लीग के स्वागत अवसर पर ब्रिटेन के सामाजिक नेताओं ने भारत के लोकतन्त्र को विश्व का सबसे बड़ा लोकतन्त्र कहा और ब्रिटेन को एक-दूसरे का पूरक बताया।

भारत के राजनयिक सूत्रों का कहना है कि मैडम थैचर और दूसरे ब्रिटिश नेता इस सच्चाई को भली प्रकार समझ चुके हैं कि भारत को किसी धौंसपट्टी में नहीं रखा जा सकता। राजनयिकों ने तर्क दिया कि आज हम लोग ब्रिटिश के माल को और उसकी तकनोलॉजी को स्वीकार और अस्वीकार कर सकते हैं। एक वक्त था कि ब्रिटिश मनमाने ढंग से सड़ी-गली तकनोलॉजी और दूसरे कबाड़ लायक माल हम पर थोप दिया करते थे। अब इस स्थिति में गुणात्मक परिवर्तन आया है। आज भारत ब्रिटेन से नई तकनोलॉजी चाहता है और अपनी शर्तों पर। भारत ने ब्रिटेन को साफ-साफ बता दिया है कि हमें अत्यन्त आधुनिक तकनोलॉजी चाहिए। भारत तकनोलॉजी का ट्रान्सफर चाहता है, सिर्फ वस्तुएँ ही नहीं। यह बात ब्रिटिश नेताओं को स्पष्ट रूप से बता दी गई है। सैन्य सामग्री भी इसी आधार पर खरीदी जाएगी। एक सूत्र ने तो यह भी बताया कि इस कसौटी के आधार पर ब्रिटेन की कई वस्तुएँ रद्द भी की गई हैं। यदि भारत मजबूत नहीं होता तो वेस्टलैंड हेलिकॉप्टर खरीदना ही पड़ता। परन्तु भारत ने इस हेलिकॉप्टर को भारतीय जरूरतों के मुताबिक, अनुपयुक्त माना है। इसलिए हेलिकॉप्टर में इंग्लैंड को परिवर्तन करना पड़ा है और भारतीय आवश्यकताओं के अनुरूप बनाकर उसे बेचने की कोशिश की जा रही है।

लन्दन स्थित एक भारतीय सैन्य विशेषज्ञ अधिकारी ने इस रिपोर्टर को अनौपचारिक वार्ता में बताया है कि ब्रिटेन के दूसरे साजो-सामान की खामियों को थैचर सरकार की नजरों में लाया गया है। विशेषज्ञ ने यह भी कहा कि यदि भारत सरकार सख्त नहीं हुई होती तो हमें हर माल इंग्लैंड से लेना ही पड़ता। भारत की इस मजबूत स्थिति और कड़े रुख को देखते हुए थैचर को अपने कल के भाषण में परस्पर समानता के आधार पर सहयोग का दृष्टिकोण अपनाना पड़ा। राजीव गांधी के नेतृत्व और उसकी ताजा उपलब्धियों की अपूर्व प्रशंसा करनी पड़ी। थैचर को तकनोलॉजी के प्रति राजीव के दृष्टिकोण को मान्यता देनी पड़ी।

## *लन्दन की गलियों की पुरानी यादें*

प्रधानमन्त्री राजीव गांधी का दो दिवसीय लन्दन प्रवास, स्मृतियों से भरा हुआ रहा।

प्रत्येक अवसर पर पुरानी यादें बार-बार वातावरण में छाई रहीं। उन्होंने अपने पुराने दिन याद किए, जब वे मस्ती के साथ लन्दन की सड़कों पर घूमा करते थे। मेहमाननवाजों ने भी उन्हें याद दिलाया कि वे और उनके नाना और माता-पिता का लन्दन की गलियों से कितना गहरा वास्ता रहा है। कल इंडिया लीग में समारोह के अवसर पर लीग के एक वृद्ध अंग्रेज नेता स्कॉट ने भावुक होकर फिरोज और इंदिरा गांधी के रोमांस के क्षणों का उल्लेख किया तो राजीव भावुक-से हो गए। आज लॉर्ड मेयर द्वारा दिए गए दोपहर भोज के अवसर पर राजीव ने कहा कि एक समय था, जब वे लन्दन में मस्ती से घूमा करते थे। "मुझे इसका जरा भी अनुमान नहीं था कि एक दिन इसी लन्दन में प्रधानमन्त्री के रूप में आपका अतिथि होकर लन्दन आऊँगा।"

'फारगिव ओ लॉर्ड माई लिटिल जोक्स ऑन यू एंड आय विल फारगिव दी ग्रेट बिग जोक ऑन मी।' ये पंक्तियाँ भारत ब्रिटिश के विगत से शासक और शासित के सम्बन्धों के सन्दर्भ में कही गई थीं। राजीव ने कहा कि हमने बहुत पहले ही उन दिनों को भुला दिया है, जब आप लोगों ने हम पर राज किया था।

खालिस्तानी समर्थक लोगों ने आज हाइडपार्क से प्रदर्शन किया। ये पंक्तियाँ लिखते समय तक खालिस्तान जिन्दाबाद की आवाजें होटल तक पहुँच रही थीं। पाँच सौ सिख प्रदर्शनकारियों का नेतृत्व जगजीत सिंह चौहान कर रहे थे।

### *भारत से अधिक सुरक्षा*

लन्दन में प्रधानमन्त्री श्री गांधी की सुरक्षा-व्यवस्था काफी तगड़ी है। यह कहने में अतिशयोक्ति नहीं होगी कि यह सुरक्षा-व्यवस्था भारत से भी अधिक है। चप्पे-चप्पे पर पुलिस तैनात की गई है। खुफिया पुलिस अलग से है। कल हवाई अड्डे पर पुलिस कुत्तों को भी लगाया गया था, जिनका काम सूँघकर विस्फोटक सामग्रियों का पता लगाना है। सुरक्षा का यह आलम था कि कल भारतीय पत्रकारों की ब्रिटिश पुलिस से झड़प हो गई।

घटना इस प्रकार है कि इंडियन लीग ने गिल्ड हॉल में प्रधानमन्त्री के स्वागत का आयोजन किया था। औरों के साथ-साथ पत्रकारों की भी तलाशी ली गई। किसी को अपना कैमरा अन्दर नहीं ले जाने दिया गया। हिन्दी साप्ताहिक के सम्पादक नन्दन का कैमरा महिला सुरक्षा पुलिस ने एक ही झटके में खोल दिया, जिससे उनकी पूरी फिल्म खराब हो गई। इस संवाददाता के कैमरे के साथ भी वही सलूक किया जानेवाला था, परन्तु दूसरे पत्रकारों के हस्तक्षेप से बच गया। भारतीय पत्रकारों ने इसका विरोध किया तो पुलिस ने धमकी दी कि सबको हॉल से बाहर कर दिया जाएगा। ब्रिटेन के विदेश मन्त्रालय की प्रेस अधिकारी भी कुछ नहीं कर पाई।

ब्रिटेन का समाचार माध्यम आज भी पूर्वाग्रहों से ग्रस्त है। भारत के समाचार-पत्र दिल्ली आगमन पर ब्रिटिश नेताओं को जितना महत्त्व देते हैं, उसकी तुलना में ब्रिटिश

पत्र संकीर्ण निकले। लन्दन के तीन प्रमुख दैनिक गार्जियन, डेली टेलीग्राफ और टाइम्स में से किसी ने भी प्रधानमन्त्री श्री गांधी के थैचर द्वारा हवाई अड्डे पर स्वागत के चित्र को प्रथम पृष्ठ पर नहीं छापा। विडम्बना यही है कि मैडम थैचर का खोजी कुत्ते को प्यार करता हुआ चित्र प्रमुखता के साथ मुख पृष्ठ पर छापा गया। गार्जियन ने तो कुत्ते को प्यार करने की मुद्रा के एक नहीं, चार चित्र छापे हैं। टाइम्स ने एक सामान्य-सा चित्र पहले पृष्ठ पर पासपोर्ट साइजवाला दिया है। भारतीय दैनिकों के लिए यह एक सबक है !

## साप्ताहिक स्तम्भ : पिछला सप्ताह

## लन्दन का मिजाज इस बार बदला हुआ

चाय की चुस्कियों के साथ इस सफे पर जब आपकी नजरें पड़ेंगी, यह खबरनवीस सात हजार किलोमीटर पार समुद्र के, लन्दन के किसी स्ट्रीट ऑक्सफोर्ड, फ्लीट स्ट्रीट, 10 डाउनिंग स्ट्रीट, पिकेडिअली, स्क्वायर, वगैरह-वगैरह पर खबरों की टोह में भटक रहा होगा या दिनभर प्रधानमन्त्री राजीव गांधी और बरतानिया की प्रधानमन्त्री थैचर की गुफ्तगू का खबरी पुलिन्दा टेलीप्रिन्टर के सुपुर्द कर होटल लौट रहा होगा, या फिर दो साल पुरानी यादों तथा सोमवार 14 अक्टूबर के ताजा अनुभवों को किसी कहवाघर में हड़बड़िया ब्यालू यानि अंग्रेजी में फास्ट फूड के साथ चटनी बनाकर जायका ले रहा होगा। किसमें कितनी तासीर है ? उन्नीस सौ तिरासी में लन्दन कितना शान्त था। टेम्स नदी में कोई उफान नहीं था। उस समय बर्मिंघम किसी विशाल पूर्वज-सा लगा था। 14 अक्टूबर को उड़ान से पहले लन्दन की आबोहवा जो पिछले एक सप्ताह से दिल्ली पहुँच रही थी—वह थी, आज यहाँ दंगे कल वहाँ दंगे, आज इस अश्वेत महिला को मारा गया, कल उस बस्ती में आग लगा दी गई, यहाँ हिंसा, वहाँ हिंसा। कई हिंसात्मक प्रदर्शनों की खबर और ताजा बात थी राजीव गांधी की हत्या की साजिश का भंडाफोड़। इससे पहले भी काफी कुछ हुआ है। राजनयिक म्हात्रे की हत्या और बी.बी.सी. पर खालिस्तानी नेता जगजीत सिंह चौहान द्वारा प्रधानमन्त्री को मारने की घोषणा करने जैसे हादसे। यदि इन हादसों का चश्मा लगाकर ब्रिटेन की राजधानी का काल्पनिक पर्यटन करें तो वह भारत के मुरादाबाद, अलीगढ़, जालन्धर, पटना, अहमदाबाद, अमृतसर, भिवंडी जैसा सदाबहार दंगाग्रस्त नगरों की विकसित अगुआ नगरी लगेगी। लन्दन त्रिआयामी चश्मा लगाइए और फिर समझिए लन्दन और अपने देशी नगरों की दूरियाँ व करीबियाँ, एक साथ दिखाई देंगी। उड़ान से पहले ऐसी घटनाओं से चित्त खिन्न हो रहा है। पिछले हफ्ते रोजमर्रा की ज्यादातर मुलाकात रद्द कर दी गई। श्री गांधी ने सारा समय अपनी मेज की फाइलों का जायजा लिया। जल सेना की थाह ली और शुक्रवार के दिन प्रेस क्लब ऑफ इंडिया में आ धमके। बेबाक ढंग से बातचीत की। बेबाकी के साथ जवाब दिए। सबकी उम्मीद पर युवा गांधी ने परिपक्व प्रधानमन्त्री का

रोल अदा किया। खबरचियों की आदत रहती ही है कि खामियाँ निकाल लें। संयोजक से नाराजगी कई संवाददाताओं की रही। खासतौर पर समाचार संवाददाताओं की, जिन्हें सवाल करने का मौका कंजूसी से दिया गया था। कहे बगैर अंग्रेजी का बोलबाला रहना था फिर भी नेहरू, शास्त्री, इन्दिरा गांधी, देसाई, चरणसिंह पर जोर से गुर्रानेवाले, महारथी पत्रकार भी युवा नेता के प्रभाव में आ गए। साउथ ब्लाक में गांधी को एक ब्लाक का प्रधानमन्त्री जाना जाता है। एक अधिकारी ने परिभाषा की—गांधी जादूगर हैं। पंजाब व असम समझौते के बाद विदेशों में उन्हें जादूगर के रूप में देखा जा रहा है। खटाखट समस्याओं का हल निकाल रहे हैं।

विदेशों में उनकी यही छवि बन रही है कि वे 21वीं सदी के जादूगर राजनेता हैं। इसलिए भारत के आज हर समझदार व्यक्ति की जबान पर 21वीं सदी का मौखिक पासपोर्ट दिखाइए और धड़ल्ले से विकास व उद्योग के किसी प्रतिबन्धित क्षेत्र में प्रवेश कर जाइए। ट्रेस पासिंग का मुकदमा नहीं चलेगा।

बहरहाल कूटनीतिक सच्चाइयाँ हैं। 21वीं सदी के कोरे मन्त्र जाप से काम नहीं चलेगा। सात समुद्र पार का श्वेत विश्व मूलतः एक शापकीपर है। 'इस हाथ लें और उस हाथ दें' की धार्मिकता वहाँ हैं। आप उसका माल खरीदिए चाहे ताजा हो या सड़ा गला। चाहे जीवन रक्षक हो या जीवन संहारक। मगर खरीदिए जरूर ! तभी भारत का साथ दिया जा सकता है। पश्चिमी दुनिया में भारत के खिलाफ चलनेवाली उग्रवादियों की साजिश को रोका जा सकता है। यह थैचर और रेगन ने बार-बार अपने रवैये से भारत को जतलाया है। ब्रिटेन और अमेरिका अपने हथियार बेचने को उतावले हैं ही। बस माकूल सौदेबाजी होनी चाहिए। कितना हैरत-भरा इत्तेफाक है कि राजीवजी की हत्या की साजिश में ब्रिटेन और अमेरिका ने जबरदस्त नाटकीय एकता दिखाई है। पिछली बार श्री गांधी को न्यूयॉर्क में खतरे में पाकर अमेरिका ने भी ऐसे षड्यन्त्र का भंडाफोड़ किया था। उग्रवादियों की पकड़ा-धकड़ी की थी। इंग्लैंड ने भी श्री गांधी के लन्दन पहुँचने के 48 घंटे पहले ऐसी साजिश का पता लगाया। वल्लाह क्या जवाब है आपकी वफादारी का ? किसी ने खूब कहा है : माना हमारे दामन में साँपों का बसेरा है, यकीं यह है कि विसाले यार के लबों पर वफा के समन्दर मिलेंगे। दक्षिण अफ्रीका, नामीबिया, अंगोला, निकारागुआ, अलसल्वाडोर, विश्व बैंक, अन्तरराष्ट्रीय मुद्राकोष, हिन्द महासागर में शान्ति, अन्तरिक्ष युद्ध, परमाणु खतरा आदि ऐसे मुद्दे हैं जिनके बूते पर अपनी यह दादागीरी क़ायम रखने के लिए अमीर देश हर मंच पर नई-नई पैंतरेबाजी चलाते रहते हैं। क्यूबा जैसे समाजवादी देशों के अपवाद को छोड़कर समूचे लातीनी विश्व इस दादागीरी की गिरफ्त में हैं। ऋणग्रस्तता के कारण एक तरह से बंधक देश है। यों भारतीय गाँव में बंधक श्रमिक कौन नहीं जानता ? दक्षिण अफ्रीका की रंगभेद नीति के सम्बन्ध में श्वेत राष्ट्र दोहरे मापदंड अपनाए हुए संयुक्त राष्ट्र संघ के मंच पर आर्थिक नाकेबन्दी की घोषणा करते रहे हैं। यही देश चोरीछुपे द. अफ्रीका सरकार को माल पहुँचा देते हैं। श्री गांधी के सामने ये सच्चाइयाँ रहेंगी। गुटनिरपेक्ष आन्दोलन के

निवर्तमान अध्यक्ष के नाते भारत के प्रधानमन्त्री को इन सच्चाइयों से जूझना पड़ेगा। ब्रिटेन से लेकर न्यूयॉर्क तक। बहामा में बुधवार से होनेवाले राष्ट्रमंडलीय सम्मेलन में उन्हें दोहरी भूमिका निभानी पड़ेगी। एक तरफ राष्ट्रमंडल के महत्त्वपूर्ण देश के प्रधानमन्त्री के नाते भाग लेंगे वहीं गुटनिरपेक्षता आन्दोलन की जवाबदार भूमिका भी उन्हें निभानी पड़ेगी। उन्हें अपने असली 21वीं सदी ब्रांड के जौहर यहाँ दिखाने का मौका मिलेगा। सम्भवतः वे सबसे युवा प्रधानमन्त्री होंगे। देखना यह है कि वे अपनी किस जादूगरी का कमाल दिखाते हैं ? बस यह आशा की जानी चाहिए कि श्री गांधी इस अन्तर को समझते हैं कि एक व्यक्ति के रूप में प्रधानमन्त्री की छवि का मंडित होना तथा राष्ट्र के रूप में भारतीय छवि का गौरवान्वित होना, इतिहास चक्र के दो अलग आयाम हैं। जब दोनों आयाम एक-दूसरे के पूरक बन जाते हैं तब नये आयाम का जन्म होता है।

## रंगभेद का मुद्दा ही प्रमुख : राजीव बहामा पहुँचे

**नसाऊ (बहामा) 16 अक्टूबर। श्री राजीव गांधी आज प्रातः छः बजे (स्थानीय समय) लन्दन से नसाऊ पहुँचे। बहामा के विदेश मन्त्री ने उनका स्वागत किया। राष्ट्रमंडल देशों के अधिकांश राज्याध्यक्ष, प्रशान्त सागर के इस हरे-भरे सुरम्य द्वीप में पहुँच चुके हैं, जो मेज़बानी कर रहा है। इस द्वीप का प्राकृतिक सौन्दर्य देखते ही बनता है। बहामा पर्यटकों का स्वर्ग कहा जाता है।**

नसाऊ में आज से आरम्भ होनेवाले राष्ट्रमंडल सम्मेलन में दक्षिण अफ्रीका और विकासशील सदस्य राष्ट्रों की आर्थिक स्थिति जैसे मुद्दे हावी रहेंगे। सदस्य अफ्रीकी देश ब्रिटेन की प्रधानमन्त्री श्रीमती थैचर पर दक्षिण अफ्रीका की रंगभेदी सरकार के खिलाफ सख्त रुख अपनाने की माँग करेंगे और दबाव डालेंगे कि ब्रिटेन इस दिशा में निर्णायक कदम उठाए।

इस बात के संकेत कल भारत के प्रधानमन्त्री राजीव गांधी ने अपनी पत्रकार-वार्ता में दिए थे। लन्दन की दो दिवसीय राजकीय यात्रा की समाप्ति के पश्चात इंडिया हाउस में आयोजित पत्रकार-वार्ता में राजीव ने साफ शब्दों में माँग की थी कि ब्रिटेन को दक्षिण अफ्रीकी सरकार के खिलाफ दो टूक फैसला लेना चाहिए। करीब एक घंटे तक चली इस वार्ता में सबसे अधिक सवाल दक्षिण अफ्रीका और आतंकवाद के सम्बन्ध में किए गए। प्रधानमन्त्री का मत था कि दक्षिण अफ्रीका के खिलाफ आर्थिक नाकेबन्दी या आर्थिक बहिष्कार से काम नहीं चलेगा। ब्रिटेन से इस प्रकार की माँग करना असली मुद्दे की उपेक्षा करना है। राजीव का मत था कि रंगभेदी सरकार को सत्ता से हटाए बगैर काम नहीं चलेगा क्योंकि ऐसी सरकार बुनियादी तौर पर अमानवीय और बर्बर है।

राजीव गांधी के जवाबों से इस बात के संकेत मिलते हैं कि ब्रिटेन इसके लिए तैयार

नहीं है। श्री गांधी ने खुद कहा कि ब्रिटेन की अपनी समस्याएँ हैं, इसका अन्दाज लगाया जा सकता है कि वह दक्षिण अफ्रीकी सरकार के खिलाफ सख्त कार्रवाई क्यों नहीं करना चाहता।

लन्दन स्थित भारतीय राजनयिक सूत्रों का कहना है कि यदि प्रिटोरिया शासन का पतन होता है तो ब्रिटेन की अर्थव्यवस्था लड़खड़ा जाएगी। बेरोजगारी की समस्या और बढ़ जाएगी। श्रीमती थैचर बेरोजगारी के कारण अपनी लोकप्रियता खोने लगी हैं। यदि अफ्रीका में गोरी सरकार हट जाती है तो ब्रिटेन की अर्थव्यवस्था को गहरा आघात लगेगा। इसलिए राष्ट्रमंडल सम्मेलन में वह कभी इस माँग का समर्थन नहीं करेगा कि रंगभेद पर टिकी सरकार का पतन हो।

लन्दन में श्री गांधी की ब्रिटिश नेताओं से चर्चा की समीक्षा की जाए तो प्रधानमन्त्री की पहली राजकीय यात्रा मूलतः दृष्टिकोण के आदान-प्रदान का अभियान-सी थी। श्री गांधी ने भारत के आधारभूत सिद्धान्तों को सामने रखने में एक कुशल नेतृत्व का परिचय दिया। उन्होंने यह भी स्पष्ट कर दिया कि बुनियादी सिद्धान्तों के कारण ब्रिटेन के साथ मतभेद भी हैं। दक्षिण अफ्रीका और आतंकवाद के सवाल पर भी मतभेद हैं। हेलिकॉप्टर की खरीदी के सवाल पर भी भारत ने अपनी पुरानी स्थिति के साथ कोई समझौता नहीं किया है। यही कहा जा सकता है कि ब्रिटेन वेस्टलैंड हेलिकॉप्टर का मनमाना सौदा भारत के साथ करने में विफल रहा है। इसके विपरीत राजीव गांधी काफी हद तक आतंकवाद के सवाल पर सफल रहे हैं। उनकी यही उपलब्धि कही जाएगी कि ब्रिटेन उग्रवादियों के खिलाफ और सख्त कार्रवाई करने के लिए तैयार हो गया है। बल्कि वह अपने आतंकवाद विरोधी कानून में संशोधन के लिए सहमत भी है। इस मामले में कानूनी बारीकियों का अध्ययन कराया जाएगा। श्री गांधी की उपलब्धि एक यह भी रही है कि भारत अपनी शर्तों पर ब्रिटेन के साथ आर्थिक सम्बन्ध रखना चाहेगा। दो दिनों के पड़ाव में राजीव के लिए पुरानी यादों का मेला जरूर लगा। ब्रिटिश प्रधानमन्त्री तथा दूसरे नेताओं ने बार-बार उन्हें किशोर अवस्था और नेहरू-इन्दिरा के दिनों को याद कराया। परन्तु, राजीव एक चतुर राजनीतिज्ञ का परिचय देते हुए स्मृतियों की मोहकता में नहीं उलझे। प्रधानमन्त्री ने राजनीतिक और कूटनीतिक सच्चाइयों को एक क्षण के लिए भी ओझल नहीं होने दिया। इसलिए श्री गांधी ने बेबाकी के साथ सहमति और असहमतियों के सवाल पर अपने विचार व्यक्त किए। इससे स्पष्ट है कि भारत राष्ट्रमंडल सम्मेलन में इसी स्थिति को दोहराएगा। अफ्रीका देश भारत से काफी कुछ अपेक्षा रखते हैं।

## केवल आर्थिक नाकेबन्दी पर्याप्त नहीं

कल नसाऊ चोगम सम्मेलन को दक्षिण अफ्रीका के मुद्दे पर बहस कराते हुए एक गहरा धक्का लगा। यह कितना त्रासद संयोग है कि इधर चोगम की सम्पूर्ण शक्ति दक्षिण

अफ्रीका में सुधार पर लगी हुई है और दूसरी तरफ प्रिटोरिया सरकार ने वहाँ के एक स्वतन्त्रता सेनानी बेंजामिन मोलाइस को फाँसी पर लटका दिया। चोगम ने फाँसी की भर्त्सना की है। प्रिटोरिया सरकार के इस कदम पर चोगम ने गहरा दुख व्यक्त किया है। चोगम में दक्षिण अफ्रीका पर बहस आरम्भ हो चुकी है। कल कई देशों ने इसमें शिरकत की। कतिपय सूत्रों का कहना है कि प्रिटोरिया सरकार के खिलाफ दो टूक कदम उठाने के सवाल पर चोगम एकमत नहीं है। आर्थिक नाकेबन्दी को लेकर भी कई मतभेद हैं।

भारत चाहता है कि दक्षिण अफ्रीका का मसला एक निश्चित समयावधि में ही सुलझाया जाना चाहिए। इसमें विलम्ब नहीं होना चाहिए। कुछ देशों का मत है कि यदि समय रहते दक्षिण अफ्रीका की रंगभेदवादी सरकार के खिलाफ कड़ी कार्रवाई नहीं की गई तो भयानक किस्म का खूनखराबा होगा, जिसे रोका नहीं जा सकता। चोगम में कुछ देश ऐसे भी हैं, जो समझाने-बुझाने के नरमपन्थी रास्ते से दक्षिण अफ्रीका की समस्या का हल चाहते हैं। दक्षिण अफ्रीका के खिलाफ आर्थिक नाकेबन्दी के सवाल पर भी मतभेद व्याप्त हैं। अफ्रीका के अधिकांश देशों का मत है कि दक्षिण अफ्रीका के खिलाफ व्यापक आर्थिक नाकेबन्दी होनी चाहिए जबकि कनाडा जैसे देश चाहते हैं कि आंशिक नाकेबन्दी होनी चाहिए। प्रिटोरिया सरकार के साथ संवाद स्थापित किया जाना चाहिए। ब्रिटेन के कट्टर समर्थक देशों की कोशिश है कि प्रिटोरिया सरकार के खिलाफ नरम और उदारवादी रुख अपनाया जाना चाहिए। उधर गरमपन्थी देश उदारवादी नीति के खिलाफ हैं। भारत का पक्ष स्पष्ट है। वह आर्थिक नाकेबन्दी को ही पर्याप्त नहीं मानता। उसका यही पक्का मत है कि दक्षिण अफ्रीका की अमानवीय सरकार को ही हटाया जाना चाहिए तभी वहाँ मानवीय व्यवस्था स्थापित होगी। परन्तु इस उद्देश्य की प्राप्ति के लिए एक निश्चित अवधि निर्धारित की जानी चाहिए।

एजेंसियों के अनुसार दक्षिण अफ्रीका में बिगड़ती स्थिति के बारे में राष्ट्रमंडल का संयुक्त दृष्टिकोण तैयार करने के लिए प्रधानमन्त्री राजीव गांधी और चार अन्य देशों के नेताओं की आज रात यहाँ बैठक हो रही है। इस बैठक में कनाडा, जिम्बाब्वे, जाम्बिया और ऑस्ट्रेलिया के नेता भी भाग लेंगे। बहामा के प्रधानमन्त्री पिंडलिंग आज रात भोज दे रहे हैं। यह बैठक इस भोज के बाद होगी। कनाडा और ऑस्ट्रेलिया के नेता ब्रिटिश प्रधानमन्त्री थैचर से भेंट कर चुके हैं। थैचर अब भी अपने रवैये पर दृढ़ हैं कि दक्षिण अफ्रीका पर प्रतिबन्ध नहीं लगाए जाएँ।

ऑस्ट्रेलिया के प्रधानमन्त्री राबर्ट हॉक चाहते हैं कि राष्ट्रमंडल के प्रमुख लोगों की एक समिति बनाई जाए, जो रंगभेद नीति खत्म करने के लिए दक्षिण अफ्रीका से चर्चा करे। राष्ट्रमंडलीय देशों ने विदेश मन्त्रियों की एक तदर्थ समिति बनाई है, भारत इसका चेयरमैन है। यह समिति नवीन विश्व-व्यवस्था को मजबूत करने के तौर-तरीके सुझाएगी। दस सदस्यों की यह तदर्थ समिति शीर्ष सम्मेलन के विचारार्थ एक मसविदा तैयार करेगी। प्रधानमन्त्री राजीव गांधी ने नवीन विश्व-व्यवस्था के अपने सुझाव को

स्पष्ट करते हुए बताया है कि—हम चाहते हैं कि एक ऐसी समान प्रणाली अपनाई जाए, जिसे सभी स्वीकार करें, जैसे एक छाते के नीचे सभी खड़े हैं। जाम्बिया के राष्ट्रपति कैनेथ काउंडा ने कल राष्ट्रमंडलीय नेताओं से कहा कि दक्षिण अफ्रीका एक भयानक विस्फोट पर खड़ा है। उसे चेतावनी दी जानी चाहिए, जो हो चुका है, वही काफी है। उन्होंने कहा कि रंगभेदी सरकार से बातचीत निरर्थक है, क्योंकि उससे कुछ भी हाथ नहीं लगेगा।

## ब्रिटेन अकेला पड़ा, मित्र आस्ट्रेलिया ने भी साथ छोड़ा

दक्षिण अफ्रीका के सवाल पर ब्रिटेन अलग-थलग पड़ गया है। उसके पुराने श्वेत मित्र राष्ट्र ऑस्ट्रेलिया तक ने उसका इस मुद्दे पर साथ देने से इन्कार कर दिया है। कल 'चोगम' के उद्घाटन के अवसर पर जिस ढंग की धारा बही है, उससे स्पष्ट है कि नसाऊ सम्मेलन दक्षिण अफ्रीका और नई अर्थ-व्यवस्था जैसे मुद्दों पर दो टूक फैसला लेने के लिए ब्रिटेन पर जबर्दस्त दबाव डालेगा। उद्घाटन अवसर पर राष्ट्रमंडल देशों के पाँच प्रधानमन्त्रियों ने अपने भाषणों में दक्षिण अफ्रीका का मुद्दा उठाकर सम्मेलन की एक प्रकार से दिशा निर्धारित कर दी है।

भारत के प्रधानमन्त्री श्री राजीव गांधी की इसी मुद्दे पर प्रभावशाली पहल रही, जिसे अन्य सभी देशों ने स्वीकार किया। उद्घाटन अवसर पर विशेष रूप से राजीव गांधी, मलेशिया के प्रधानमन्त्री डॉ. महातीर मोहम्मद, कनाडा के प्रधानमन्त्री ब्रेन मुलरोनि, ऑस्ट्रेलिया के प्रधानमन्त्री राबर्ट हॉक और जिम्बाब्वे के प्रधानमन्त्री राबर्ट मुगाबे ने अपने सम्बोधनों में अपने-अपने ढंग से प्रकाश डाला। कनाडा को छोड़ शेष सभी ने प्रिटोरिया की सरकार की कड़े शब्दों में भर्त्सना की। उसे अमानवीय, बर्बर, क्रूर आदि तक कहा। वक्ताओं ने प्रत्यक्ष और परोक्ष रूप से ब्रिटेन और अमेरिका की आलोचना की। ब्रिटेन की प्रधानमन्त्री थैचर सिर झुकाए चुपचाप भाषणों को सुनती रहीं।

शाम को इस संवाददाता के साथ अनौपचारिक बातचीत में मलेशिया के प्रधानमन्त्री, बंगलादेश के राष्ट्रपति, महासचिव रामफल, विदेशमन्त्री बलिराम भगत, राज्यमन्त्री नटवरसिंह ने स्वीकार किया कि दक्षिण अफ्रीका के मसले पर ब्रिटेन लगभग अलग-थलग पड़ता जा रहा है। बहामा के रॉयल होटल में विदेशी नेताओं के बीच आकर्षण का केन्द्र बिन्दु युवा प्रधानमन्त्री श्री राजीव गांधी बने रहे। श्री गांधी के सम्बोधन के आरम्भ और अन्त में काफी देर तक तालियों की गड़गड़ाहट होती रही। उनका भाषण काफी सख्त सिद्ध हुआ। एक प्रकार से युवा गांधी ने अपने सम्बोधन से राष्ट्रमंडल की धारा ही बदल दी। उनके बाद के वक्ताओं ने उनकी तर्ज पर अपने विचार व्यक्त किए। महासचिव रामफल और बहामा के प्रधानमन्त्री सर लिनडेन पिंडलिंग ने राजीव के नेतृत्व की भूरि-भूरि प्रशंसा की। शाम को मीडिया प्रतिनिधियों के आयोजन में भी राजीव

आकर्षण के केन्द्र बने रहे। विदेश के अधिकांश पत्र-प्रतिनिधियों ने उन्हें घेर रखा था।

### *लीफर्ड में समारोह*

नसाऊ राष्ट्रमंडल के अवसर पर लीफर्ड उद्यान में 19 व 20 अक्टूबर को दो दिन का समारोह रखा गया है। यह एक प्रकार से समापन की पूर्व सन्ध्या पर किया जाता है। इस प्रकार के आयोजन का मुख्य उद्‌देश्य कूटनीतिक पेचीदगियों का अनौपचारिक और व्यक्तिगत स्तर पर बातचीत के माध्यम से कोई समाधान खोजना रहता है। प्रयास रहता है कि इसमें अनसुलझे सवालों के उपयुक्त समाधान की उपलब्धि हो सके।

नसाऊ सम्मेलन में कई ऐसे मुद्‌दे उठनेवाले हैं, जिन पर गहरे मतभेद रहेंगे। सम्भव है कि कड़वाहट भी पैदा हो। खासतौर पर दक्षिण अफ्रीका, नामीबिया, राष्ट्रमंडल के पिछड़े देशों को आर्थिक मदद, गरीब देशों के प्रति ब्रिटेन, कनाडा जैसे धनी देशों का अड़ियल रुख आदि ऐसे मुद्‌दे होंगे, जिन पर सदस्य देशों के बीच ध्रुवीकरण हो सकता है। इसलिए उक्त समारोह में स्थिति सरस बनाने की कोशिश की जाएगी।

रॉयल होटल में महासचिव रामफल ने राष्ट्रप्रमुख तथा मीडिया प्रतिनिधियों के लिए एक स्वागत का आयोजन किया था। यह होटल शान्त नीले समुद्र तट पर स्थित है। इसमें पत्रकारों के साथ जमकर अनौपचारिक बातचीत का सिलसिला करीब डेढ़ घंटे तक चला। इन नेताओं ने अनौपचारिक बातचीत में कहा कि चोगम की इस बार कोशिश रहेगी कि दक्षिण अफ्रीका के सवाल पर कोई निर्णायक कदम उठाया जाए। नेताओं ने यह भी बताया कि उनकी रणनीति है कि ब्रिटेन को इस सवाल पर झुकाया जाए। उसे कम-से-कम अलग-थलग कर दिया जाए, ताकि दक्षिण अफ्रीका को वह खुलकर अपना समर्थन नहीं दे सके। बंगलादेश के राष्ट्रपति और भारतीय विदेशमन्त्री बलिराम भगत के अनुसार इससे पहले किसी चोगम सम्मेलन में ब्रिटेन पर उद्‌घाटन अवसर पर इतने तेज आक्रमण नहीं हुए थे। उनकी कोशिश रहेगी कि ब्रिटेन को निर्णायक कदम उठाने के लिए मजबूर कर दिया जाए। मलेशिया के प्रधानमन्त्री ने कहा कि यदि दक्षिण अफ्रीका की गोरी सरकार नहीं हटाई जाती है, तो कम-से-कम ब्रिटेन को इस बात के लिए मजबूर किया जा सकता है कि वह अमानवीय सत्ता के खिलाफ आर्थिक प्रतिबन्ध लगाए। उन्होंने इस दलील को थोथा बताया कि आर्थिक नाकेबन्दी से दक्षिण अफ्रीका की काली जनता के लिए परेशानियाँ बढ़ जाएँगी। उनका शोषण तेज हो जाएगा। प्रधानमन्त्री का तर्क था कि वहाँ की काली जनता का शोषण तो आज भी हो रहा है। इससे तेज और क्या होगा ?

श्री रामफल ने 'नई दुनिया' को बताया कि ब्रिटेन के सामने सबसे बड़ी दिक्कत उसकी आर्थिक समस्या है। इसलिए वह दक्षिण अफ्रीका के खिलाफ कोई कदम उठाने से कतरा रहा है। ब्रिटेन के करीब 10 लाख पासपोर्टधारी व्यक्ति दक्षिण अफ्रीका की सरकार पर अपनी आजीविका के लिए निर्भर हैं। यदि रंगभेदी सरकार का खात्मा हो

जाता है, तो ब्रिटेन के कम-से-कम 5 लाख लोग बेरोजगार हो जाएँगे। रामफल के शब्दों में कोई समझौता फार्मूला निकल सकता है। यही रास्ता अधिक माकूल माना जा रहा है कि कोई समझौता फार्मूला तैयार किया जाए।

कैरेबियन सागर के तट पर कल चोगम के उद्घाटन अवसर पर युवा नेतृत्व छाया रहा। इस आयोजन में यह समारोह एक प्रकार से कूटनीतिक माध्यम है, विरोधी को जीतने का। वैसे राष्ट्रमंडल एक प्रकार का क्लब है, जिसमें एक सदस्य देश द्वारा दूसरे सदस्य देश पर एक सीमा से अधिक दबाव नहीं डाला जा सकता। ब्रिटेन इस सीमा को भली-भाँति जानता है।

## *इन्दिराजी को नमन*

राष्ट्रमंडल सम्मेलन में स्वर्गीय इन्दिरा गांधी की कमी सर्वत्र छाई रही। उद्घाटन समारोह की शुरुआत ही इन्दिराजी को संवेदनात्मक श्रद्धांजलियों के साथ आरम्भ हुई। प्रथम दिन के सभी सात वक्ताओं ने इन्दिराजी को नमन किया। समारोह के पश्चात् राष्ट्रमंडल प्रमुखों और मीडिया प्रतिनिधियों के अनौपचारिक स्वागत आयोजन के अवसर पर भी अनेक नेताओं ने इन्दिराजी को याद किया। विदेशी प्रतिनिधियों ने गहरी संवेदना, स्वर्गीय प्रधानमन्त्री के प्रति व्यक्त की।

बहामा के प्रधानमन्त्री सर लिनडेन पिंडलिंग तथा महासचिव रामफल ने उनके योगदान का स्मरण करते हुए दिल्ली के 'चोगम' (1983) में उनकी अभूतपूर्व भूमिका का उल्लेख किया। बहामावासियों में इन्दिराजी के त्रासदीमयी अन्त को लेकर काफी दुख है। स्थानीय जनता उन्हें विश्व की एक शक्तिशाली नेता के रूप में देखती है। बहामी महिलाओं के बीच इन्दिराजी काफी लोकप्रिय रही हैं। इसलिए महिलाओं को उनके निधन पर काफी दुख है। उनके पुत्र राजीव गांधी, लोगों के बीच लोकप्रिय होते जा रहे हैं। उनका नाम अपरिचित नहीं रहा है। सरकारी क्षेत्रों के अलावा नसाऊ नगरवासी राजीव को इन्दिराजी के पुत्र के रूप में जानते हैं। विशेष रूप से उनकी युवा नेतृत्व छवि जनता के बीच मोहक बनी हुई है। अफ्रीका मीडिया प्रतिनिधियों के बीच राजीव काफी चर्चित हैं।

प्रेस ट्रस्ट के अनुसार राष्ट्रकुल शीर्ष सम्मेलन के उद्घाटन सत्र में कई नेताओं ने स्वर्गीय प्रधानमन्त्री श्रीमती इन्दिराजी को स्मरण किया और उन्हें भावभीनी श्रद्धांजलि अर्पित की। बहामा के प्रधानमन्त्री सर लिनडेन पिंडलिंग ने इन्दिराजी की अध्यक्षता में 1983 में नई दिल्ली के शीर्ष सम्मेलन की याद को ताजा किया और कहा—वे इन्दिराजी के व्यक्तित्व, उनके अद्भुत साहस और दृढ़ संकल्प से बेहद प्रभावित हुए थे। वे बहामा में उनके सत्कार के लिए प्रतीक्षारत थे, लेकिन ऐसा नहीं हुआ। इन्दिराजी की दुखद मृत्यु से राष्ट्रकुल ही नहीं, सारे विश्व को धक्का लगा है।

कनाडा के प्रधानमन्त्री ब्रियन मुलरो ने इन्दिराजी को एक महान नेता बताते हुए

कहा—हम उनके निधन पर शोक मनाते हैं और उनके पुत्र का एक विशिष्ट उत्तराधिकारी के रूप में स्वागत करते हैं। सर लिनडेन ने भी श्री गांधी का विशेष स्वागत किया। श्री राजीव ने अपनी माँ के प्रति व्यक्त उद्‌गारों के लिए धन्यवाद दिया। शीर्ष सम्मेलन ने दिवंगत आत्मा के सम्मान में एक मिनट का मौन रखा। श्री राजीव ने छः दिवसीय राष्ट्रकुल सम्मेलन की उद्‌घाटन बैठक को सम्बोधित करते हुए दक्षिण अफ्रीका में जघन्य अत्याचारों की चर्चा करते हुए कवि ब्रेथवेट की कविता की कुछ पंक्तियाँ सुनाईं जो इस प्रकार हैं—

*जब बन्दूक के कुन्दे से*
*और गरम गोलियों से*
*अस्थियों को विच्छिन्न कर दिया।*
*मुझे लगा, जैसे किसी ने*
*मेरे पेट पर काले जूते मारे हों।*
*और मेरी आकांक्षा ने*
*(जो पहले कुछ भी नहीं थी),*
*चाबुक खाकर इस*
*अभिलाषा को जागृत किया*
*कि मुझे कुछ कर गुजरना है।*

## दक्षिण अफ्रीका पर सर्वसम्मति सम्भव

**नसाऊ, 19 अक्टूबर। भारत दक्षिण अफ्रीका के सवाल पर महत्त्वपूर्ण भूमिका निभा रहा है। ऐसा समझा जाता है कि दक्षिण अफ्रीका के मुद्‌दे पर आम सहमति बनाने में भारत की भूमिका निर्णायक रहेगी। सम्भवतः अगले दो-तीन दिनों में दक्षिण अफ्रीका पर सर्वसम्मत घोषणा की जाएगी। भारत के प्रधानमन्त्री राजीव गांधी से विभिन्न देशों के नेता परामर्श कर रहे हैं।**

ऑस्ट्रेलिया, कनाडा तथा दूसरे अफ्रीकी प्रधानमन्त्री और नेता श्री गांधी से इस मुद्‌दे पर अनौपचारिक बात कर रहे हैं। अफ्रीकी नेता राबर्ट मुगावे और केनेथ कोंडा ने राजीव गांधी के साथ अनौपचारिक बातचीत की। इनके अलावा अन्य नेताओं ने भी की। इस बातचीत का मुख्य उद्‌देश्य श्रीमती थैचर पर दबाव डालना है ताकि दक्षिण अफ्रीका का उपयुक्त हल निकल सके।

राजीव गांधी की विश्व की आर्थिक व राजनीतिक समीक्षा से प्रभावित होकर राष्ट्रमंडल सम्मेलन की एक उपसमिति बनाई जा चुकी है। इस उपसमिति का ध्येय संयुक्त राष्ट्रसंघ को और मजबूत करना तथा इसके माध्यम से एक नई विश्वव्यवस्था को विकसित करना है। यह एक महत्त्वपूर्ण बात है कि भारत इस उपसमिति का अध्यक्ष है।

यह समिति अन्तरराष्ट्रीय और बहुराष्ट्रीयवाद के दृष्टिकोण के विकास पर सहयोग

देगी। भारत ने यह आवाज उठाई है कि दुनिया में अन्तरराष्ट्रीयवाद खत्म होता जा रहा है, इसलिए उसे मजबूत बनाने की जरूरत है। राजीव गांधी की अपील के बाद यह कदम उठाया गया। यह समिति संयुक्त राष्ट्रसंघ की चालीसवीं वर्षगाँठ के अवसर पर सम्मेलन समाप्त होने से पहले एक घोषणा-पत्र भी जारी करेगी। संघों का कहना है कि इस घोषणा-पत्र को तैयार करने में भारत का सहयोग लिया जा रहा है। राष्ट्रमंडल के राष्ट्राध्यक्षों व शासनाध्यक्षों के सम्मेलन के कार्यकारी सत्र में राजीव गांधी ने जो विचार व्यक्त किए हैं, उन्हें इस घोषणा-पत्र में प्रमुख स्थान दिया जाएगा।

## *प्रगति के आसार*

दक्षिण अफ्रीका के सर्वाधिक विवादास्पद तथा जटिल मुद्दे पर सम्मेलन में प्रगति के कुछ आसार नजर आए हैं। चोगम के सदस्यों में सर्वसम्मत निर्णय पर पहुँचने के प्रयत्न जारी हैं। कार्यकारी सत्र में इस मुद्दे पर दो दिन तक बहस की गई। विचार-विमर्श के दौरान कुछ तीव्र मतभेद भी उभरकर सामने आए। मतभेद मुख्यतः दक्षिण अफ्रीकी सरकार के खिलाफ प्रस्तावित कार्रवाई से सम्बन्धित थे। किन्तु कोई भी सदस्य चोगम की असफलता अथवा विभाजन नहीं चाहता। इसलिए सर्वसम्मत निर्णय पर पहुँचने की सम्भावना प्रबल हो गई है।

भारत, ब्रिटिश नेता श्रीमती थैचर को स्वीकार्य नीति सूत्र निर्धारण करने में प्रभावशाली भूमिका निभा रहा है। ऐसा समझा जाता है कि ब्रिटेन ऐसी किसी कार्रवाई के लिए सहमत हो गया है, जिसके माध्यम से दक्षिण अफ्रीका सरकार की कार्य प्रणाली पर अश्वेत नेताओं से समझौता करने के लिए दबाव डाला जा सके। श्रीमती थैचर यह स्पष्ट कर चुकी हैं कि वे रंगभेद नीति के बिलकुल खिलाफ हैं किन्तु वे प्रिटोरिया सरकार के खिलाफ किसी भी प्रकार के प्रतिबन्ध लागू करने के पक्ष में नहीं हैं।

## *दो युवा आकर्षण*

भारतीय प्रधानमन्त्री श्री राजीव गांधी और मलेशिया के प्रधानमन्त्री डॉ. महाथीर मोहम्मद 'चोगम' के सबसे आकर्षक व्यक्तित्व बन गए हैं। दोनों युवा हैं और हमेशा विश्व के संवाददाताओं से घिरे रहते हैं। चोगम में उठाए जा रहे मुद्दों के प्रति स्पष्ट अभिव्यक्ति से एशिया के इन दोनों नेताओं ने बैठक पर अच्छा प्रभाव छोड़ा है। बैठक की शुरुआत में ही दोनों ने अपनी बेलाग बातों से नेताओं की वाहवाही लूटी थी। कई 'चोगम-नेता' उनसे अलग से औपचारिक चर्चाएँ कर रहे हैं।

मलेशिया के सूत्रों के अनुसार राजीव गांधी मलेशियाई प्रतिनिधित्व को नसाऊ लाने में सक्रिय रहे हैं। शुरू में डॉ. महाथीर नसाऊ-बैठक की उपयोगिता सन्देहास्पद मान रहे थे। किन्तु भारतीय प्रधानमन्त्री ने उन्हें यहाँ आने के लिए प्रेरित किया। अब वे दोनों

अच्छे मित्र बन गए हैं। सूत्रों के अनुसार दक्षिण अफ्रीकी मसले पर दोनों गहरी चर्चा में रत हैं। दोनों प्रिटोरिया के खिलाफ तगड़े तर्कों के लिए जाने जा रहे हैं, परन्तु दोनों की कार्यशैली में अन्तर देखा गया है।

## गुत्थी सुलझाने की भरसक कोशिशें

**नसाऊ, 20 अक्टूबर। नसाऊ से चोगम सम्मेलन समापन की ओर जा रहा है। कल और आज का दिन चोगम नेताओं ने नसाऊ तट के लेफोर्ड क्ले नामक स्थान पर समापन के रूप में बिताया। इसमें मूलतः दक्षिण अफ्रीका की गुत्थी अनौपचारिक माध्यम से सुलझाने की कोशिशें होती रहीं।**

राष्ट्राध्यक्षों और प्रमुखों के इस दो दिवसीय अनौपचारिक आयोजन में भारत पुनः छाया रहा। प्रत्येक मामले में भारत के साथ परामर्श किया गया। पिछले 24 घंटों में दक्षिण अफ्रीका के मुद्दे पर राजीव गांधी के साथ कनाडा, ऑस्ट्रेलिया, जाम्बिया और जिम्बाम्वे के नेताओं ने लगातार परामर्श किया। गांधी के साथ परामर्श के पश्चात् नेताओं ने ब्रिटेन की प्रधानमन्त्री थैचर के साथ बातचीत की और उन्हें दक्षिण अफ्रीका से आर्थिक सम्बन्ध तोड़ने के लिए मनाने की कोशिशें कीं। कूटनीतिक सूत्रों के अनुसार राजीव गांधी ने स्पष्ट कर दिया है कि दक्षिण अफ्रीका के खिलाफ कार्रवाई किए बिना काम नहीं चलेगा। वरना वहाँ किसी भी दिन जबर्दस्त विस्फोट हो सकता है।

भारतीय सूत्रों का कहना है कि दक्षिण अफ्रीका के खिलाफ कार्रवाई ब्रिटेन और अमेरिका के लिए भी ठीक है। इससे उनके हितों की रक्षा भी होगी। अगर दक्षिण अफ्रीका में रक्त क्रान्ति से रंगभेदी सरकार का तख्ता पलट जाता है तो ब्रिटेन, अमेरिका और दूसरे श्वेत देशों जिनकी हमदर्दी प्रिटोरिया सरकार के साथ है, उन सभी के हितों को हमेशा के लिए खतरा पहुँचेगा। इसलिए ब्रिटेन को इस बात के लिए सहमत कराया जा रहा है कि वह कोई निर्णायक कार्रवाई के लिए तैयार हो जाए।

कूटनीतिक सूत्रों का मत है कि नसाऊ सम्मेलन में भारत की भूमिका बहुत ही नाजुक दौर से गुजरी है। एक ओर उसे गुटनिरपेक्ष आन्दोलन के उद्देश्य की भूमिका निभानी पड़ी, वहीं दूसरी ओर उसे चोगम में एशिया महाद्वीप के प्रमुख नेता की भी भूमिका निभानी पड़ी है। इसके साथ-साथ भारत को अपने आपसी हितों को भी देखना पड़ा है। क्योंकि ब्रिटेन, कनाडा, ऑस्ट्रेलिया आदि देशों का दबदबा, अन्तरराष्ट्रीय मुद्राकोष, विश्व बैंक जैसे विश्व वित्तीय संगठनों पर काफी रहता है। इसलिए भारत के इन राष्ट्रों के साथ पारम्परिक आर्थिक रिश्ते भी हैं। परन्तु भारत ने अपने हितों की चिन्ता किए बगैर दक्षिण अफ्रीका के मुद्दे पर बहुत ही स्पष्ट रुख अपनाया है। तीसरे विश्व के देशों में उसका एक महत्त्वपूर्ण स्थान बना है। राजनीतिक सूत्र तो चोगम को नई दिल्ली का विस्तार मात्र मानते हैं। एक राजनयिक ने तो इतना भी कहा कि नसाऊ सम्मेलन वास्तव में भारत का सम्मेलन है। एशिया और अफ्रीकी प्रतिनिधियों का भी

यही निष्कर्ष है।

## *आज कास्त्रो से चर्चा*

प्रधानमन्त्री श्री राजीव गांधी सोमवार को हवाना में क्यूबा के राष्ट्रपति फिदेल कास्त्रो से बातचीत करेंगे। राजनयिक सूत्रों के अनुसार नसाऊ सम्मेलन के तुरन्त पश्चात गांधी-कास्त्रो वार्ता कई दृष्टियों से महत्त्वपूर्ण रहेगी। सर्वप्रथम तो दोनों नेताओं को करीब से एक-दूसरे को जानने का अवसर मिलेगा। प्रधानमन्त्री के नाते श्री गांधी पहली बार कास्त्रो से मिलेंगे। समझा जाता है कि दोनों नेता नसाऊ सम्मलेन के परिणामों के सम्बन्ध में भी चर्चा करेंगे क्योंकि क्यूबा की सेनाएँ अंगोला में हैं। क्यूबाई सेनाओं को लेकर ब्रिटेन, अमेरिका जैसे श्वेत राष्ट्रों की शिकायत रही है और दक्षिण अफ्रीका भी चिल्लाता रहा है। इसके अलावा क्यूबा गुटनिरपेक्ष आन्दोलन का पूर्व अध्यक्ष भी है, इसलिए राजीव गांधी चाहेंगे कि राष्ट्रपति कास्त्रो से गम्भीर चर्चा की जाए। क्यूबा से श्री गांधी राष्ट्रसंघ के लिए रवाना होंगे।

## *चौहान का भूत*

खालिस्तानी नेता डॉ. जगजीत सिंह चौहान का भूत नसाऊ में भी पीछा किए हुए है। खासतौर पर भारतीय और ब्रिटिश प्रेस के बीच चौहान चर्चा का विषय बना हुआ है। विवाद है कि ब्रिटेन किस प्रकार आतंकवाद दमन कानून भारत में लागू करवा सकता है ? क्योंकि सबसे पहले कॉमन सभा की मंजूरी लेनी पड़ेगी। यही एक लम्बी प्रक्रिया है। ब्रिटिश पत्रकार श्रीमती थैचर के इस प्रस्ताव को हँसी में टाल रहे हैं। उनका आशय है कि यह सुझाव केवल कूटनीतिक झाँसा मात्र है। कहा यह भी जा रहा है कि जगजीत सिंह चौहान ब्रिटिश नागरिक नहीं हैं। वह लन्दन में केवल आव्रजन नागरिक के रूप में हैं। अतः उन पर आतंकवाद दमन कानून लागू नहीं होता है। कुछ पत्रकारों का विचार यह भी है कि चौहान जब वहाँ का नागरिक नहीं है, तो उसे आसानी से निकाला जा सकता है।

अफ्रीकी देश चाहते हैं कि दक्षिण अफ्रीका के मुद्दे पर कोई समझौतावादी रुख नहीं अपनाया जाना चाहिए। यदि इस मुद्दे पर 'चोगम' विभाजित होता है तो इसके लिए भी वे तैयार हैं। अफ्रीका मीडिया प्रतिनिधियों के अनुसार उनके नेताओं ने भारत सहित चोगम के दूसरे बड़े नेताओं को सतर्क कर दिया है कि दक्षिण अफ्रीका के सवाल पर नरमपन्थी रुख से काम नहीं लिया जाए। उसके साथ सख्ती से पेश आया जाए। अफ्रीकी नेताओं का मत यह भी है कि यदि ब्रिटेन और दूसरे उसके समर्थक देश इसके लिए तैयार नहीं होते हैं तो वो 'चोगम' में विभाजन करेंगे। मीडिया प्रतिनिधियों का कहना है कि चोगम विभाजन से सही विकल्प सामने आएगा क्योंकि हर बार नरम और

समझौतावादी रुख अपनाया जाता है। कोशिशें चल रही हैं कि चोगम को टूटने से बचाया जा सके। भारत खासतौर पर इसके लिए प्रयत्नशील है।

ताजा सूचना है कि आर्थिक पाबन्दियाँ लगाई जा रही हैं। इनमें बैंक लोन, तेल, व्यापार आदि शामिल हैं। ये पाबन्दियाँ नसाऊ घोषणा में शामिल की जाएँगी। अफ्रीका का मुद्दा काफी विवादास्पद बन चुका है। यह समाचार मिलने तक थैचर ने अपना रुख नहीं बदला है। भारत के प्रयास विफल दिखाई देते हैं। आर्थिक नाकेबन्दियों के समर्थक देशों का कहना है कि ब्रिटेन को चाहिए कि वो अपना अड़ियल रुख बदले, वरना उसे अलग छोड़कर वो सभी मिलकर घोषणा जारी कर देंगे। कनाडा व ऑस्ट्रेलिया का सुझाव है कि अभी घोषणा जारी नहीं की जानी चाहिए। करीब तीन महीने रुकना चाहिए और ब्रिटेन को मनाने के प्रयास जारी रखने चाहिए। उसके बाद ही कोई अन्तिम निर्णय लिया जाना चाहिए।

## साप्ताहिक कॉलम : पिछला सप्ताह

### दिल्ली से बहामा बरास्ता लन्दन : चन्द पार्श्व दृश्य

किसी भी मंच के दो संसार होते हैं—दृश्य और अदृश्य। दर्शकों का सरोकार दृश्य संसार से ही रहता है। दिल्ली से नसाऊ बरास्ता लन्दन तक के तीनों पड़ावों के मंच पर मुख्य दृश्य के मुख्य पात्र प्रधानमन्त्री राजीव गांधी रहे। वे बाह्य दृश्य के केन्द्र बिन्दु निरन्तर बने रहे। उनकी प्रत्येक गतिविधि प्रतिपल आप तक बजरिए संचार माध्यम पहुँचती रही। परन्तु पार्श्व दृश्य की कहानी भी कम रोचक नहीं है।

चौदह की सुबह दिल्ली के पालम हवाई अड्डे से उड़े। हवाई जहाज में श्री और श्रीमती राजीव गांधी के अलावा लम्बे-चौड़े काफिले में विदेश मन्त्री बलिराम भगत, राज्यमन्त्री नटवरसिंह, अहलूवालिया, निजी सचिव जार्ज के साथ विशेष सुरक्षा दल के चौदह लोग शामिल थे। कुछ और अधिकारी भी थे और इसी सरकारी काफिले के साथ, आप तक रोज सुबह खबरें पहुँचानेवाले तेईस खबरनवीस भी थे। हवाई जहाज में प्रधानमन्त्री के लिए विशेष केबिन था। मन्त्रियों तथा अधिकारियों के लिए भी अलग से केबिन था जो प्रधानमन्त्री केबिन से सटा हुआ था। इसके बाद आम केबिन में पत्रकार, सुरक्षा कर्मचारी आदि थे। सोचा प्रधानमन्त्री हालचाल पूछने के लिए आम केबिन में झाँकेंगे परन्तु सब निराश हुए। राजीव लन्दन की तैयारी में लगे रहे। लन्दन तक की नौ-दस घंटों की यात्रा के बीच पत्रकारों में चुहलबाजी होती रही। 'ब्लिट्ज' के सम्पादक आर.के. करंजिया, इपां के इन्दरजीत जैसे धाकड़ पत्रकार इस अदृश्य दृश्य पर छाए रहे। एक घटना मजेदार है। महिला पत्रकार शिवशंकरी का उस दिन जन्मदिन था। पता चला तो इन्दरजीत ने शोर मचाया और तेईस हजार फुट की ऊँचाई पर 'हैप्पी बर्थ डे' की गूँज लगाई। निकट बैठे 'दिनमान' के सम्पादक कन्हैयालाल नन्दन ने भी ताल में ताल मिलाई और विलायती सोमरस भाई लोगों ने खूब छका। बीच-बीच में विदेश

मन्त्री नटवरसिंह, एच.वाय. शारदाप्रसाद और विदेश मन्त्रालय में संयुक्त सचिव सलमान हैदर जनता केबिन की खोज-खबर लेते रहे। लन्दन उतरे तो देखा विलायती प्रधानमन्त्री थैचर और उनके पास दो बब्बर शेर जैसे कुत्ते खड़े हैं। बाद में पता चला कि कुत्ते लन्दन पुलिस के हैं और विस्फोटकों का पता लगाने में माहिर हैं। दोनों प्रधानमन्त्री तत्काल हीथ्रो एयरपोर्ट से उड़नछू हो लिए। पीछे रह गए हम लोग। कस्टम खाना पूरी के पश्चात हमें होटल कम्बरलैंड ले जाया गया। होटल में ही संचार सुविधाएँ मुहैया थीं। बस फटाफट सभी ने खबरें भेजीं। आकाश में ही हम सभी को प्रधानमन्त्री के दो वक्तव्य दे दिए गए थे।

दोपहर और शाम, शारदाप्रसाद और सलमान दिन भर की प्रधानमन्त्री की गतिविधियों का खुलासा हमारे सामने रखते और तुरन्त हम सभी टेलेक्स और टेलीफोन की ओर लपकते। संचार उपकरण अत्यन्त आधुनिक थे। आनन-फानन में दिल्ली और इन्दौर तक सम्पर्क मिलते। गार्ड ऑफ ऑनर में रामनिवास मिर्धा भी प्रधानमन्त्री दल में शामिल हो गए। वहाँ से भागे तो गिल्ड हॉल में राजीव गांधी के स्वागत में पहुँचे, इंडिया लीग द्वारा आयोजित समारोह में कौल और राज्यमन्त्री गुलाम नबी आजाद टकरा गए। मूलतः यही आयोजन सभी के लिए स्मृतियों का मेला सिद्ध हुआ।

अगले दिन होटल में सलमान जानकारियों का पुलिन्दा लेकर फिर हाजिर हुए। दो दिन आतंकवादियों की खूब चर्चाएँ रहीं। होटल के सामने ही लन्दन का प्रसिद्ध हाइड पार्क था। खालिस्तानी नेता चौहान के नेतृत्व में खालिस्तानी समर्थकों ने प्रदर्शन किया। ऑक्सफोर्ड स्ट्रीट पर जुलूस निकला और हमारे कमरों तक उनकी आवाजें पहुँचती रहीं। लन्दन स्थित दो भारतीय राजनयिकों—सिंह और चक्रवर्ती ने हम लोगों की जिम्मेदारी ली और पल-पल की जानकारी देते रहे।

प्रधानमन्त्री के साथ यात्रा में जितना बड़ा अनुभव होता है उतनी ही बड़ी जिम्मेदारी और व्यस्तता रहती है। आपके सम्बन्ध में क्षण-क्षण की खबर अधिकारियों को रहनी चाहिए। इतनी जबरदस्त सुरक्षा रहती है कि आप एक इंच इधर से उधर नहीं हो सकते। हर आयोजन का अलग परिचय कार्ड और बैज दिया जाता था। चप्पे-चप्पे पर हुलिये से लेकर वस्त्रों तक छानबीन की जाती थी। कहीं एक पल देरी हुई तो आपकी स्थिति काफी नाजुक !

पन्द्रह अक्टूबर को इंडिया हाउस में प्रेस कान्फ्रेंस हुई। लन्दन पुलिस ने जबरदस्त सुरक्षा-व्यवस्था की। भारत में भी इतनी कड़ी सुरक्षा नहीं होती है। शाम को भारतीय उच्चायुक्त पी.सी. अलेक्जेंडर ने स्वागत का आयोजन किया। इतनी कड़ी सुरक्षा थी कि कोई परिन्दा भी पर नहीं मार सकता था। अलबत्ता खालिस्तानियों के प्रदर्शन चलते रहे।

रात को ही बहामा के लिए रवाना होना पड़ा। प्रधानमन्त्री के हवाई अड्डे पर आने से दो घंटे पहले ही हम सभी को पहुँचना पड़ता था। वायुयान में भी एक घंटा पहले बैठना पड़ता था। लन्दन से आधी रात को हवाई जहाज उड़ा। कुछ देर बाद एक केक लाया गया और फिर हैप्पी बर्थ डे किया गया, क्योंकि पिछली बार केक नहीं था। एयर

इंडिया वालों ने हम सभी को 'सरप्राइज' देने के लिए केक की व्यवस्था की। मोमबत्ती के स्थान पर पॉकेट टार्च केक पर लगाई गई और आकाश में शिवशंकरी का जन्मदिन दो-दो दफा मनाया गया।

बीच-बीच में सलमान पत्रकारों को हिदायतें देते रहते थे। शारदाप्रसाद भी ऐसा ही करते रहे। लन्दन से बहामा का सफर करीब बारह घंटों का था। बीच में कुछ देर के लिए बरमूदा रुके। इस बार उम्मीद थी कि प्रधानमन्त्री कुछ देर के लिए जरूर जनता केबिन में आएँगे, परन्तु सभी को फिर से निराशा हुई। अधिकारियों ने बताया कि प्रधानमन्त्री 'चोगम' की तैयारी में व्यस्त हैं, चुनाँचे जनता केबिन में आने के लिए उनके पास वक्त नहीं है। किसी ने बताया कि इन्दिराजी एक बार जनता केबिन में आकर जरूर कुशलक्षेम पूछ लिया करती थीं। सोलह की सुबह चार बजे बहामा की राजधानी नसाऊ उतरे। उस समय भारत में शाम के करीब चार बज रहे थे।

नसाऊ हवाई अड्डे की औपचारिकताएँ पूरी कीं और करीब सात बजे उत्तरी अटलांटिक तट पर स्थित होटल में डेरा जमाया। तुरन्त इन्दौर टेलेक्स भेजा। हवाई जहाज में ही पत्रकार अपने पास में बेबी टाइपराइटर खोलकर खबरें टाइप करने में लग जाया करते थे। आसमान से जमीन पर उतरने पर टेलेक्स और टेलीफोन की ओर दौड़ा किया करते थे। उधर प्रधानमन्त्री दूसरे होटल के लिए रवाना हो जाया करते थे।

पाँच दिनों का 'चोगम' हंगामों से भरा रहा। एक तो यह कि पत्रकार दिनभर खबरों की प्रतीक्षा में होटल ही में जमे रहते। कभी सलमान और कभी प्रसाद 'ब्रीफिंग' करते। 'चोगम' की अलग से 'ब्रीफिंग' होती। हर दिन कोई-न-कोई हंगामा रहता। कभी सुनने को मिलता कि अफ्रीकी देशों ने धमकियाँ दे दी हैं; कभी कहा जाता कि श्रीमती थैचर दक्षिण अफ्रीका के सवाल पर कुछ झुक जाएँगी। बीस तारीख तक यही नाटक चलता रहा। पल-पल स्थिति बदलने की सूचनाएँ मिलती रहतीं। पत्रकारों को वार्ता स्थल तक जाने की अनुमति नहीं थी। कभी कोई राजनयिक गुजरता तो होटल में अनौपचारिक तौर पर कुछ बता दिया करता। प्रत्येक देश के समाचार प्रतिनिधि अपने-अपने ढंग से सम्मेलन के घटनाक्रम की व्याख्या किया करते। वैसे भारत का पत्रकार दल सबसे बड़ा था, परन्तु व्यवस्था की दृष्टि से बी.बी.सी. सबसे चुस्त साबित हुआ। बी.बी.सी. ने तो समुद्र किनारे एक चलता-फिरता टी.वी. केन्द्र ही स्थापित कर दिया था। होटल के कमरों में स्टूडियो बना लिया था। क्योंकि ब्रिटेन के मीडिया प्रतिनिधियों के लिए सम्मेलन के परिणाम बहुत महत्त्वपूर्ण थे। राजदूत वाजपेयी ने भारतीय पत्रकारों को एक शाम पार्टी दी। विदेश सचिव भंडारी, अतिरिक्त आर्थिक सचिव गोपी अरोड़ा सहित कई लोग शामिल हुए। और वहीं सम्मेलन के रुख का पता चला। ऐसी पार्टियों में अनौपचारिक स्तर पर बहुत-सी जानकारियाँ मिल जाया करती हैं। नेताओं के रवैये का पता चल जाता है। उन्नीस और बीस को लीफर्ड में हुई रिट्रीट में राष्ट्राध्यक्षों और शासन-प्रमुखों ने अधिकारियों तक को अपने साथ शामिल नहीं किया। पार्टी में राजदूत वाजपेयी और सचिव भंडारी बार-बार कहते कि प्रधानमन्त्री गांधी से सम्पर्क किया जा रहा है परन्तु

हो नहीं पा रहा है। यानी अपनी लाचारी जाहिर करते। परन्तु होनेवाली घटनाओं के संकेत खूब मिलते।

आर.के. करंजिया की दोपहर स्वीमिंग पुल और सागर में तैरने में बीतती, जबकि अन्य पत्रकार 'सस्ते भोजन' की तलाश में नसाऊ की गलियाँ छानते रहते। जिस होटल में हम लोगों को ठहराया गया था वहाँ एक कप चाय भी दो डॉलर यानी पच्चीस रुपए की मिला करती थी। करंजिया तैरने के अलावा सुबह-सुबह एक घंटे तक योग करते। बहामा स्थित भारतीय राजनयिक मुखर्जी की चिन्ता रहती की पत्रकारों को कोई असुविधा नहीं हो। कुछ पत्रकारों ने चुपचाप वार्ता-स्थल में घुसपैठ करने की कोशिश की और पकड़े गए, उन्हें वापस भेज दिया गया। कुछ समाजसेवी यानी 'सोशल एक्टिविस्ट' भी नसाऊ पहुँचे हुए थे। ऐसे लोगों ने रंगभेद, नस्लभेद के खिलाफ जमकर प्रचार किया, साहित्य वितरित किया और प्रेस कान्फ्रेंस आयोजित की। थैचर को लानत-मलामत भेजी। राजीव गांधी और दूसरे अफ्रीकी नेताओं की जमकर तारीफ की।

जब तक आप इस पार्श्व दृश्य की चित्रों के साथ झाँकी ले रहे होंगे, हम न्यूयॉर्क में होंगे। राजीव गांधी फिर युनाइटेड नेशन्स के सम्बोधन की तैयारी में व्यस्त होंगे और दक्षिण अफ्रीका के सम्बन्ध में 'चोगम' की घोषणा अखबार के पहले पृष्ठ पर छपी हुई मिलेगी।

## चोगम के घोषणा-पत्र को अन्तिम रूप

राष्ट्रकुल के नेताओं के बीच कई मुद्दों पर गहन विचार-विमर्श के बाद अब एक घोषणा-पत्र को अन्तिम रूप देने का प्रयत्न किया जा रहा है, जिसमें चेतावनी दी गई है कि यदि समय रहते सामाजिक, राजनीतिक एवं आर्थिक तनावों को दूर नहीं किया गया तो एक विनाशकारी स्थिति का सामना करना पड़ेगा। घोषणा-पत्र में अन्तरराष्ट्रीयवाद को प्रोत्साहन देने, हथियारों की होड़ समाप्त करने के आह्वान के साथ ही उपनिवेशवाद और रंगभेद की तीव्र भर्त्सना की जाने की सम्भावना है। यह घोषणा-पत्र राष्ट्रसंघ की वर्षगाँठ के अवसर पर जारी किया जाएगा।

## क्यूबा की धरती पर प्रधानमन्त्री राजीव गांधी का भव्य स्वागत

**हवाना (क्यूबा) 21 अक्टूबर। भारत के प्रधानमन्त्री श्री राजीव गांधी तथा श्रीमती सोनिया गांधी का आज यहाँ भव्य एवं अभूतपूर्व स्वागत किया गया। हवाई अड्डे पर क्यूबा के राष्ट्रपति फिडेल कास्त्रो ने उनकी अगवानी की। उन्हें इक्कीस तोपों की सलामी दी गई। प्रधानमन्त्री श्री राजीव गांधी ने 'गार्ड-ऑफ-ऑनर' का निरीक्षण भी किया।**

श्री गांधी, आज दोपहर एक बजे (स्थानीय समय) यहाँ पहुँचे। वे राष्ट्रमंडल शिखर सम्मेलन में भाग लेने के बाद दोपहर 12 बजे बहामा से रवाना हुए थे। भारत के

प्रधानमन्त्री की क्यूबा यात्रा काफी अरसे बाद हुई है। स्वर्गीय इन्दिरा गांधी भी क्यूबा कभी नहीं जा पाई थीं। आज श्री राजीव गांधी के स्वागत के लिए हवाना हवाई अड्डे से शहर तक के 17 किलोमीटर लम्बे मार्ग पर भारी भीड़ एकत्रित थी। सड़क के दोनों ओर इन्दिराजी तथा राजीव गांधी के चित्र लगे थे।

आज अपराह्न श्री राजीव गांधी राष्ट्रपति कास्त्रो से चर्चा करेंगे तथा कल न्यूयॉर्क के लिए रवाना हो जाएँगे।

## राजीव के नेतृत्व के प्रति तीसरा विश्व आशान्वित

**हवाना, 22 अक्टूबर। क्यूबा के राष्ट्रपति फिदेल कास्त्रो ने राजीव गांधी के नेतृत्व को भारत के लिए एक देन बताया है। यह टिप्पणी उन्होंने यहाँ 'पैलेस ऑव रेवलूशन' (क्रान्तिप्रासाद) में आयोजित स्वागत समारोह के समय कही।**

इस मौके पर पत्रकारों ने उनसे भारत के युवा प्रधानमन्त्री के बारे में कई प्रश्न किए। कास्त्रो ने कहा–राजीव गांधी का नेतृत्व भारत के लिए अमूल्य देन है। गांधी का चरित्र सशक्त है। वे नेक और ईमानदार हैं। जब उनसे पूछा गया कि आप पंडित जवाहरलाल नेहरू और श्रीमती इन्दिरा गांधी की तुलना में उनके बारे में क्या कहना चाहेंगे तो उनका उत्तर था राजीव गांधी एक आदर्श व्यक्ति हैं और तीसरे विश्व को उनसे काफी आशाएँ हैं।

भारत में मनोनीत निकारागुआ की राजदूत सुश्री हलीफा सरकार ने 'नई दुनिया' प्रतिनिधि के साथ अनौपचारिक बातचीत में कहा कि राजीव गांधी को लैटिन अमेरिकी देश शान्तिदूत के रूप में देखते हैं। वे इन देशों में काफी लोकप्रिय हैं, और उन्हें तीसरे विश्व के महान नेता के रूप में देखा जाता है।

निकारागुआ शीघ्र ही भारत में दूतावास खोलनेवाला है। हलीफा सरकार उसकी प्रथम राजदूत होंगी। उनके पिता बंगाली और माता निकारागुआ की निवासी थीं। भारत भी निकारागुआ में अपना दूतावास शुरू करेगा। क्रान्तिप्रासाद में हुई मुलाकात में उन्होंने कहा दक्षिण अमेरिकी देशों की जनता को राजीव गांधी से बहुत आशा है। अमेरिकी साम्राज्यवाद के विरुद्ध संघर्ष करने में राजीव गांधी सक्रिय भूमिका निभा सकते हैं।

क्रान्तिप्रासाद में क्यूबा के अनेक वरिष्ठ नेताओं ने भारत की भूमिका की प्रशंसा की है। विशेषकर राजीव गांधी के नेतृत्व को श्रीमती गांधी के नेतृत्व के प्रतिबिम्ब में देखा गया।

एजेंसियों के अनुसार प्रधानमन्त्री राजीव गांधी तथा क्यूबा के राष्ट्रपति फिदेल कास्त्रो ने दोनों देशों के बीच राजनीतिक तथा आर्थिक सम्बन्ध और सुदृढ़ करने का वायदा किया है।

दोनों नेताओं ने भोजन के समय भी संक्षिप्त बातचीत की। उसके बाद विभिन्न राष्ट्रीय तथा अन्तरराष्ट्रीय मुद्दों पर व्यापक बातचीत हुई। देर शाम तक जारी इस

बातचीत में किसी भी ओर से कोई सहायक उपस्थित नहीं था। भारतीय पत्रकारों को बताया कि उन्होंने श्री गांधी के साथ लगभग सभी प्रमुख मुद्दों पर बातचीत की। इनमें युद्ध तथा शान्ति के विश्वव्यापी मुद्दे भी शामिल हैं। डॉ. कास्त्रो ने श्री गांधी की बड़ी सराहना की। खासकर नसाऊ में राष्ट्रकुल शिखर सम्मेलन में श्री गांधी की भूमिका से वह बहुत प्रभावित थे। राष्ट्रकुल शिखर सम्मेलन में श्री गांधी की ही पहल पर जातिभेद दक्षिण अफ्रीका पर प्रतिबन्ध लगाने सम्बन्धी महत्त्वपूर्ण सिफारिश पर समझौता हुआ है।

डॉ. कास्त्रो द्वारा श्री गांधी के सम्मान में आयोजित स्वागत समारोह से पहले ही दोनों नेता छह घंटे तक बातचीत कर चुके थे। रात्रिभोज के बाद दोनों नेताओं की पुनः बातचीत होगी।

इसी दौरान श्री गांधी ने अपनी माँ इन्दिरा गांधी को मरणोपरान्त दिया गया देश का सबसे बड़ा सम्मान "जोस मार्टी नेशनल अवार्ड" प्राप्त किया और शहर के बीच में एक स्मारक पर फूलमाला चढ़ाई। श्रीमती गांधी द्वारा शान्ति मैत्री तथा मानव जाति की प्रगति की दिशा में किए गए उल्लेखनीय कार्यों के लिए उन्हें मरणोपरान्त यह सम्मान दिया गया है। इन सभी कार्यक्रमों में डॉ. कास्त्रो श्री गांधी के साथ रहे। किसी भी विदेशी नेता को यह सम्मान देना विशेष महत्त्व की बात है।

श्री गांधी संयुक्तराष्ट्र के 40वें वर्षगाँठ समारोह में भाग लेने के लिए आज यहाँ से न्यूयॉर्क रवाना हो रहे हैं।

## श्री राजीव के दो दिन आपसी चर्चा में बीते

**न्यूयॉर्क, 24 अक्टूबर। प्रधानमन्त्री श्री राजीव गांधी के कल और आज के दो दिन व्यस्तता भरे रहे। उनका अधिकांश समय भारत तथा अमेरिका सहित विभिन्न देशों के साथ आपसी हितों पर द्विपक्षीय वार्ता में बीता।**

भारतीय राजनयिक क्षेत्रों में राष्ट्रपति रेगन और प्रधानमन्त्री श्री गांधी की वार्ता को काफी महत्त्वपूर्ण माना गया। भारतीय प्रवक्ता ने इस वार्ता को सौहार्द्रपूर्ण माना। परन्तु इसकी सबसे बड़ी विशेषता यही रही कि श्री गांधी ने रोनाल्ड रेगन को पाकिस्तान के परमाणु कार्यक्रम के सम्बन्ध में भारत की चिन्ता से स्पष्ट शब्दों में अवगत करा दिया। श्री गांधी नई दिल्ली से लेकर लन्दन, नसाऊ, हवाना और न्यूयॉर्क तक पाक के प्रति अपना दृष्टिकोण सामने रखते आ रहे हैं। दोनों नेताओं की वार्ता वाल्ड्रोफ एस्टोरिया होटल में हुई जहाँ रेगन रुके हुए हैं। वार्ता के समय अमेरिकी विदेश मन्त्री शुल्ट्ज और भारत के विदेश मन्त्री बलिराम भगत भी मौजूद थे। इसके अतिरिक्त भारत के विदेश सचिव रोमेश भंडारी और राजदूत जी.एस. वाजपेयी भी थे।

प्रवक्ता के अनुसार रेगन ने गांधी को शान्ति स्थापित करनेवाला कहकर उनकी प्रशंसा की। रेगन ने इस बात पर प्रसन्नता व्यक्त की कि दोनों देशों के बीच रिश्तों में सुधार हो रहा है। परन्तु राजीव गांधी ने अमेरिकी नीति की भी चर्चा की और उम्मीद

की कि दक्षिण अफ्रीका के खिलाफ अन्तरराष्ट्रीय स्तर पर कदम उठाया जाएगा।

राजनयिक सूत्रों के अनुसार रेगन ने परमाणु तकनोलॉजी के सम्बन्ध में पाक राष्ट्रपति जिया से भी पूछताछ की। रेगन और जिया जब दोनों आज मिले तब पाकिस्तान के परमाणु कार्यक्रम के सम्बन्ध में पूछा गया था। अमेरिकी सूत्रों के अनुसार जिया ने रेगन को कोई स्पष्ट जवाब नहीं दिया। केवल इतना ही कहा कि वे "इस सवाल का जवाब कुछ समय बाद देंगे।" जिया की इस प्रतिक्रिया को बहुत शंका के साथ देखा जा रहा है। भारतीय राजनयिक क्षेत्रों में इसकी अच्छी-खासी प्रतिक्रिया हुई है। पाक राष्ट्रपति का अमेरिकी राष्ट्रपति को इस प्रकार का अस्पष्ट उत्तर संकेत देता है कि पाकिस्तान परमाणु बम कार्यक्रम में काफी आगे बढ़ चुका है। भारत की शंकाएँ निर्मूल नहीं हैं।

राजीव और चीनी प्रधानमन्त्री झाओ झियांग की द्विपक्षीय वार्ता भी काफी महत्त्वपूर्ण मानी गई है क्योंकि दोनों प्रधानमन्त्री पहली मर्तबा मिले हैं। पहली वार्ता में दोनों प्रधानमन्त्रियों ने दोनों देशों के सीमा-विवादों पर चर्चा की।

राजनयिक क्षेत्रों में चर्चा है कि दोनों नेताओं ने खुले वातावरण में सीमा विवाद पर चर्चा की है। दोनों ने ही माना है कि सीमा-विवाद का समाधान दोनों देशों के बीच रिश्ते सुधारने में सहायक सिद्ध होगा। दोनों नेताओं का यह मत भी है कि दोनों देश एक होकर विश्व मामलों में महत्त्वपूर्ण योगदान दे सकते हैं। एक उल्लेखनीय पक्ष यह भी है कि इससे पूर्व दोनों देशों के प्रधानमन्त्री इतने खुले ढंग से नहीं मिले थे। चीनी प्रधानमन्त्री ने गांधी को चीन यात्रा का निमन्त्रण फिर से दोहराया है। गांधी ने उसे स्वीकार करते हुए आश्वासन दिया है कि वांछित तैयारियों के पश्चात् वे चीन की यात्रा करेंगे।

चीनी प्रधानमन्त्री से मिलने के पश्चात् राजीव-जिया वार्ता हुई। राजीव पाक राष्ट्रपति से मिलने वाल्डोफ एस्टोरिया होटल गए। प्रधानमन्त्री ने परमाणु बम के प्रति भारत की चिन्ता से जिया को अवगत कराया। जिया ने फिर पुरानी बात कही कि पाक का ऐसा कोई कार्यक्रम नहीं है। रोचक तथ्य यह है कि पाक राष्ट्रपति अमेरिकी राष्ट्रपति से यही बात नहीं कह सके थे। बल्कि जवाब टालना ही जिया ने उचित समझा।

राजीव गांधी ने राष्ट्रपति जिया के साथ सिख आतंकवादियों के प्रशिक्षण देने का मुद्दा भी उठाया। जिया ने इससे भी इन्कार किया जिसे गांधी ने स्वीकार नहीं किया। प्रधानमन्त्री ने स्पष्ट खंडन करते हुए कहा कि पाक सीमा से आतंकवादी प्रशिक्षित होकर भारतीय सीमा में आए हैं। इन आतंकवादियों ने पूछताछ के दौरान बताया है कि उनको पाक में प्रशिक्षण दिया गया है। लगे हाथ गांधी ने पाकिस्तान में हवाई दस्युओं के खिलाफ चल रहे मुकदमे के बारे में पूछताछ की। परन्तु जिया ने इस सवाल को भी टाल दिया और कहा कि कानूनी प्रक्रिया जारी है। जिया साहब, गांधी को पंजाब में चुनाव कराने के लिए मुबारकबाद देना जरूर नहीं भूले।

# विमान में इंटरव्यू

## पहले वर्ष की उपलब्धि, विघटन का खतरा टला

भारत आज एक है। उसकी अखंडता निर्विवाद है। उसके टूटने का खतरा समाप्त हो गया है। उसका भविष्य अत्यन्त उज्ज्वल और सुनहरा है। मेरे एक वर्ष के शासन की सबसे बड़ी उपलब्धि केवल यही है। प्रधानमन्त्री श्री राजीव गांधी का अपने शब्दों में अपने एकवर्षीय शासन का यही मूल्यांकन है।

आपने 21वीं सदी सम्बन्धी सवालों के बहुत ही मजेदार उत्तर दिए। आपने महसूस किया कि देश की रफ्तार के साथ हर कांग्रेसी कार्यकर्ता को भी अपनी मानसिकता बदलकर आगे बढ़ना होगा। शिक्षा की जो नई नीति बन रही है, उसमें 21वीं सदी की बुनियाद के अंकुर तैयार करने का ही लक्ष्य है।

प्रधानमन्त्री ने भारत की एकता को अक्षुण्ण रखने की उपलब्धि को एक ऐतिहासिक उपलब्धि परिभाषित किया है। 'नई दुनिया' के साथ एक विशेष भेंट में श्री गांधी ने यह बात कही। 27 अक्टूबर को मास्को से नई दिल्ली लौटते समय त्रिशूल विमान में अपने विशेष केबिन में प्रधानमन्त्री ने 'नई दुनिया' को साक्षात्कार देना स्वीकार किया। करीब 20 मिनट की भेंटवार्ता महज साक्षात्कार न होकर एक प्रकार से संवाद सिद्ध हुई। इसमें सहमति और असहमति दोनों बनी रहीं। कहा जा सकता है कि काफी कुछ वैचारिक रहा। इसमें सामन्तवाद, पूँजीवाद, समाजवाद जैसे वैचारिक विषयों पर संवाद का सिलसिला चला। श्री गांधी ने व्यवस्था की सीमाएँ, उसके अन्तर्विरोध स्वीकार किए, परन्तु साथ ही अपना यही दृढ़ संकल्प भी व्यक्त किया कि वे अन्तिम व्यक्ति के कल्याण के लिए इस व्यवस्था को उपयोगी बनाने की हरसम्भव कोशिश करेंगे। कोई कसर बाकी नहीं छोड़ेंगे। सच्चाई यही है कि युवा गांधी बेहद सहज, सरल और अनौपचारिक व्यक्ति हैं। अपने केबिन से निकलकर पत्रकारों के केबिन में बहुत ही स्वाभाविक ढंग से आए और एक सामान्य साथी की भाँति पत्रकारों से बातचीत शुरू कर दी। कुछ पत्रकार तो उन्हें अपने बीच देख सहम गए। सवाल करने में झिझक होने लगी। इसी प्रेस वार्ता के पश्चात श्री गांधी ने अपने केबिन में इस प्रतिनिधि के साथ आकाश में अलग से बातचीत करना तय किया। सवालों का दौर उनके एक वर्ष पूर्ण करने पर शासन के लेखे-जोखे से शुरू हुआ। उनके ही शब्दों में उनकी उपलब्धियाँ इस प्रकार हैं—

"आप जानते ही हैं कि पिछले साल तक पूरे देश में एक ही सवाल छाया हुआ था कि भारत बचेगा या नहीं। सभी पूछते थे कि देश टूटेगा या अखंड रहेगा। कम-से-कम आज तो सवाल समाप्त हो चुका है। हम सभी भारत की एकता और उसके भविष्य के प्रति आश्वस्त हैं। हम सभी को विश्वास है कि हिन्दुस्तान की एकता अमर है, उसे कोई भी आतंकवादी तोड़ नहीं सकता। आपने यह भी देखा कि पिछले साल तक देश भर में दंगे-फसाद हो रहे थे और हर कोने में अशान्ति थी। पंजाब और असम

आतंक, अशान्ति और हिंसा की गिरफ्त में थे। परन्तु आज दोनों ही प्रदेश उस दौर से निकल चुके हैं। पंजाब में लोकप्रिय सरकार स्थापित हो चुकी है। असम में भी इसकी स्थिति पहले से मजबूत हुई है। उसमें गति आई है। पूँजी नियोजन के लिए वांछित वातावरण का निर्माण हुआ है। उद्योगों को बढ़ावा मिला है। राजस्व की उगाही में भी वृद्धि हुई है। कुल मिलाकर आर्थिक रूप से हम अधिक सुदृढ़ स्थिति में पहुँच चुके हैं। पिछले साल ऐसी बात नहीं थी। सब कुछ बिखरा-बिखरा लगता था। चारों तरफ भविष्य के प्रति आशंका व्याप्त थी। कल के प्रति लोगों को चिन्ता थी, इसलिए आर्थिक स्थिति गतिहीन थी। परन्तु सरकार की ताजा वित्तीय नीति के कारण अनिश्चय की स्थिति दूर होती जा रही है। भारत का नाम आज ऊँचा उठा है।''

**प्रश्न**–किस प्रकार ऊँचा उठा है ?

**उत्तर**–क्योंकि भारत की आर्थिक शक्ति बढ़ी है। राष्ट्रीय मोर्चे के साथ-साथ अन्तरराष्ट्रीय मंच पर भारत का नाम ऊँचा हुआ है। आपने देखा है कि दक्षिण अफ्रीका के सवाल पर भारत की भूमिका को सबने मान्यता दी है। नामीबिया की आजादी तथा अन्य मुक्ति संघर्षों के सन्दर्भ में भारत की भूमिका को अन्तरराष्ट्रीय मंच पर स्वीकार किया जा चुका है। श्रीलंका के मामले में भी भारत की पहल प्रभावशाली रही है। इसी प्रकार के अन्य क्षेत्र हैं जिनमें भारत की पहल को मान्यता मिली है।

**प्रश्न**–दिसम्बर में कांग्रेस शताब्दी सम्पन्न समारोह मनाने जा रही है। क्या आप कांग्रेस के वर्तमान ढाँचे को ही बनाए रखेंगे या उसमें परिवर्तन करेंगे ? मेरा आशय है कि कांग्रेस केडरबेस पार्टी बनेगी या मास बेस्ड पार्टी ?

**उत्तर**–हम उसे मास बेस्ड पार्टी ही बनाए रखना चाहते हैं क्योंकि कांग्रेस के पुराने ढाँचे यानि मास बेस्ड पार्टी में ही उसका भला है। बल्कि देश का भी इसी में हित है। कांग्रेस का वर्तमान स्वरूप ही भारत की एकता-अखंडता की शक्ति है। सभी धारा के लोग इसमें हैं। यह एक पार्टी न होकर, एक आन्दोलन है।

**प्रश्न**–आप 21वीं सदी की बात करते हैं। क्या बतलाएँगे कि अगली सदी में कांग्रेस को किस रूप में देखना पसन्द करेंगे ? क्योंकि उस समय की चुनौतियाँ दूसरी होंगी।

**उत्तर**–आपने ठीक कहा। 21वीं सदी की चुनौतियाँ भिन्न होंगी। कांग्रेस को उसके लिए तैयार करना होगा। यह काम इतना आसान नहीं है। हम चाहेंगे कि आम कांग्रेसी कार्यकर्ता के दृष्टिकोण में बुनियादी परिवर्तन हो। वह नई सोच से लैस हो। उसमें वैज्ञानिक दृष्टिकोण पैदा हो। कांग्रेसी कार्यकर्ता को मालूम होना चाहिए कि दुनिया में क्या हो रहा है। औसत कांग्रेस-कर्मी से उम्मीद की जाएगी कि उसे भारत की समस्याओं के साथ-साथ दुनिया के दूसरे मुल्कों में क्या हो रहा है, इसकी जानकारी होनी चाहिए। साउथ अफ्रीका, नामीबिया में क्या घटा है ? रंगभेद नस्लभेद क्यों होता है ? कांग्रेसकर्मी को इसकी जानकारी होनी चाहिए। उसमें आधुनिक विचारधारा होनी चाहिए। आधुनिक तकनोलॉजी का ज्ञान होना चाहिए। समाज के जो हिस्से देश की मुख्य धारा में नहीं हैं, उन्हें लाया जाना चाहिए। कांग्रेस के सामने अगली सदी में ये प्रमुख चुनौतियाँ रहेंगी।

इस दृष्टि से हमें उसे तैयार करना है।

**प्रश्न**–क्या आप देश की मुख्य धारा की परिभाषा कर सकते हैं ?

**उत्तर**–देश की मुख्य धारा जीवन के हर क्षेत्र में है, चाहे वे आर्थिक हो या सामाजिक या शिक्षा की। देश ने जो मुख्य धारा और मूल्य अपनाए हैं उसमें शामिल करना होगा। मैं यही मानता हूँ कि हमारे समाज और व्यवस्था में कई विरोधाभास, अन्तर्विरोध हैं। एक तरफ सामन्ती मानसिकता है, दूसरी तरफ आधुनिक मूल्य हैं। इन दोनों में टकराव है, परन्तु भारत को ऐसे विरोधाभासों के बीच में ही आगे बढ़ना है। सबसे बड़ी चुनौती हमारे सामने यही है। हम यह भी चाहते हैं कि भारत की महान विरासत भी सुरक्षित रहे तथा और अधिक समृद्धि हो।

**प्रश्न**–परन्तु इन चुनौतियों का मुकाबला करेंगे कैसे ?

**उत्तर**–शिक्षा के माध्यम से। आपने देखा, शिक्षा की नई नीति हमने जारी की है, उस पर देश भर में बहस चल रही है।

**प्रश्न**–क्या आप समझते हैं कि जिस ढंग की नई शिक्षा नीति है, उससे बुनियादी परिवर्तन आएगा। विशिष्ट वर्गीय शिक्षा के विरुद्ध कुछ भी नहीं किया गया है। पब्लिक स्कूल समाप्त करने के बाबत नई नीति में कुछ नहीं है।

**उत्तर**–नरसिंह राव साहब इसे देख रहे हैं। वे एक विद्वान व्यक्ति हैं। हमने उनसे कहा है कि वे शिक्षा को और अधिक उपयोगी बनाएँ।

**प्रश्न**–प्रधानमन्त्री होने के नाते अन्तिम जिम्मेदारी आपकी है ? शिक्षा अन्तिम व्यक्ति तक पहुँचे और उसमें विवेचनात्मक चेतना पैदा हो सके और वह भी निर्णय प्रक्रिया में शामिल हो सके, इसके लिए आप क्या करना चाहते हैं ?

**उत्तर**–मैं समझता हूँ कि ग्रामीण भारत के आम लोगों में काफी समझदारी है बल्कि पढ़े-लिखे लोगों से अधिक है। वे सही समय पर सही निर्णय लेते हैं फिर भी हम शिक्षा के माध्यम से नई दृष्टि पैदा करेंगे! हम उनका जीवन स्तर ऊपर उठाएँगे। हम चाहेंगे कि वे शिक्षा के माध्यम से बदलते परिवेश को समझें। पुराने भारत, ग्रामीण भारत और आधुनिक शहरी भारत के बीच किस प्रकार के विरोधाभास अन्तर्विरोध हैं, शिक्षा के माध्यम से उन्हें यह भी बताना होगा कि हम समाजवाद लाना चाहते हैं।

**प्रश्न**–किस प्रकार का समाजवाद ?

**उत्तर**–भारतीय ढंग का समाजवाद। अन्तिम व्यक्ति का उत्थान। परन्तु पूँजीवाद या भौतिकवाद नहीं हो। इसलिए मैं बार-बार आध्यात्मिकता के सम्बन्ध में कहा करता हूँ।

**प्रश्न**–एक तरफ आप आध्यात्मिक मूल्यों की बात करते हैं दूसरी ओर उपभोक्ता संस्कृति को प्रोत्साहित कर रहे हैं। क्या पश्चिमी मूल्यव्यवस्था आधारित उपभोक्ता संस्कृति, पूँजीवाद तथा भारतीय आध्यात्मिक मूल्य दोनों में अन्तर्विरोध नहीं है, और विरोधाभास पैदा नहीं होंगे ?

**उत्तर**–यह सही है कि भौतिकवाद बढ़ रहा है इसलिए आध्यात्मिक मूल्य और भी आवश्यक हो गए हैं। क्या खाली भौतिकवादी मूल्यों से काम चलेगा ? उपभोक्ता

संस्कृति के प्रभाव को रोकने के लिए भारत के आध्यात्मिक मूल्यों की प्रासंगिकता और भी हो गई। समाज की जिम्मेदारी है कि इन अन्तर्विरोधों को सुलझाए।

## आज से नामीबिया आजाद हो जाएगा (1990)

जब आप सोकर उठेंगे और चाय की चुस्कियों के साथ 'नई दुनिया' आपके हाथों में होगी, तब तक एक नया स्वतन्त्र देश जन्म ले चुका होगा। कई देशों की दासता और पाशविक उत्पीड़न से मुक्त होकर इस देश में मानवता एक स्वतन्त्र क्षितिज पर चमक रही होगी। विश्व के स्वतन्त्र राष्ट्रों के आकाश में एक उन्मुक्त परवाज भर रही होगी। भारत के निशान्त और प्रभात गमन के सन्धि क्षणों (या मध्य रात्रि) में आजाद होनेवाला राष्ट्र नामीबिया अटलांटिक सागर के तट पर बसा और द. अफ्रीका, अंगोला, जाम्बिया तथा बोत्सवाना की सीमाओं से घिरा है। नामीबिया का नाम अब दुनिया के लिए एक अपरिचित नाम नहीं रह गया है। भारत के लिए इसका महत्त्व हमेशा से रहा है। नामीबिया के मुक्ति संघर्ष को भारत ने अपने संघर्ष के रूप में देखा है।

ब्रतानिया साम्राज्यवाद के विरुद्ध भारत के मुक्ति संघर्ष की स्मृतियाँ नामीबिया के संघर्ष में रह-रहकर जीवन्त होती रही हैं। शायद यही वजह है कि भारत ने नामीबिया के मुक्ति संघर्ष को खुला समर्थन दिया। अन्तरराष्ट्रीय मंच पर इसकी आजादी के समर्थन में आवाज उठाई। भारत पहला देश था, जिसने नामीबिया के मुक्ति संगठन और वर्तमान में शासक दल स्वापो (यानि साउथ-वेस्ट अफ्रीका पीपुल्स आर्गनाइजेशन) को मान्यता दी थी। दिल्ली में इसका बाकायदा कार्यालय खोलने की अनुमति दी गई। यह कम महत्त्वपूर्ण नहीं है। इसके संस्थापक नेता या पितृ पुरुष व स्वतन्त्र नामीबिया के पहले राष्ट्रपति साम नुजोमा कई दफा भारत की यात्रा कर चुके हैं। 1983 से 1988 के बीच उनकी सात-आठ भारत यात्राएँ हो चुकी हैं। इससे स्पष्ट है कि नामीबिया के मुक्ति नेता भारत को कितना महत्त्व देते हैं ? भारत की भूमिका पर उनका विश्वास अटूट है। द. अफ्रीका की नस्लवादी सरकार के खिलाफ भारत की निरन्तर विरोधी भूमिका एक इतिहास बन चुकी है। संयुक्त राष्ट्र संघ की देखरेख में भारत की शान्ति सेनाओं ने नामीबिया में महत्त्वपूर्ण भूमिका निभाई है। पिछले वर्ष इन नेताओं की निगरानी में चुनाव भी कराए गए। आज नामीबिया स्वतन्त्र हो चुका है। भारतीय सैनिक और पुलिस की टुकड़ियाँ विंडहोक से विदाई लेने के लिए तैयार हैं। नामीबिया की मुक्ति यात्रा काफी रक्तरंजित रही है। पश्चिम यूरोप और द. अफ्रीका के शासकों ने नामीबिया की जमीन को लहूलुहान किया है। इसकी श्याम सन्तानों का नरसंहार किया है। इसकी गुलामी का इतिहास कई सौ वर्ष पुराना है। गोरों के हमले होते रहे। इसकी अपार बहुमूल्य खनिज सम्पदा की लूटमार होती रही। यह देश 1884 से लगातार गुलामी की

जंजीरों से बँधा रहा। जर्मनी का उपनिवेश बन गया। 1815 में द. अफ्रीका ने जर्मन सैनिकों को परास्त कर इस पर अपना कब्जा जमा लिया। तब यह दक्षिण-पश्चिम अफ्रीका के नाम से जाना जाता था। द. अफ्रीका के गोरे शासकों का कब्जा होने के साथ-साथ इसका शोषण और तेज हो गया। लोगों को गुलाम बनाया गया। इसे दो टुकड़ों—श्वेत और बन्दुस्तान (अश्वेत क्षेत्र) में विभाजित कर दिया गया। गुलामी व अत्याचार की गम्भीरता का अन्दाज इसी से लगाया जा सकता है कि दस प्रतिशत लोगों ने साठ प्रतिशत जमीन हड़प ली। नब्बे फीसदी अश्वेत आबादी के लिए सिर्फ चालीस प्रतिशत जमीन छोड़ी गई।

1959-60 में स्वापो की स्थापना हुई। साम नुजोमा के नेतृत्व में विदेशी शासन के खिलाफ संघर्ष का डंका बजा दिया। साम नुजोमा को कई दफा बन्दी बनाया गया। देश-निकाला भी दिया गया। पर उन्होंने और उनके साथियों ने हार नहीं मानी। 1966 में हथियारबन्द संघर्ष शुरू कर दिया। स्वापो की जनमुक्ति सेना 'जोकी' के रूप में प्रसिद्ध रही। इसने गोरों की सत्ता की चूलें हिला दीं। संयुक्त राष्ट्र संघ ने भी उसके संघर्ष को मान्यता दी। द. अफ्रीका से कहा गया कि वह नामीबिया को आजाद करे।

## दूर बसे भारतीयों से सम्बन्ध प्रगाढ़ करने का अभियान (1987)

**नई दिल्ली से दूर अपने भूले-बिसरों की यादें और उनके साथ शिथिल पड़े सम्बन्धों में एक बार फिर से उमंग भरने का एक अपना अलग सुख है। राजनीतिक और कूटनीतिक उपलब्धियों से कहीं अधिक महत्त्वपूर्ण। उपराष्ट्रपति डॉ. शंकरदयाल शर्मा एक ऐसे ही अभियान पर कल भारत से दूर भारतवासियों के बीच जा रहे हैं।**

उपराष्ट्रपति तीस अप्रैल से लेकर तेरह मई तक अपनी यात्रा के दौरान सूरीनाम, गुयाना और त्रिनिडाड तथा टोबेगो की यात्रा करेंगे। इन देशों में बसे भारतीय मूल के लोगों के बीच मित्र देश भारत के सांस्कृतिक सन्देश को पहुँचाएँगे। पिछले माह मार्च में भी उपराष्ट्रपति एक ऐसे ही अभियान पर मारीशस गए थे जहाँ उन्होंने दोनों देशों के बीच सांस्कृतिक आधारों को और मजबूत करने का प्रयास किया। सूरीनाम, गुयाना और जुड़वाँ द्वीप त्रिनिडाड तथा टोबेगो में लाखों भारतीय रह रहे हैं। अकेले गुयाना में ही आबादी का चालीस प्रतिशत भारतीय हैं। त्रिनिडाड और टोबेगो में भी करीब पाँच लाख लोग भारतीय मूल के हैं। भारत की कोशिश एक बार फिर इन भारतवासियों के बीच रक्त, नस्ल और भावनाओं के सम्बन्धों को जीवन्त बनाना है। भारत की विदेशनीति का यही एक महत्त्वपूर्ण आयाम है।

हालाँकि इन देशों के साथ भारत के हमेशा से अच्छे सम्बन्ध रहे हैं। ये गुटनिरपेक्ष आन्दोलन के सदस्य भी हैं। अन्तरराष्ट्रीय मंच संयुक्त राष्ट्रसंघ में इन देशों से भारत को सक्रिय सहयोग भी प्राप्त होता रहा है। भारत के नेता विगत में भी इन देशों की

जव-तब यात्रा करते रहे हैं। प्रधानमन्त्री इन्दिरा गांधी, पूर्व विदेश मन्त्री नारायण दत्त तिवारी, पूर्व केन्द्रीय मन्त्री रामदुलारी सिन्हा तथा अनेक सांसद, विभिन्न सामाजिक नेता और कलाकार इन देशों की यात्रा करते रहे हैं। इन देशों में जवाहरलाल नेहरू, इन्दिरा गांधी जैसे भारतीय नेताओं के स्मारक स्थल और संस्थाएँ भी स्थापित की गई हैं। हिन्दी के अध्ययन की भी विशेष व्यवस्था है। सूरीनाम में भारतीय सांस्कृतिक केन्द्र भी खोले गए हैं।

भारत के अनेक वैज्ञानिक, इंजीनियर, डॉक्टर, तकनीकी विशेषज्ञ इन देशों में काम कर रहे हैं। हालाँकि इन देशों की विदेशी मुद्रा और ऋणग्रस्तता के कारण भारत के साथ व्यापारिक सम्बन्ध बहुत अच्छे नहीं हैं। व्यापार में कमी आई है। परन्तु आर्थिक सम्बन्धों से कहीं अधिक स्थिर और जीवन्त रिश्ते रहते हैं, सांस्कृतिक तथा आत्मिक।

गुयाना में भारतीयों के पहुँचने की 150वीं वर्षगाँठ है। इस अवसर पर एक समारोह मनाया जा रहा है। इस समारोह में भाग लेने उपराष्ट्रपति डॉ. शर्मा के साथ सौ से अधिक कलाकारों का एक बड़ा दल भी जा रहा है। इस दल में विभिन्न विधाओं के कई प्रसिद्ध कलाकार भी हैं।

## आर्थिक सहयोग बढ़ेगा

**पोर्ट ऑफ स्पेन 2 मई। भारत और त्रिनिडाड टोबेगो देश के नेताओं ने आज यहाँ शताब्दियों पुराने भावनात्मक और ऐतिहासिक सम्बन्धों का स्मरण किया तथा भविष्य में आर्थिक और राजनीतिक क्षेत्रों में परस्पर रिश्तों को और अधिक मजबूत करने की भावना का प्रदर्शन किया।**

जुड़वाँ द्वीपों की राजधानी पोर्ट ऑफ स्पेन में एयर इंडिया के एक विशेष विमान से अपराह्न पहुँचने पर उपराष्ट्रपति डॉ. शंकरदयाल शर्मा तथा उनकी पत्नी बिमला शर्मा का भावभीना स्वागत किया गया। स्वागत हेतु त्रिनिडाड की प्रतिनिधि सभा के अध्यक्ष निजाम मोहम्मद तथा अन्य मन्त्रिगण उपस्थित थे। अन्तरराष्ट्रीय विमानतल पर भारी संख्या में भारतीय मूल के नागरिक भी मौजूद थे। इस अवसर पर भारत और त्रिनिडाड के मिश्रित संगीत द्वारा तैयार की गई विशेष धुन भी बजाई गई। विमानतल और रात्रिभोज के अवसरों पर हुए स्वागत और आभार प्रदर्शन भाषणों में उपराष्ट्रपति डॉ. शर्मा और त्रिनिडाड के प्रधानमन्त्री ए.एन. रॉबिन्सन तथा अध्यक्ष निजाम मोहम्मद ने आशा व्यक्त की कि दोनों देशों के बीच विभिन्न क्षेत्रों में सम्बन्धों का विस्तार होगा। विशेष तौर पर प्रधानमन्त्री रॉबिन्सन ने आर्थिक, वैज्ञानिक और तकनीकी क्षेत्रों में भारतीय सहयोग पर अधिक बल दिया और आशा व्यक्त की कि दोनों देशों के बीच संयुक्त व्यापार वैज्ञानिक और तकनीकी सहयोग बढ़ाने की दृष्टि से एक आयोग स्थापित होगा। भारतीय क्षेत्रों ने भी प्रधानमन्त्री की इस इच्छा का स्वागत किया है।

त्रिनिडाड सहित भारतीय राजनयिक सूत्रों के अनुसार भारत ने इस दिशा में पहल

की है। दोनों देशों द्वारा आर्थिक सहयोग आयोग स्थापित करने का निर्णय लिया जा चुका है। उपराष्ट्रपति के साथ कृषि, लघु उद्योग क्षेत्रों से सम्बन्धित अधिकारियों का एक दल भी आया हुआ है। भारतीय अधिकारियों और विशेषज्ञों का यह दल त्रिनिडाड में सहयोग के विस्तार की सम्भावनाओं का पता लगाएगा। पुराने समझौतों को नया रूप देने के प्रयास किए जाएँगे। उपराष्ट्रपति के चार दिवसीय प्रवास के दौरान अनेक सांस्कृतिक कार्यक्रमों का आयोजन रखा गया है। डॉ. शर्मा के साथ आए भारतीय कलाकारों के दल द्वारा सांस्कृतिक कार्यक्रमों, विशेष रूप से भारतीय लोक संगीत के कार्यक्रम प्रस्तुत किए जाएँगे।

एजेंसियों के अनुसार यहाँ एक भारतीय प्रवक्ता ने मत व्यक्त किया कि श्री रॉबिन्सन के इन उद्‌गारों से भारत के साथ सहयोग और प्रगाढ़ करने की उनके देश की इच्छा प्रकट होती है। उन्होंने कहा कि दोनों देशों के बीच आर्थिक सहयोग के लिए एक अन्तर-सरकारी संयुक्त आयोग गठित किए जाने के बारे में निर्णय पहले ही लिया जा चुका है। उन्होंने सहयोग को और प्रगाढ़ करने की इच्छा व्यक्त की। श्री रॉबिन्सन ने देश के विकास तथा समृद्धि में भारतीय मूल के लोगों के योगदान की भूरि-भूरि प्रशंसा की। प्रधानमन्त्री राजीव गांधी से राष्ट्रमंडल शिखर सम्मेलन के दौरान हुई वार्ता की चर्चा करते हुए उन्होंने आशा व्यक्त की कि श्री गांधी भी इस कैरेबियाई देश की यात्रा पर आएँगे। उपराष्ट्रपति तीन कैरेबियाई देशों की यात्रा के पहले चरण में यहाँ पहुँचे हैं। वे गुयाना तथा सूरीनाम भी जाएँगे। इससे पूर्व एम्स्टर्डम हवाई अड्डे पर नीदरलैंड के राजकुमार क्लास ने उपराष्ट्रपति को विदाई दी।

उपराष्ट्रपति शंकरदयाल शर्मा ने आशा व्यक्त की कि कैरेबियन देशों में बसे भारतीय सभी क्षेत्रों में उपलब्धियों की पताका फहराना जारी रखेंगे। उपराष्ट्रपति, कैरेबियन के भारतीय एसोसिएशन द्वारा यहाँ अपने सम्मान में आयोजित एक भोज में बोल रहे थे। उन्होंने कहा कि आप लोगों के त्याग और कठिन परिश्रम तथा कठिनाइयों को सहन करने के बावजूद उपलब्धियों के अर्जन की प्रेरक गाथाओं ने ही मुझे इस क्षेत्र में आने के लिए प्रेरित किया है। उपराष्ट्रपति ने बड़ी संख्या में उपस्थित भारतीयों को सम्बोधित करते हुए कहा यद्यपि आप हमसे बहुत अधिक दूरी पर रह रहे हैं। फिर भी आप हृदय से हमारे अति समीप हैं। आपके लोकतान्त्रिक संस्थान और संस्कृतियों का मिश्रण तथा आल्हाददायक स्वर-लहरी और संगीत हम सबके लिए ही सराहनीय और प्रशंसनीय है।

## डॉ. शर्मा भी जल-संकट की चपेट में !

**जार्जटाउन, 7 मई। उपराष्ट्रपति डॉ. शंकरदयाल शर्मा भी जॉर्जटाउन में पानी की किल्लत की चपेट से बच नहीं सके। भारतीय प्रतिनिधिमंडल के अन्य सदस्यों के समान उन्हें भी पानी के अकाल का सामना करना पड़ा।**

उपराष्ट्रपति ने आज भारतीय पत्रकारों से अनौपचारिक बातचीत के समय बताया कि नगर के जल संकट का उन्हें भी सामना करना पड़ रहा है। हँसी के बीच शर्माजी ने संस्कृत का एक श्लोक सुनाया, जिसका भाव था कि जल संकट के समय एक श्लोक भी देह को पवित्र कर देता है। उपराष्ट्रपति ने सभी पत्रकारों को भारतीय मिष्ठान्न बालूशाही, समोसा और अन्य पकवान परोसकर आश्चर्यचकित कर दिया। वे कहने लगे भारत से दूर ही पत्रकारों को इन पकवानों के महत्त्व का पता चला। नगर में भारतवासियों के आगमन की स्मृति में होनेवाले सभी सांस्कृतिक कार्यक्रमों के प्रारम्भ में तीनों धर्मों हिन्दू, मुस्लिम और ईसाइयों की पूजा की जाती है। इसके बाद ही मुख्य कार्यक्रम शुरू किया जाता है। जॉर्जटाउन से दूर ग्रामीण क्षेत्रों में आयोजित कार्यक्रमों में भी इसी प्रथा का पालन किया जा रहा है। जॉर्जटाउन नगर भारत में दिखाई दे रहा है। चारों तरफ भारत-गुयाना के झंडे दिखाई देते हैं। दुकानों पर भारतीय हिन्दी फिल्मी गीतों की गूँज सुनाई देती है।

कारों एवं टैक्सियों में हिन्दी गानों के कैसेट गूँजते रहे हैं। फिल्मी कलाकार फारूख शेख और अनुराधा पटेल भी जॉर्जटाउन पहुँचे हुए हैं। भारतीय फिल्मों का समारोह भी अगले एक दो दिनों में यहाँ होने जा रहा है। दो और कलाकारों के आने की आशा है। फारूख शेख भारतीयों के बीच जाने जाते हैं। अनुराधा पटेल अधिक परिचित नहीं हैं।

भारतीय फिल्म अभिनेताओं में सबसे अधिक लोकप्रिय हैं—अमिताभ बच्चन। लम्बूजी भारतवासियों और अफ्रीकीवासियों के बीच समान रूप से लोकप्रिय हैं। जॉर्जटाउन से बाहर अन्य नगरों और सभाओं में भी बच्चन का नाम और तस्वीर पहुँच चुकी है। गुयाना के साथ-साथ त्रिनिडाड और टोबेगो में भी वे उतने ही लोकप्रिय हैं। वे यदि दोनों देशों की यात्रा पर आएँ तो अपार भीड़ उमड़ पड़ेगी।

बच्चन की लोकप्रियता का लोहा उपराष्ट्रपति ने भी स्वीकार किया। पत्रकारों के साथ अनौपचारिक बातचीत में शर्माजी ने कहा कि बच्चन काफी लोकप्रिय हैं। तब किसी पत्रकार ने चुटकी ली कि त्रिनिडाड और गुयाना में भारत के सांस्कृतिक कार्यक्रमों को सफल बनाने के लिए अमित को साथ में लाना चाहिए था ? इसी बीच किसी ने कहा कि यहाँ के कार्यक्रम तो अमित को साथ लाने में सफल हो जाते किन्तु दिल्ली के हाउस (संसद) में क्या होता है, कुछ अन्दाज है ?

'नई दुनिया' के परिचित और प्रशंसक सात समुद्र पार भी मिल जाते हैं। त्रिनिडाड और टोबेगो में एक परिचित पाठक मिला था और अब जार्जटाउन नगर में इसके इन्दौरवासी प्रशंसक भी मिले।

इन्दौर निवासी श्री के.एल. मनमानी आजकल गुयाना में हैं और जॉर्जटाउन स्थित बैंक ऑफ बड़ौदा के मैनेजर हैं। वे पिछले दो साल से इस पद पर हैं और बैंक के कार्यों का गुयाना में विस्तार कर रहे हैं।

श्री मनमानी को जब मालूम हुआ कि 'नई दुनिया' का प्रतिनिधि उपराष्ट्रपति के

दल के साथ है तो उनकी आँखों में सम्पूर्ण मालवा चमक उठा। मालवा और विशेष रूप से इन्दौरवासियों के सम्बन्ध में बड़ी उत्सुकता से पूछताछ की। 'नई दुनिया' के भोपाल संस्करण के लिए बधाई।

## प्रवासियों के साथ भावनात्मक सम्बन्धों के नए क्षितिज

**पोर्ट ऑफ स्पेन 3 मई। भारत और त्रिनिडाड व टोबेगो के लिए आज का दिन काफी कामकाजी रहा। दोनों देशों के नेताओं ने दशकों पुराने भावनात्मक सम्बन्धों को नए परिप्रेक्ष्य में देखा और आर्थिक, वैज्ञानिक व तकनीकी क्षेत्रों में सहयोग के टिकाऊ आधारों के निर्माण के सम्बन्ध पर बातचीत की।**

इस जुड़वाँ द्वीप राष्ट्र की राजकीय यात्रा पर आए अतिथि उपराष्ट्रपति शंकरदयाल शर्मा और स्वागतकर्ता देश के राष्ट्रपति, प्रधानमन्त्री तथा अन्य नेताओं ने सांस्कृतिक सम्बन्धों से लेकर भारत के स्वतन्त्रता आन्दोलन, महात्मा गांधी, जवाहरलाल नेहरू के विश्वव्यापी प्रासंगिक सिद्धान्तों के साथ धर्मनिरपेक्षता, अहिंसा, निशस्त्रीकरण, गुट निरपेक्षता, लातीनी देशों में भारत की भूमिका जैसे विषयों पर विचारों का आदान-प्रदान किया। मेहमाननवाज देश के नेताओं ने स्वीकार किया कि कैरेबियन सहित लातीनी देशों में भारत एक महत्त्वपूर्ण भूमिका निभा सकता है। त्रिनिडाड के विदेश मन्त्री श्री सहदेव वासुदेव के शब्दों में भारत लातीनी देशों के लिए प्रेरणा का स्रोत रहा है। राष्ट्रपति नूर मोहम्मद हसन अली और प्रधानमन्त्री रॉबिन्सन ने खासतौर पर गांधी और नेहरू के ऐतिहासिक योगदान का उल्लेख किया।

अतिथि उपराष्ट्रपति के नेतृत्व में आए भारतीय प्रतिनिधिमंडल के सदस्यों ने दोनों देशों के बीच व्यापारिक सम्बन्धों का पता लगाया। इस सन्दर्भ में भारत के लिए आज का दिन उपलब्धियों का रहा। करीब बासठ लाख रुपयों के विद्युत उपकरणों की सप्लाई के सम्बन्ध में त्रिनिडाड और टोबेगो विद्युत मंडल के साथ बातचीत हुई। इसके अतिरिक्त चालीस लाख के पुराने समझौते के नवीनीकरण का भी फैसला किया गया है। इस समझौते की अवधि आगामी जून में समाप्त होने जा रही है। श्री खोसला ने बताया कि मंडल के अधिकारी इस समझौते का विस्तार करने के लिए तैयार हो गए हैं। इसके तहत चालीस लाख का नया आर्डर मिलेगा। बत्तीस लाख के उपकरणों की सप्लाई नकद अदायगी के आधार पर की जाएगी। श्री खोसला ने बताया कि भारतीय उपकरण त्रिनिडाड में लोकप्रिय होते जा रहे हैं।

उपराष्ट्रपति की यात्रा में मध्यप्रदेश एक प्रकार से छाया हुआ है। उपराष्ट्रपति डॉ. शर्मा स्वयं मध्यप्रदेश के हैं। इसके अतिरिक्त अतिथि प्रतिनिधिमंडल में सम्मिलित किए गए चार सांसदों में से दो सांसद प्रतापभानु शर्मा और अरविन्द नेताम मध्य प्रदेश से ही हैं। उपराष्ट्रपति की पत्नी श्रीमती विमला शर्मा स्वयं विधानसभा की सदस्या हैं। आज दिन भर पोर्ट ऑफ स्पेन में भारतीय संगीत और गीतों की गूँज रही। सुबह की

शुरुआत उपराष्ट्रपति डॉ. शर्मा ने 'सारे जहाँ से अच्छा हिन्दुस्ताँ हमारा' से की। त्रिनिडाड के राष्ट्रपति के निवास स्थान पर अनौपचारिक चर्चा में अतिथि उपराष्ट्रपति ने मेज़बान देश के राष्ट्रपति को इकबाल का यह गीत सुनाया। दोपहर में त्रिनिडाड स्थित भारतीय एसोसिएशन द्वारा आयोजित प्रीतिभोज में भारतीय भजनों और फिल्मी गीतों की गूँज रही। गांधीजी के प्रिय भजन 'वैष्णव जन तो तैने कहिए' से लेकर फिल्मी गीत 'कभी-कभी मेरे दिल में खयाल आता है' आदि सुनाये गये। शाम को आयोजित सांस्कृतिक कार्यक्रम में त्रिनिडाड के कलाकारों ने हिन्दी फिल्मों के गीत सुनाए। भाँगड़ा की धुन बजाई गई। कल एक मई को उपराष्ट्रपति के विमानतल पर स्वागत के समय भी फिल्मी गीत 'जिन्दगी एक सफर है सुहाना' की धुन बजाकर त्रिनिडाड के कलाकारों ने हम सभी को चौंका दिया। त्रिनिडाड में अमिताभ बच्चन विशेष रूप से लोकप्रिय हैं।

विकासशील देशों के बीच आपसी सहयोग के बारे में श्री वासुदेव ने कहा कि भारत उन छह चोटी के देशों में है जिनसे त्रिनिडाड सहयोग करना चाहेगा ताकि विकसित देशों पर अपनी निर्भरता वह कम कर सके।

त्रिनिडाड और टोबेगो अपनी-अपनी प्रतिभाओं के लिए मशहूर हैं। भारत के उपराष्ट्रपति डॉ. शंकरदयाल शर्मा ने आज यहाँ हास-परिहास के दौरान त्रिनिडाड के राष्ट्रपति डॉ. हसन अली से कहा कि अब त्रिनिडाड के सांसदों और राजनेताओं की क्रिकेट टीम दिल्ली आनी चाहिए।

डॉ. शर्मा के साथ यहाँ आए भारतीय संवाददाताओं से बातचीत करते हुए इस कैरेबियाई देश के विदेश मन्त्री सहदेव वासुदेव ने यह मत व्यक्त करते हुए कहा कि यह इसलिए जरूरी है क्योंकि गुटनिरपेक्ष आन्दोलन के कुछ सदस्य अब भी अलग-अलग खेमों में बँटे हुए हैं।

एजेंसियों के अनुसार उपराष्ट्रपति डॉ. शंकरदयाल शर्मा ने कल त्रिनिडाड और टोबेगो के राष्ट्रपति और प्रधानमन्त्री से मुलाकात की। श्री शर्मा ने राष्ट्रपति नूर हसन अली और प्रधानमन्त्री ए.एन. आर. रॉबिन्सन के साथ अपनी मुलाकातों में दोनों देशों के द्विपक्षी सम्बन्धों पर विचार-विमर्श किया। इन नेताओं के साथ बातचीत के दौरान उपराष्ट्रपति के साथ विदेशी मामलों के सचिव (पूर्व) अशोक गोखले और पूर्व विदेश मन्त्री आलम खाँ भी थे। कल यहाँ आधिकारिक स्तर पर एक वार्ता हुई जिसमें दोनों देश इस बात पर सहमत थे कि कैरेबियाई देश द्वारा रखे गए प्रस्तावों पर आगे कार्रवाई शुरू की जाए। बातचीत में भारतीय शिष्टमंडल का नेतृत्व विदेश मन्त्रालय में सचिव ए.बी. गोखले ने किया।

त्रिनिडाड तथा टोबेगो ने गुटनिरपेक्ष आन्दोलन को नई दिशा देने की दृष्टि से आन्दोलन की प्राथमिकताओं का पुनर्मूल्यांकन किए जाने की आवश्यकता पर भी बल दिया है।

# गुयाना में उपराष्ट्रपति का नागरिक अभिनन्दन

**जार्जटाउन (गुयाना) 4 मई, त्रिनिडाड और टोबेगो की यात्रा पूरी कर उपराष्ट्रपति डॉ. शंकरदयाल शर्मा आज गुयाना पहुँचे। गुयाना की राजधानी जॉर्जटाउन में उनका भव्य स्वागत हुआ। यहाँ भारतीय मूल के 30 प्रतिशत लोग बसते हैं। डॉ. शर्मा भारतीयों के आगमन की 150वीं वर्षगाँठ के समारोह में भाग लेंगे। एक सांस्कृतिक मंडल भी भारत से आया है।**

इससे पूर्व ट्रिनिडाड व टोबेगो में डॉ. शर्मा और भारतीय शिष्टमंडल का अभूतपूर्व स्वागत हुआ। डॉ. शर्मा ने वहाँ के विभिन्न दर्शनीय स्थल व मन्दिर देखे। भारत से 17 हजार किलोमीटर दूर ट्रिनिडाड में भी 'नई दुनिया' के एक प्रशंसक श्री उपाध्याय से हमारी मुलाकात हो गई। श्री उपाध्याय इससे पूर्व 6 साल इन्दौर में गुजार चुके हैं। 1976 में उन्होंने गुजराती कॉलेज से बी.एस-सी की परीक्षा पास की थी। उन्होंने बताया कि वे इन्दौर में 'नई दुनिया' के नियमित पाठक थे। सांसद खुर्शीद आलम खाँ और प्रतापभानु शर्मा ने भी ट्रिनिडाड व टोबेगो की यात्रा पर सन्तोष व्यक्त किया।

भारत, ट्रिनिडाड व टोबेगो को बिजली की फिटिंग का 22 लाख रुपए का साजो-सामान देगा। इस सम्बन्ध में कल एक करार पर हस्ताक्षर हुए। यह ठेका सरकारी क्षेत्र के प्रतिष्ठान दि प्रोजेक्ट्स एंड इक्विपमेंट कारपोरेशन (पी.ई.सी.) को मिला है। त्रिनिडाड तथा टोबेगो विद्युत निगम भारतीय कम्पनी को मुक्त विदेशी मुद्रा में भुगतान करेगा। करार के तहत पी.ई.सी. आगामी चार माह के अन्दर बिजली की सम्प्रेषण लाइन तथा अन्य प्रकार का काम पूरा कर लेगा। ऐसी सम्भावना है कि अगले दो माह में कम्पनी को बिजली का सामान सप्लाई करने का एक और ठेका मिलने की सम्भावना है। इसके बाद उपराष्ट्रपति तीन देशों की यात्रा का पहला चरण समाप्त कर जॉर्जटाउन (गुयाना) के लिए रवाना हुए।

जॉर्जटाउन में उपराष्ट्रपति डॉ. शंकरदयाल शर्मा ने गुयाना की इस बात के लिए सराहना की कि वह गुटनिरपेक्षता के सिद्धान्त पर मजबूती से कायम है और उनका निष्ठापूर्वक पालन कर रहा है। उन्होंने कहा कि अन्तरराष्ट्रीय मसलों पर भारत और गुयाना के समान विचार हैं। दोनों देश अपनी आजादी कायम रखने, अपने राष्ट्र को मजबूत बनाने और अपनी जनता की हालत सुधारने के लिए कृत-संकल्प हैं। ये उद्‌गार आपने जॉर्जटाउन के मेयर द्वारा सम्मान में आयोजित नागरिक अभिनन्दन में व्यक्त किए।

# समुद्र से घिरे देश में पानी का हाहाकार

**जॉर्जटाउन, 6 मई। उपराष्ट्रपति डॉ. शंकरदयाल शर्मा ने इन्द्र देवता से गुयाना के लिए वर्षा की प्रार्थना कर गुयानावासियों को भारतीय प्रेम से अभिभूत कर दिया। इस सलिल**

**स्नेह ने दोनों देशों के बीच भावनात्मक रिश्तों को और सुदृढ़ किया है।**

त्रिनिडाड और टोबेगो की यात्रा समाप्त कर डॉ. शर्मा अपनी पत्नी विमला शर्मा के साथ कल गुयाना की राजधानी जॉर्जटाउन पहुँचे। आगमन के तुरन्त पश्चात नागरिक अभिनन्दन समारोह में अपने स्वागत के उत्तर में उपराष्ट्रपति डॉ. शर्मा ने कहा कि गुयानावासियों पर ईश्वर की कृपादृष्टि हो और जल-संकट से उसे मुक्ति मिले। गुयाना में सुख-समृद्धि फैले। यह विडम्बनापूर्ण संयोग है कि गुयाना को जलस्रोतों का देश कहा जाता है। चारों तरफ समुद्र फैला है। परन्तु मुहानों पर बसे लोगों में पानी के लिए हाहाकार मचा है। पिछले दस महीनों से वर्षा नहीं हुई है। जॉर्जटाउन पर बादल छाए हुए हैं, मगर बरस नहीं रहे हैं। नगरवासियों का कहना है कि मेघ देवता गुयाना से रूठ गए हैं। यह भी एक संयोग है कि 30 अप्रैल को चलते समय नई दिल्ली में भी पानी के लिए शोर मचा हुआ था। एक राजधानी से दूसरे देश की राजधानी पहुँचने पर उससे भी बुरी हालत देखने को मिली। होटलों में पानी नहीं है। नगर में पानी का राशन किया हुआ है। घंटों बिजली बन्द रहना आम बात है। पूरे देश में सूखे की स्थिति बनी हुई है। यहाँ तक कि चाय के लिए भी पानी की किल्लत है। परन्तु जॉर्जटाउन पहुँचे करीब 300 भारतवासियों के लिए सूखे की स्थिति नई बात नहीं है। इसे वे भारतीय ग्रामीण जीवन के एक सहज अंग के रूप में स्वीकार कर रहे हैं।

गुयाना में प्रवासी भारतीयों के आगमन की 150वीं जयन्ती मनाई जा रही है। भारत इस उपलक्ष्य में आयोजित विभिन्न समारोह में बड़े पैमाने पर भाग ले रहा है। विभिन्न सांस्कृतिक कार्यक्रम के अलावा भारतीय प्रदर्शनियों का आयोजन किया गया है। वैज्ञानिक, हस्तकला, पुस्तकों की प्रदर्शनियाँ लगाई गई हैं। आज उपराष्ट्रपति डॉ. शर्मा के भाषणों के मुख्य स्वर दोनों देशों की साझी-निधि को सँजोए रखना, भावनात्मक सांस्कृतिक सेतु को और सुदृढ़ करना तथा अनुभव से सीखना आदि थे। चूँकि गुयाना विभिन्न नस्लों का देश है, विभिन्न धर्मों के लोगों से यह टापू देश बना है। इसलिए उपराष्ट्रपति ने भारत की धर्मनिरपेक्षता, अहिंसा, विश्व एक परिवार है, गुटनिरपेक्षता जैसे सिद्धान्तों पर प्रकाश डाला।

## रह-रहकर याद करते हैं, भारतीय मूल के गुयानावासी

**जॉर्जटाउन, 8 मई। अपनी धरती से कटकर वापस जुड़ने की तीव्र उत्कंठा के प्रतीक हैं जबलपुर मूल के गुयानावासी नीवेली जेम्स विसम्बर। बिसम्बर एक सामान्य नागरिक नहीं हैं बल्कि प्रतिष्ठित राजनेता, वकील और सक्रिय भारत-प्रेमी हैं। गुयाना के उपप्रधानमन्त्री भी रह चुके हैं, और भारतीय नेताओं के वे निकट रहे हैं।**

गुयाना के राष्ट्रपति द्वारा आज सन्ध्या दिए गए एक स्वागत भोज में बिसम्बर की इस संवाददाता के साथ बात हुई। जब उन्हें मालूम हुआ कि मैं मध्यप्रदेश के प्रमुख दैनिक 'नई दुनिया' का प्रतिनिधि हूँ तो वे भावविभोर होकर कहने लगे, मेरा परिवार

जबलपुरवासी है। मेरी दादी ज्योति करीब एक सौ साल पहले अपने रिश्तेदारों के साथ गुयाना आई थीं। आज भी उनके शब्द मुझे याद हैं। बिसम्बर की पत्नी कहने लगी कि हम दोनों की एक ही इच्छा है कि कभी जबलपुर जाकर अपने मूल स्थान का पता लगाएँ और भूले-बिसरे रिश्तेदारों से मिलें। जबलपुर की हम लोगों को बहुत याद आती है, श्रीमती बिसम्बर ने व्यग्रता के साथ कहा। बिसम्बर ने बताया कि वे लन्दन में स्व. वी.के. कृष्णमेनन के साथ कार्य कर चुके हैं। स्वर्गीय श्रीमती इन्दिरा गांधी से भी मिल चुके हैं, बल्कि उन्हें गुयाना निमन्त्रित करने में उनकी प्रमुख भूमिका रही है। सरदार स्वर्णसिंह, पूर्व मन्त्री श्री ढिल्लो, पूर्व राष्ट्रपति संजीव रेड्डी आदि के वे मित्र हैं। एक अन्य भोज में गुयाना के ऐसे नेता मिले जो भारत के इन दो महान नेताओं के साथ काम कर चुके हैं। भारतीय नेताओं के सम्पर्क में रहने की स्मृतियाँ आज भी इनके दिलो-दिमाग पर छाई हुई हैं। जरा-सी बात करने पर स्मृतियों का रेला उमड़ आता है।

भारतवासी लोगों के लिए भारत की शेष स्मृति और वस्तु एक ऐतिहासिक रूप लिए है। माता-पिता और दादा-दादी से मिली हर वस्तु को अपने घर में सँजोकर रखे हुए हैं। श्री सुखनन्दन कुमार ऐसे ही एक व्यक्ति हैं जिन्होंने माता-पिता की एक मुद्रा को सम्हालकर रखा हुआ है।

सुखनन्दन कुमार के पास सन् 1835 के जमाने की एक दुर्लभ भारतीय मुद्रा है। इस आधे आने की मुद्रा पर 'ईस्ट इंडिया' कम्पनी अंकित है। कुमार का कहना है कि उनके पिता जिला हरदोई थाना संडिला के रहनेवाले थे। वे उन्नीस साल की आयु में आए थे। परन्तु मेरी नानी बहुत पहले ही गुयाना आ चुकी थीं। मेरी माँ का जन्म गुयाना में ही हुआ था।

गुयानावासी अपने गुलामी के दिनों को भूले नहीं हैं। भारतीय गुलाम श्रमिकों की एक सौ पचासवीं वर्षगाँठ के अवसर पर आयोजित समारोह के दौरान जीवित पूर्व गुलाम श्रमिकों का भी सम्मान किया जा रहा है। जॉर्जटाउन से करीब एक सौ किलोमीटर दूर एल्बिओन नगर में 106 वर्षीया संचेरी, 100 वर्षीय गुजराती लालबहादुर, 80 साल रंपनी आदि का नागरिक अभिनन्दन किया गया।

पूरे देश में 150वें जयन्ती समारोह की धूम मची हुई है। प्रत्येक कार्यक्रम का आँखों देखा प्रसारण गुयाना रेडियो पर किया जा रहा है। सीमित संसाधनों के बावजूद रेडियो की टीमें गाँव-गाँव पहुँच रही हैं। सरकार की आर्थिक स्थिति इतनी खराब है कि रिकार्डिंग के लिए नए टेप नहीं हैं। पुराने टेपों को इरेज कर दोबारा उनको काम में लिया जा रहा है। गुयाना प्रसारण सेवा का नया रेडियो स्टेशन बन चुका है परन्तु पुरानी बिल्डिंग से ही प्रसारण किया जा रहा है, क्योंकि सरकार के पास नई बिल्डिंग में एयर कंडिशनर लगाने के लिए धन नहीं है। गुयाना की अपनी कोई टेलीविजन सेवा नहीं है।

पिछले दिनों भारतीय इंजीनियर्स के सहयोग से ट्रांसफार्मर तथा अन्य प्रसारण उपकरण लगाए गए हैं, परन्तु धन के अभाव में आगे का काम ठप्प पड़ा हुआ है। इतनी

दयनीय स्थिति के बावजूद गुयाना सरकार का प्रयास समारोह को सफल बनाने का है। प्रदेश के दो सांसदों अरविन्द नेताम और प्रतापभानु शर्मा ने भारतीय मूल की बस्तियोंवाले विभिन्न ग्रामीण क्षेत्रों का दौरा किया।

'वार्ता' के अनुसार गुयाना भारत के साथ विभिन्न क्षेत्रों में सहयोग बढ़ाने पर सहमत हो गया है। इनमें विज्ञान, प्रौद्योगिकी, शिक्षा और इंजीनियरिंग शामिल हैं। भारत के उपराष्ट्रपति शंकरदयाल शर्मा का यह प्रस्ताव गुयाना के उपराष्ट्रपति हैमिल्टन ग्रीन ने स्वीकार किया।

## गुयाना बगैर गारंटी के कर्ज चाहता है

**जॉर्जटाउन, 9 मई। उपराष्ट्रपति डॉ. शंकरदयाल शर्मा की गुयाना यात्रा अन्तिम चरण में पहुँच चुकी है। दोनों देशों के बीच भावनात्मक और सांस्कृतिक सेतु पहले से अधिक सुदृढ़ हुआ है। भारतीय प्रतिनिधिमंडल ने गुयानावासियों की अपार सद्भावना बटोरी है।**

विश्वस्त सूत्रों के अनुसार आर्थिक सहयोग और व्यापार के क्षेत्र में दोनों देशों के बीच अपेक्षित प्रगति नहीं हो सकी है। इसलिए भारत के विभिन्न प्रस्ताव अधूरे पड़े हैं। गुयाना सरकार कर्ज की सुविधा के आधार पर भारत से सामान खरीदने पर जोर डाल रही है, जबकि भारतीय दल के सम्बन्धित अधिकारियों का कहना है कि वे उधार पर सामान नहीं बेच सकते। भारत चाहता है कि अगर गुयाना किसी अन्तरराष्ट्रीय वित्त संस्था की गारंटी दिला देता है, तो कर्ज पर गुयाना को भारतीय वस्तुएँ भेजी जा सकती हैं। परन्तु गुयाना को भारत का यह प्रस्ताव भी स्वीकार नहीं है। पता चला है कि भारत ने लघु उद्योग क्षेत्रों में दो करोड़ के व्यापारिक प्रस्ताव रखे हैं। यदि प्रस्ताव स्वीकार हो जाता है तो दो करोड़ के सामान गुयाना को भेजे जाएँगे। परियोजना और उपकरण निगम के महाप्रबन्धक श्री खोसला ने बताया कि वे अपने विभाग से सम्बन्धित सात करोड़ के ऋण के प्रस्तावों के सम्बन्ध में दिल्ली में सरकार से बात करेंगे। यदि भारत सरकार तैयार हो जाती है तो गुयाना को उपकरण भेजे जा सकते हैं। पिछले तीन-चार दिनों में भारतीय और गुयाना अधिकारियों में बातचीत के कई दौर चले हैं। कई प्रस्तावों पर विचार किया गया, परन्तु आशाजनक परिणाम सामने नहीं आए। भारतीय परियोजना और संयन्त्र निर्यात निगम ने भी इस सम्बन्ध में करीब बीस करोड़ के प्रस्ताव रखे थे। बातचीत के पश्चात सात करोड़ का प्रस्ताव रखा गया। गुयाना इसके लिए भी तैयार नहीं हुआ। भारत की ओर से एक सुझाव दिया गया कि अन्तरराष्ट्रीय मुद्रा कोष (आई.एम.एफ.) से गारंटी दिलवा दी जाए या उससे प्राप्त होनेवाली ऋण राशि में से भारत का ऋण आधा कर दिया जाए, परन्तु गुयाना इसके लिए भी तैयार नहीं है। गुयाना सरकार चाहती है कि बगैर किसी गारंटी या शर्त के पूरी तरह ऋण के आधार पर उसे सामान दिया जाए।

सूत्रों का कहना है कि आई.एम.एफ. ने भी गुयाना को अपेक्षित ऋण देने से इन्कार

कर दिया है। भारतीय दल के पहुँचने से पहले आई.एम.एफ. की टीम गुयाना में थी। गुयाना ने आई.एम.एफ. टीम में 40 करोड़ अमेरिकी डॉलर के ऋण की माँग की थी, परन्तु आई.एम.एफ. विभिन्न शर्तों के आधार पर केवल पच्चीस करोड़ डॉलर का ऋण देने के लिए तैयार हुआ है, जबकि गुयाना चालीस करोड़ से कम नहीं चाहता। गुयाना की माली हालत बेहद खस्ता है। आई.एम.एफ. ने एक सबसे बड़ी शर्त रखी है कि गुयाना अपनी मुद्रा का विमुद्रीकरण करे। पिछले दो-तीन वर्षों के अन्दर गुयाना अपनी मुद्रा का चार बार विमुद्रीकरण कर चुका है। गुयाना की मुद्रा गुयाना डॉलर की गुयाना में ही कोई कीमत नहीं रह गई। गुयाना में अमेरिकी डॉलर खरीदने की आँधी चली हुई है। अमेरिकी डॉलर की विभिन्न दरें गुयाना में हैं। सरकारी दरों के अनुसार एक अमेरिकी डॉलर दस गुयाना डॉलर के बराबर है, परन्तु काले बाजार में अमेरिकी डॉलर तीस-बत्तीस गुयाना डॉलर में बिक रहा है। कालाबाजारी से मुकाबला करने के लिए गुयाना सरकार ने बैंकों को छूट दे रखी है कि वे एक अमेरिकी डॉलर के बदले बीस गुयाना डॉलर दे सकते हैं। देश की आर्थिक हालत इतनी अधिक खस्ता है कि पिछले दिनों गुयाना सरकार को अमेरिकी डॉलर की जरूरत हुई, तो उसने काले बाजार से अमेरिकी डॉलर बटोरे। गुयाना को आर्थिक संकट से बचाने के लिए कल वहाँ के राष्ट्रपति को अचानक यूरोप जाना पड़ा। राष्ट्रपति ने डॉ. शर्मा के सम्मान में कल शाम भोज का आयोजन किया था, परन्तु खुद नहीं आए। भोज के समय ही बताया गया कि राष्ट्रपति लन्दन और ब्रुसेल्स की यात्रा पर चले गए हैं।

इस पृष्ठभूमि में भारत और गुयाना के बीच दीर्घकालीन व्यापार की सम्भावना कम मानी जा रही है, हालाँकि गुयाना बंगलादेश से जूट खरीदता है क्योंकि भारत की जूट महँगी पड़ती है। गुयाना की कृषि मन्त्री ने 'नई दुनिया' से बातचीत में कहा कि गुयाना भारत से जूट और अन्य सामान खरीदना चाहता है, परन्तु मारीशस के समान गुयाना को भी ऋण सुविधा दी जानी चाहिए। गुयाना भविष्य में ऋण लौटाने की स्थिति में जरूर आएगा। इसलिए अमेरिका के साथ सम्बन्ध सुधारने जरूरी हैं। जॉर्जटाउन स्थित राजनयिक क्षेत्रों का मत है कि गुयाना तेजी के साथ अमेरिकी खेमे की ओर जा रहा है। सोवियत संघ के साथ उसके सम्बन्धों में शिथिलता आएगी।

## *डॉ. शर्मा की प्रार्थना सुनी*

उपराष्ट्रपति डॉ. शर्मा की प्रार्थना रंग ले आई है। इन्द्रदेवता ने उनकी और गुयानावासियों की पुकार सुनकर आज वर्षा की। बौछार ने सूखे गुयाना को भिगो दिया। कोई 10 माह के बाद कल अर्ध रात्रि और आज सुबह बारिश हुई। गुयानावासियों ने राष्ट्रपति और भारतीय दल के सदस्यों के प्रति उन्मुक्त भाव से आभार व्यक्त किया। इसे पूरे देश के लिए शुभ संकेत माना है। दोपहर में जॉर्जटाउन से दूर अन्ना तेजिना, नगर में भारतीयों के आगमन पर समारोह आयोजित किया गया था, लेकिन वर्षा के

कारण कार्यक्रम विलम्ब से शुरू किया गया। इस कार्यक्रम में उपराष्ट्रपति की अनुपस्थिति में मध्यप्रदेश के सांसद प्रतापभानु शर्मा ने उनका भाषण पढ़ा और सभा की अध्यक्षता की। इस सभा में संचालकों ने डॉ. शर्मा और दल के दूसरे सदस्यों को वर्षा के लिए बधाई दी। भारतीय प्रतिनिधि-मंडल ने इस वर्षा को गुयाना के लिए शुभ शगुन बताया और कहा कि वर्षा की बौछार दोनों देशों के बीच प्रेम, एकता और शान्ति की बरसात है। आज प्रातः प्रतापभानु शर्मा, अरविन्द नेताम और दल के अन्य सदस्यों ने आर्य समाज के कार्यक्रम में भी हिस्सा लिया। इस सभा में जॉर्जटाउन के करीब चार सौ गुयाना आर्यसमाजी उपस्थित थे।

कल जॉर्जटाउन से करीब 70 किलोमीटर दूर लिंडन में आयोजित सभा को सांसद अरविन्द नेताम ने सम्बोधित किया और उपराष्ट्रपति की अनुपस्थिति में उनका भाषण पढ़ा। उपराष्ट्रपति शर्मा अपनी चार दिनों की राजकीय यात्रा समाप्त कर कल अपरान्ह में अपने दल के साथ सूरीनाम के लिए रवाना होंगे।

हिन्दी के प्रसिद्ध कमेंटेटर श्री रवि चतुर्वेदी को गुयाना के समाचार-पत्रों ने भारत के क्रिकेट राजदूत के रूप में लिया है। स्थानीय दैनिक 'क्रोनिकल' ने लिखा है कि रवि गुयाना में क्रिकेट राजदूत माने जाते हैं। रवि भारतीय दल के सदस्य के रूप में गुयाना यात्रा पर हैं।

आज भारतीय फिल्म समारोह का शुभारम्भ हुआ। इस अवसर पर चलचित्र अभिनेता फारुख शेख और अभिनेत्री अनुराधा पटेल विशेष रूप से उपस्थित थे। दो सप्ताह तक चलनेवाले इस फिल्मोत्सव की शुरुआत हिन्दी फीचर फिल्म 'उमराव जान' से हुई।

## तीन देशों की सद्भावना यात्रा का अन्तिम चरण

**सूरीनाम, 11 मई। उपराष्ट्रपति डॉ. शंकरदयाल शर्मा की त्रिनिडाड, गुयाना व सूरीनाम की यात्रा अन्तिम चरण में पहुँच चुकी है। तीनों देशों में उपराष्ट्रपति की यात्रा का सभी क्षेत्रों में व्यापक स्वागत किया गया है।**

इस यात्रा के माध्यम से डॉ. शर्मा ने दक्षिण अमेरिका में भारत की उपस्थिति का बोध कराया। यद्यपि इन देशों के साथ भारत का आर्थिक सम्बन्ध कोई बड़े पैमाने पर नहीं हो सकता है क्योंकि भौगोलिक दूरी के कारण व्यापार में कई अड़चनें हैं। मगर राजनीतिक और कूटनीतिक दृष्टि से भारत को दीर्घकालीन लाभ होगा। राजनयिक क्षेत्रों का मत है कि पाकिस्तान भी यहाँ अपना प्रभाव क्षेत्र जमाने की कोशिश में है। ऐसी स्थिति में भारत के लिए और भी आवश्यक हो गया है कि वह इन देशों में सक्रिय रहे।

डॉ. शर्मा के अब तक के भाषणों का काफी स्वागत किया गया है क्योंकि उन्होंने जहाँ सांस्कृतिक सम्बन्धों पर बल दिया, वहीं उन्होंने नस्ली एकता और धार्मिक एकता पर भी बल दिया। इन देशों में स्थिति काफी नाजुक है क्योंकि तीनों देशों में विभिन्न

देशों के लोग रहते हैं। भारतवंशियों के अलावा अफ्रीकी, चीनी, जापानी, इंडोनेशियाई आदि मूल के लोग रहते हैं। ऐसी स्थिति में भारत के लिए यह जरूरी है कि काफी सँभलकर अपनी भूमिका निभाएँ। डॉ. शर्मा ने इस नाजुक स्थिति को अच्छे ढंग से समझाया है। उपराष्ट्रपति के सम्मान में दिये गए रात्रि भोज में डॉ. शर्मा ने कहा कि भारत और सूरीनाम के समाजों में कई जातीय विभिन्नताएँ हैं। परन्तु लोकतन्त्र दोनों के बीच समानता का आधार है। उन्होंने सूरीनामवासियों को इस बात के लिए बधाई दी कि सूरीनाम में फिर से लोकतन्त्र की बहाली हो गई है। याद रहे सूरीनाम में कई सालों तक सैनिक शासन था। उपराष्ट्रपति ने इस बात के लिए भी प्रसन्नता जाहिर की कि दोनों देश कई अन्तरराष्ट्रीय मुद्दों पर एकमत हैं। गुटनिरपेक्ष आन्दोलन के प्रति दोनों ही प्रतिबद्ध हैं। डॉ. शर्मा ने कहा कि भारत अपने अनुभव सूरीनाम के साथ बाँटने को तैयार है। विज्ञान, कृषि, तकनीकी, डेयरी उद्योग आदि के क्षेत्र में भारत सूरीनाम को सहयोग दे सकता है। इस रात्रि भोज में सूरीनाम के राष्ट्रपति श्री रामसेवक शंकर, उपराष्ट्रपति श्री अरोन तथा अन्य उपस्थित थे।

इससे पूर्व डॉ. शर्मा का सूरीनाम की राष्ट्रीय असेम्बली की असाधारण सभा में स्वागत किया गया। इस अवसर पर डॉ. शर्मा ने आशा व्यक्त की कि दोनों देशों के बीच सम्बन्ध और प्रगाढ़ होंगे। डॉ. शर्मा का स्वागत करते हुए राष्ट्रीय असेम्बली के अध्यक्ष श्री जगन्नाथ लक्ष्मण ने दोनों देशों की परम्पराओं का जिक्र किया और भारत के योगदान की प्रशंसा की।

सूरीनाम की राष्ट्रीय असेम्बली में मध्यप्रदेश और हिन्दी की गूँज हुई। श्री जगन्नाथ लक्ष्मण ने डॉ. शर्मा को मध्यप्रदेश के संपूत के रूप में याद किया। श्री लक्ष्मण ने अपने भाषण की शुरुआत हिन्दी में की। वे चार-पाँच मिनट हिन्दी में बोले। फिर अंग्रेजी में। डॉ. शर्मा अपने लिखित भाषण को अलग रखते हुए हिन्दी में बोले जिसमें उन्होंने मध्यप्रदेश की ऐतिहासिक धरोहरों की चर्चा की। डॉ. शर्मा आज शाम को स्वदेश रवाना हो रहे हैं।

## ब्रिटेन भी सरगर्म है भारत के चुनाव को लेकर (1989)

लन्दन, 13 नवम्बर : केवल इंग्लैंड में ही नहीं वरन् पूरे योरोप में भारत में हो रहे आम चुनाव के परिणामों का उत्सुकता से इन्तजार किया जा रहा है। वहाँ के दूरदर्शन व अखबारों में भारत का आम चुनाव ही छाया हुआ है। उनके संवाददाता भारत से चुनाव की जो खबरें भेज रहे हैं उससे हवा किस ओर बह रही है, इसका अन्दाजा लगाया जा रहा है। इंग्लैंड व योरोप के नेता भारत के चुनाव के सम्बन्ध में खुले रूप से कुछ कहते नहीं हैं, किन्तु निजी तौर पर यह कहते हैं कि श्री गांधी की इंका सरकार जीत जाए तो अच्छा है।

किन्तु दूसरी ओर योरोप के अखबार इंका सरकार की जमकर आलोचना कर रहे हैं और गिन-गिनकर गलतियाँ बता रहे हैं। ब्रिटेन, पश्चिम जर्मनी, इटली व अन्य योरोपीय देशों में टी.वी. व रेडियो के माध्यम से चुनावों की ताजा तस्वीरें जनता के सामने रखी जा रही हैं। कल रात को इटली के दूरदर्शन नेटवर्क पर भारत के चुनावों पर चर्चा की गई थी। भारत के पतन व उत्थान पर 20 मिनट का विशेष कार्यक्रम दिखाया गया। ब्रिटेन के प्रसारण संस्थान बी.बी.सी. द्वारा टी.वी. पर तकरीबन रोजाना आम चुनाव से सम्बन्धित समाचार दिखाए जा रहे हैं। उत्तरप्रदेश व बिहार के चुनाव परिदृश्य पर विशेष चर्चा की जाती है। प्रधानमन्त्री राजीव गांधी का चुनाव क्षेत्र 'अमेठी' प्रमुख आकर्षण रहता है। बी.बी.सी. टी.वी. ने बिहार के साम्प्रदायिक दंगों पर भी करीब आधे घंटे का कार्यक्रम दिखाया। खासतौर पर इसमें भागलपुर व उससे लगे गाँवों की त्रासदी दिखाई गई। साम्प्रदायिक तनावों की पृष्ठभूमि में आम चुनाव पर चर्चा योरोपीय समाचार माध्यमों का प्रिय विषय बना हुआ है। बी.बी.सी. की हिन्दी सेवा ने भी चुनाव की खबरें भेजने के लिए विशेष व्यवस्था की है। कई संवाददाता भारत भेजे गए हैं और लन्दन से ही फोन पर भारतीय पत्रकारों से मुलाकात ली जा रही है। इंका व विपक्ष के नेताओं की भेंटवार्ताएँ भी प्रसारित की जा रही हैं।

समाचार-पत्र भी टेलीविजन से पीछे नहीं हैं। इंग्लैंड के प्रमुख अखबारों में 'द टाइम्स', 'द इंडिपेंडेंट', 'आब्जर्वर', 'टेलीग्राफ', 'द गार्जियन', 'फायनांशियल', 'एक्सप्रेस', 'हेराल्ड', 'ट्रिब्यून' बिहार, मध्यप्रदेश, तमिलनाडु सहित विभिन्न प्रदेशों की प्रमुख लोकसभाई सीटों की ताजा स्थिति पर रपटें छाप रहे हैं। निश्चय ही प्रधानमन्त्री राजीव गांधी एवं उनके प्रमुख प्रतिद्वन्द्वी जनता दल के नेता वी.पी. सिंह, खबरों में केन्द्रबिन्दु रहते हैं। अमेठी के सन्दर्भ में विरोधी उम्मीदवार श्री राजमोहन गांधी की चर्चा होना स्वाभाविक है। 'द गार्जियन' ने मध्यप्रदेश के पूर्व नरेशों में विशेष रुचि दिखाई है। ग्वालियर से भेजी गई रपट में गुना से भाजपा की उम्मीदवार श्रीमती विजयाराजे सिन्धिया और ग्वालियर से इंका के प्रत्याशी व रेल राज्यमन्त्री माधवराव सिन्धिया की चुनावी चर्चा प्रकाशित की गई थी।

योरोप के नेता और समाचार माध्यम दोनों ही भारत की भावी राजनीति को लेकर जितने उत्सुक हैं उतने ही चिन्तित हैं। चुनाव परिणामों को लेकर विभिन्न प्रकार की आशंका व अनिश्चय की स्थिति का वे आकलन भर कर रहे हैं। इस बात के संकेत उपराष्ट्रपति डॉ. शंकरदयाल शर्मा की राजकीय यात्रा के दौरान मिले। इंग्लैंड के विभिन्न नेताओं के साथ उनकी मुलाकात के दौरान अनौपचारिक स्तर पर चुनाव ही चर्चा का केन्द्रबिन्दु रहा है। हालाँकि, वेस्टमिनिस्टर के क्षेत्र (ब्रिटेन की संसद व सचिवालय) श्री राजीव गांधी के भविष्य को लेकर किसी निष्कर्ष पर नहीं पहुँचे हैं। राजनीतिक क्षेत्रों में मिले संकेत इतना जरूर कहते हैं कि प्रधानमन्त्री श्रीमती थैचर व उनके सहयोगियों की सहानुभूति श्री राजीव गांधी के साथ है। श्री गांधी के नेतृत्व में इंका फिर से सरकार बनाए, यह एक छुपी इच्छा है। यह इच्छा सिर्फ लन्दन की ही नहीं है योरोप के अन्य

नेताओं की भी है। लन्दन जाते समय और स्वदेश लौटते वक्त उपराष्ट्रपति व उनके साथ के संवाददाता एक-एक रात के लिए क्रमशः फ्रैंकफुर्त (जर्मनी) और रोम (इटली) रुके थे। इस पड़ाव के दौरान स्थानीय मूड को समझने के लिए कुछ क्षण भी इस प्रतिनिधि को मिले। वैसे लन्दन (ब्रिटेन) को योरोप की नब्ज माना जाता है। इस आधार पर कहा जा सकता है कि योरोपीय राजनीतिक क्षेत्रों का मूड राजीवजी के पक्ष में है। लन्दन के नेताओं की उम्मीद है कि किसी प्रकार खींचतान करके श्री राजीव गांधी अपनी सरकार बनाने में सफल हो जाएँगे या इंका को कामचलाऊ बहुमत प्राप्त हो जाएगा और इस तरह श्री गांधी भारत को स्थायित्व दे सकेंगे। किन्तु ब्रिटेन या योरोप के संचार माध्यम किसी सद्इच्छा से संचालित नहीं होते। बी.बी.सी. टी.वी. का निष्कर्ष है कि श्री राजीव गांधी व उनका दल संकट में फँसा हुआ है। टिप्पणी थी कि श्री राजीव गांधी ने 1984 में 400 से अधिक सीटों के साथ एक सुन्दर शुरुआत की थी किन्तु आज वे समस्याओं व कठिनाइयों की चपेट में हैं। उन्हें पग-पग पर चुनौतियों का सामना करना पड़ रहा है। प्रचार माध्यम बोफोर्स जैसे कांडों का भी उल्लेख करते हैं।

यहाँ अखबारों का रुख भी विशेष अनुकूल नहीं है। ब्रिटेन के समाचार पत्रों के भारत स्थित संवाददाता इंका की निराशाजनक तस्वीर भेजते हैं। सत्ताधारी दल के लिए असुविधाजनक सम्पादकीय लिखे जा रहे हैं। 'द टाइम्स' ने लिखा है कि श्री राजीव गांधी अपने नाना पं. जवाहरलाल नेहरू के पुण्य कर्मों को भुनाना चाहते हैं। अगर श्री राजीव गांधी भारत पर राज करने की महत्वाकांक्षा रखते हैं तो उन्हें यह करके दिखाना पड़ेगा कि वे आजादी के आन्दोलन के बड़े-बड़े नेताओं के स्तर के हैं। चुनाव के साए में पनप रहे साम्प्रदायिक तनावों के लिए भी श्री गांधी की आलोचना की जा रही है। इंका ने 1987 में मिजोरम में ईसाई प्रदेश का नारा दिया था, उसी प्रकार आज भाजपा हिन्दू मतदाताओं से जुड़ गई है। इस तरह इंका व भाजपा दोनों ही धर्म का इस्तेमाल कर रहे हैं।

पत्रों ने निष्कर्ष निकाला है कि उत्तर भारत में हिन्दू मतदाताओं का मानस पहले की तुलना में भाजपा के पक्ष में अधिक है। यदि भाजपा ने बढ़ना जारी रखा तो कांग्रेस को सबसे अधिक हानि होगी। इसके विपरीत 'आब्जर्वर' का मत है कि प्रधानमन्त्री श्री गांधी चुनाव जीतने के लिए हिन्दू व गाय की पत्ती खेलने की कोशिश में हैं। 'द इंडिपेंडंट' को पंजाब की सिख राजनीति में सुर्खी दिखाई दी है और इन्दिराजी के हत्यारे बेअन्तसिंह की पत्नी विमला कौर खालसा को प्रमुखता से छापा है। 30 वर्षीय विमला 'रोपड़' से चुनाव लड़ रही हैं। रोपड़ में 'इंडिपेंडेंट' ने लिखा है कि विमला कौर सिख समुदाय की भावनाओं का जमकर इस्तेमाल कर रही हैं। 'दैनिक' का विश्वास है कि विमला कौर की जीत निश्चित है। पश्चिम के दैनिकों ने हिन्दी प्रदेशों को गाँव क्षेत्र के रूप में निरूपित किया है। 'इंडिपेंडेंट' की सम्पादकीय टिप्पणी में कहा गया है कि इस क्षेत्र में भाजपा का कट्टरपंथवाद जोरों पर है। कांग्रेस विरोधी शक्तियाँ एकजुट होकर चुनाव लड़ रही हैं। सम्पादकीय निष्कर्ष दिलचस्प है। यह टिप्पणी है कि भारतीय विपक्ष की सरकार की सम्भावना के सम्बन्ध में सोचने जरूर लगे हैं। महीने के अन्त

तक विपक्ष सरकार भी बना सकता है। परन्तु सवाल यह है कि क्या विपक्ष एकजुट रह सकता है ?

सम्पादकीय कहता है कि राष्ट्रीय मोर्चे को कम्युनिस्टों और धार्मिक कठमुल्लाओं दोनों का समर्थन प्राप्त है। इस प्रकार का अवसरवादी राज क्या भारत को एक स्थिर सरकार दे सकता है और राजीव गांधी तथा उनकी स्वर्गीय माता से बेहतर व प्रभावशाली नीतियाँ देश को दे सकता है ? वी.पी. सिंह को भारत के चुनाव परिदृश्य का नायक घोषित किए बगैर योरोप के संचार माध्यम ऐसे सवाल जरूर उठा रहे हैं।

## भारत-ब्रिटेन सम्बन्धों में नेहरू की भूमिका अहम्

**लन्दन, 14 नवम्बर। उपराष्ट्रपति डॉ. शंकरदयाल शर्मा की उपस्थिति से ब्रिटेन में चल रहे जवाहरलाल नेहरू शताब्दी समारोह के समापन कार्यक्रम में एक नया आयाम जुड़ गया। विभिन्न कार्यक्रमों में डॉ. शर्मा ने यादों के झरोखों से नेहरूजी के बारे में कई दिलचस्प व उल्लेखनीय बातें बताईं।**

डॉ. शर्मा ने ब्रिटेन की महारानी एलिजाबेथ से भी मुलाकात की। बर्किंघम पैलेस में दोनों नेताओं के बीच सौहार्द्रपूर्ण चर्चा हुई। शताब्दी समारोह के समापन पर भारतीय उच्चायुक्त ने स्वागत भोज का आयोजन किया। इसमें प्रिन्स चार्ल्स के अलावा विदेश मन्त्री डगलस हर्ड, गृह मन्त्री डेविड सहित अनेक सांसद व गणमान्य नागरिक शरीक हुए। इस अवसर पर अपने सम्बोधन में डॉ. शर्मा ने पं. नेहरू की बहुआयामी भूमिका पर प्रकाश डाला। उन्होंने कहा कि पंडित नेहरू ने दोनों देशों के सम्बन्धों को स्थायी आयाम देने में महत्त्वपूर्ण भूमिका निभाई थी। ब्रिटेन के पूर्व प्रधानमन्त्री चर्चिल ने नेहरू के बारे में कहा था—पं. नेहरू ऐसे व्यक्ति हैं जिन्होंने घृणा व भय दोनों को जीत लिया है। पं. नेहरू ने राष्ट्रमंडल के महत्त्व को समझा और भारत को उससे जोड़ा। उनकी दूरदृष्टि के कारण ही दोनों के सम्बन्धों में विस्तार हुआ। दोनों देशों के बीच आवागमन बढ़ा। आपने कहा कि ब्रिटेन में बसे भारतीय भी दोनों के बीच सम्बन्ध सेतु की भूमिका निभा रहे हैं।

आज उपराष्ट्रपति डॉ. शर्मा की ब्रिटेन की महारानी एलिजाबेथ से आधा घंटे तक बातचीत हुई। बातचीत में दोनों देशों के सम्बन्ध मुख्य विषय के रूप में उभरा। डॉ. शर्मा ने महारानी को भारत में चुनाव प्रणाली की जानकारी भी दी।

आज ही ब्रिटेन के पूर्व गृह मन्त्री तथा विदेश सचिव डगलस हर्ड ने भी उपराष्ट्रपति डॉ. शर्मा से मुलाकात की। उन्होंने डॉ. शर्मा को बताया कि ब्रिटेन ने आतंकवाद से निबटने के लिए क्या-क्या किया है। उन्होंने यह भी बताया कि धार्मिक संस्थानों के धन के दुरुपयोग को रोकने के लिए देश के कानून में संशोधन किया गया है।

# सम्बन्धों में नए आयाम के संकेत
## (1988)

**सुहाने मौसम और ठंडी बयार के हलके-हलके झोंके के बीच आज सुबह इस्लामाबाद अन्तरराष्ट्रीय हवाई अड्डे पर प्रधानमन्त्री राजीव गांधी का पाकिस्तान के नेताओं ने जिस प्रकार का स्वागत किया है, उससे स्पष्ट है कि दक्षेस शिखर सम्मेलन में भारत-पाक नेतृत्व तथा सम्बन्ध छाए रहेंगे।**

पाक राष्ट्रपति गुलाम इसहाक खान ने स्वयं हवाई अड्डे पर राजीव गांधी की अगवानी कर संकेत देने की कोशिश की है कि दोनों देशों के बीच शान्तिपूर्ण सम्बन्धों का नया अध्याय शुरू करना चाहिए। शिष्टाचार की दृष्टि से मेज़बान देश की प्रधानमन्त्री बेनजीर भुट्टो भी अतिथि प्रधानमन्त्री श्री गांधी की अगवानी कर सकती थीं। परन्तु पाकिस्तान के दोनों शिखर नेताओं ने श्री गांधी का स्वागत कर द्विपक्षीय सम्बन्धों को नया आयाम देने की ओर इशारा किया है। दोनों मेज़बान नेता इसहाक खान और मुहतरमा (श्रीमती) बेनजीर भुट्टो भारतीय वायु सेना के विशेष विमान तक भारतीय प्रधानमन्त्री की अगवानी के लिए पहुँचे। इसके पश्चात स्वागत मंच पर तीनों नेता एक साथ खड़े हुए और श्री गांधी को कार में बिठाने तक राष्ट्रपति खान और बेनजीर भुट्टो उनके साथ ही रहे। प्रधानमन्त्री काफी प्रसन्नचित्त दिखाई दे रहे थे।

इस चतुर्थ दक्षेस सम्मेलन में मालदीव में भारत की भूमिका का विशेष उल्लेख किया गया। मालदीव के राष्ट्रपति गयूम ने भारत की भूमिका के प्रति आभार व्यक्त करते हुए कहा कि श्री राजीव गांधी ने एक लोकतान्त्रिक राष्ट्र को बचाने के लिए जो मदद दी उससे अन्तरराष्ट्रीय शान्ति में मदद मिलेगी। उन्होंने कहा कि एक लोकतान्त्रिक सरकार के प्रति अन्तरराष्ट्रीय षड्यन्त्र किया गया था, जिसके विरुद्ध दक्षेस देशों को पहल करनी होगी। नेपाल नरेश ने भी मालदीव में भारत की भूमिका की प्रशंसा की।

उद्घाटन अवसर की उल्लेखनीय बात यह थी कि पाकिस्तान के मरहूम राष्ट्रपति जिया को श्रीलंका, नेपाल, भूटान, मालदीव के राष्ट्राध्यक्षों ने श्रद्धांजलि दी, लेकिन बेनजीर भुट्टो ने अपने सम्बोधन में जिक्र भी नहीं किया। बल्कि उन्होंने पुरजोर आवाज में कहा कि हमें तानाशाही व अमानवीय शासन का अन्त करना होगा। उन्होंने परोक्ष रूप से जिया शासन की आलोचना भी की। श्री राजीव गांधी ने भी भाषण में जनरल जिया का उल्लेख नहीं किया। इससे स्पष्ट है कि दोनों प्रधानमन्त्रियों के दृष्टिकोण एक समान हैं।

इस्लामाबाद में आजकल भारतीय संगीत और सिनेमा की बाढ़ आ गई है। दक्षेस सम्मेलन में भाग लेने आए पड़ोसी देशों के प्रतिनिधिमंडल के सदस्य जमकर हिन्दी फिल्मों के गाने और वीडियो पर हिन्दी फिल्में देख रहे हैं। नेपाल, भूटान, बंगलादेश, श्रीलंका के पत्रकार हिन्दी गाने गुनगुनाते देखे जाते हैं। होली डे इन में सदस्यों को ठहराया गया है। होटल इस्लामाबाद संचार प्रतिनिधियों का अड्डा बना है। इन होटलों

में हिन्दुस्तानी नगमों की बहार आई हुई है। पाक गजलें कम सुनाई देती हैं। भारतीय दूरदर्शन दोनों होटलों में साफ दिखाई देता है। देर रात्रिवाली हिन्दी फिल्में पाकिस्तान सहित दूसरे पड़ोसी देशों के पत्रकारों के बीच लोकप्रिय हैं। कल रात की फिल्म 'आवारा' ने सबको मोह लिया। खासतौर पर पाकिस्तानी काफी फिदा थे। होंठों पर एक ही ख्वाहिश थी कि राजीव-बेनजीर वार्ता से दोनों मुल्कों के सम्बन्ध सुरीले बन जाएँ।

आज रात्रि भुट्टो व गांधी दम्पत्ति की निहायत औपचारिक मुलाकात हुई। यह राजनीतिक दृष्टि से महत्त्वपूर्ण मानी जा रही है। भुट्टो दम्पति ने निजी रूप से गांधी दम्पति के स्वागत में रात्रिभोज का आयोजन किया। इसमें किसी अन्य राष्ट्रप्रमुख या शासनप्रमुख को नहीं बुलाया गया।

## हर जुबान पर एक ही सवाल

**इस्लामाबाद, 28 दिसम्बर। दक्षेस सम्मेलन पर भारत और पाकिस्तान का युवा नेतृत्व छाया रहेगा। दोनों देशों के प्रधानमन्त्री श्री राजीव गांधी और श्रीमती बेनजीर भुट्टो इस अवसर पर आकर्षण के केन्द्र रहेंगे। दोनों की द्विपक्षीय वार्ताओं के दौर दक्षेस की भावी राजनीति को प्रभावित करेंगे।**

पहाड़ियों की तलहटी में बसी पाकिस्तान की राजधानी इस्लामाबाद में हर जगह भारत के प्रधानमन्त्री के आगमन की चर्चा है। हर किसी की जुबान पर एक ही सवाल है कि क्या राजीव गांधी पाकिस्तान आएँगे ? अनेक लोग ऐसे भी हैं, जिन्हें इस बात का विश्वास नहीं है कि भारत के प्रधानमन्त्री इस्लामाबाद पहुँचेंगे।

बदलते हालात में पाकिस्तानियों की उत्सुकता इस बात से जाहिर हो जाती है कि कल पाकिस्तान एयर लाइंस के विमान से इस्लामाबाद के लिए रवाना हो रहे भारतीय संवाददाताओं से विमान में बैठे पाकिस्तानी यात्रियों ने बार-बार श्री गांधी की इस्लामाबाद यात्रा के सम्बन्ध में सवाल किए। लाहौर हवाई अड्डे पर भी राजीव की यात्रा को लेकर आश्चर्य भरी उत्सुकता जाहिर की गई। कुछ ने टिप्पणियाँ कीं कि जब श्री गांधी पेइचिंग जा सकते हैं, तो इस्लामाबाद क्यों नहीं जा सकते। दक्षेस के अवसर पर ही सही, श्री राजीव गांधी की इस्लामाबाद यात्रा ऐतिहासिक मानी जा रही है। पाकिस्तान के सामाजिक और राजनीतिक क्षेत्रों में श्री गांधी की यात्रा को लेकर इसलिए भी विशेष हलचल है क्योंकि दोनों देशों के युवा नेतृत्व को अपने-अपने जौहर दिखाने का मौका मिलेगा। राजीव-बेनजीर वार्ता के तीन दौर होने की सम्भावना है। पाकिस्तानी मानते हैं कि दोनों युवा नेताओं ने निजी त्रासदियों का सामना किया है। इन त्रासदियों का सामना करते हुए ही दोनों युवा नेता शिखर पर पहुँचे हैं। राजीव के पास शासन चलाने का चार वर्ष का अनुभव है जबकि बेनजीर के पास यातनाओं से भरा दस साल का इतिहास है। श्री गांधी विश्व राजनीतिक मंच पर अपनी पहचान बना चुके हैं जबकि श्रीमती भुट्टो की यात्रा अभी शुरू हुई है। पाकिस्तान की युवा प्रधानमन्त्री दक्षेस के

साथ अपनी क्षेत्रीय कूटनीतिक यात्रा शुरू करेंगी। इसलिए उनकी यह हरचन्द कोशिश रहेगी कि वे दक्षेस के मंच पर किसी से उन्नीस नहीं दिखाई दें। विशेष रूप से उनकी सीधी प्रतिद्वन्द्विता राजीव गांधी से है।

बेनजीर भुट्टो ने कश्मीर के मामले में अपने पत्ते छुपाए नहीं हैं। अपनी पहली लाहौर यात्रा के दौरान श्रीमती भुट्टो ने साफ शब्दों में घोषणा की है कि कश्मीर समस्या का हल होना ही चाहिए। द्विपक्षीय वार्ता में कश्मीर मसला उठाया जाएगा। परन्तु भुट्टो व्यावहारिक व यथार्थवादी ही प्रतीत होती हैं। उन्होंने पाकिस्तान की जनता को इस बात के लिए तैयार करना शुरू कर दिया है कि राजीव गांधी के साथ उनकी पहली मुलाकात में कश्मीर की समस्या का समाधान नहीं हो सकता। पाकिस्तान के वरिष्ठ पत्रकारों और सम्पादकों के साथ बातचीत में बेनजीर भुट्टो ने यहाँ तक कहा कि इस्लामाबाद की पहली मुलाकात में दोनों देशों की सभी समस्याओं के हल की आशा करना बचपना होगा। नाजुक मसलों के हल की दिशा में आहिस्ता-आहिस्ता और सावधानी के साथ बढ़ने की जरूरत है। बेनजीर के स्वर काफी कुछ श्री गांधी की चीन यात्रा की तर्ज पर थे। भारत-चीन समस्याओं के समाधान के मामले में भी श्री गांधी ने इसी प्रकार के शब्द कहे थे। बेनजीर अपनी सीमाओं और इस उपमहाद्वीप में भारत की प्रभावशाली और लगभग निर्णायक भूमिका से भली-भाँति परिचित हैं। मालदीव में भारत की ताजा भूमिका की चर्चा इस्लामाबाद में है। इसलिए द्विपक्षीय वार्ता में बेनजीर जल्दबाजी से काम लेना पसन्द नहीं करेंगी। श्रीमती भुट्टो के सामने सबसे बड़ी समस्या अपने ही विदेश मन्त्री साहबजादा याकूब खान से है। श्रीमती भुट्टो शिमला समझौते की रोशनी में कश्मीर सहित अन्य द्विपक्षीय समस्याओं का हल चाहती हैं। जबकि याकूब खान के स्वर उनसे भिन्न हैं। याकूब खान जिया शासन में भी विदेश मन्त्री थे। वे भारत के प्रति काफी सख्त माने जाते हैं। इसलिए दोनों के बीच भारत से सम्बन्धित अनेक समस्याओं को लेकर गहरे मतभेद हैं। देखना है कि दक्षेस सम्मेलन और भारत-पाक द्विपक्षीय वार्ता में प्रधानमन्त्री श्रीमती भुट्टो अपने विदेश मन्त्री को कितना अनुशासित रख पाएँगी। राजीव गांधी और विदेश मन्त्री नरसिंहा राव के सहयोग के लिए विदेश राणनीतिकार इस्लामाबाद में सक्रिय हैं। विदेश सचिव श्री मेनन, सूचना सचिव एवं प्रभावशाली सलाहकार गोपी अरोड़ा, राजदूत एस.के. सिंह आदि दक्षेस में भारत की भूमिका निर्धारित करने में व्यस्त हैं। इस्लामाबाद सहित भारतीय कूटनीतिक क्षेत्रों का मत है कि दक्षेस शिखर सम्मेलन में भारत की भूमिका पिछले सम्मेलनों की तुलना में अधिक प्रभावशाली और सफल रहेगी। श्री गांधी की ताजी चीन यात्रा से भी भारत के प्रभाव में वृद्धि से इन्कार नहीं किया जा सकता।

सबसे बड़ी उपलब्धि यह मानी जा रही है कि इस उपमहाद्वीप के परिवेश में गुणात्मक परिवर्तन आ रहा है। लोकतान्त्रिक शक्तियाँ मजबूत होती जा रही हैं। श्रीलंका के चुनाव और मालदीव में लोकतन्त्र की रक्षा में भारत की भूमिका को पाकिस्तानी भी स्वीकार कर रहे हैं। आज पाकिस्तान में भी लोकतन्त्र के पक्ष में राजनीतिक परिवेश

का निर्माण हुआ है। इस्लामाबाद के राजनयिक क्षेत्र इस बात को खुले मन से स्वीकार करते हैं कि भारत शुरू से ही इस उपमहाद्वीप में लोकतान्त्रिक परिवेश के सुदृढ़ीकरण का पक्षधर रहा है। इसलिए शिखर सम्मेलन में राजीव गांधी पर सबकी नजर केन्द्रित रहेगी।

## उदारवादी परम्परा का परिचय

**इस्लामाबाद, 30 दिसम्बर। चतुर्थ दक्षेस शिखर सम्मेलन में भारत ने अपनी गौरवमयी, उदारवादी और खुले द्वार की परम्परा का परिचय दिया है।**

दक्षेस के सदस्य देशों के क्षेत्रों में भारत की इस पहल का अनुकूल प्रभाव हुआ है कि इस उपमहाद्वीप के क्षेत्रों में उसकी विशेष जिम्मेदारी है। अपनी भूमिका का उसे पूरा-पूरा अहसास है। भारत की यह पहल, प्रधानमन्त्री राजीव गांधी की घोषणा के रूप में मुखर हुई है। कल उन्होंने शिखर सम्मेलन को सम्बोधित करते हुए कहा था कि दक्षेस क्षेत्र में भारत की विशेष जिम्मेदारी है। उन्होंने स्पष्ट शब्दों में सदस्य देशों से यह भी कहा कि इस क्षेत्र के सहयोगी देशों की कीमत पर भारत अपना अनुचित लाभ कभी नहीं चाहेगा। असलियत यह है कि एक-दूसरे के हितों को चोट पहुँचाकर हममें से किसी का भी फायदा नहीं हो सकता।

वर्तमान परिस्थितियों में प्रधानमन्त्री के ये नीतिगत शब्द विशेष महत्त्व रखते हैं। पिछले तीन दिनों से दक्षेस के सदस्य देशों के राजनयिक क्षेत्रों में भारत की भौगोलिक, आर्थिक, तकनीकी और राजनीतिक स्थिति को लेकर अनेक शंकाएँ बनी हुई थीं। विशेष रूप से पाकिस्तान और नेपाल के प्रतिनिधि मंडल के सदस्यों ने शंकाएँ खुलकर व्यक्त कीं।

भारत के विरुद्ध चतुराई से प्रचार किया गया कि वह छोटे और कमजोर सदस्य देशों पर छा सकता है, चूँकि भारत की आर्थिक स्थिति मजबूत है और तकनीकी क्षेत्रों में पड़ोसी देशों से बहुत आगे है। यदि दक्षेस देशों के बीच समान आर्थिक प्रणाली अपनाई गई तो भारतीय उद्योगपति, पाकिस्तान, बंगलादेश, श्रीलंका, नेपाल के बाजारों पर हावी हो सकते हैं। इससे दक्षेस के देशों के बीच आयात-निर्यात में असन्तुलन पैदा हो सकता है।

पाकिस्तान सहित अन्य सदस्य देशों के प्रतिनिधिमंडल भारत के लिए एक प्रकार के दबाव के वातावरण का निर्माण करने में सक्रिय थे। इन देशों की भारत से अपेक्षा है कि वह कुछ नई पहल कर उदारता का परिचय दे। शंकाओं को दूर करे। पाकिस्तान चाहता है कि दोनों देशों के बीच वीसा के मामले में भारत आगे आए। भारत एकतरफा घोषणा करे कि भारत से यात्रा के दौरान पाकिस्तानी नागरिकों को पुलिस रिपोर्टिंग से मुक्त रखा जाएगा। पाकिस्तानियों को थाने में जाकर अपने पहुँचने की सूचना देने की जरूरत नहीं होगी। कतिपय सूत्रों का कहना है कि वर्तमान राजनीतिक हालातों में

पाकिस्तान सरकार इस स्थिति में नहीं है कि वह भारत की किसी सकारात्मक पहल का जवाब अपनी सकारात्मक पहल से दे। भारतीय राजनयिक क्षेत्रों के मत में भुट्टो सरकार के सामने कई राजनीतिक और प्रशासनिक दिक्कतें हैं। इन दिक्कतों को दूर करने में मोहतरमा बेनजीर को वक्त लग सकता है। मगर इस बीच पाकिस्तान के अखबारों में भी श्री गांधी का भाषण आज प्रमुखता से प्रकाशित किया गया है। भातर-पाक द्विपक्षीय सम्बन्धों की दृष्टि से श्री गांधी के प्रथम सम्बोधन ने पाकिस्तानी राजनीतिक क्षेत्रों में हलचल पैदा कर दी है। श्री गांधी ने अपने भाषण में कहा कि पाकिस्तान में लोकतान्त्रिक सरकार की स्थापना से इस उपमहाद्वीप में हम लोगों के बीच मित्रता तथा सहकार की नूतन भोर की आशा जाग गई है।

दक्षेस के राजनयिक क्षेत्रों में यह भावना पैदा होती जा रही है कि भारत अपनी विशालता का कोई बेजा लाभ उठाने के लिए प्रयासरत है, क्योंकि कुछ समय पहले तक भारत को प्रसारवादी और विस्तारवादी कहा जाता रहा है। अब इस दृष्टिकोण में परिवर्तन के संकेत मिल रहे हैं।

### *महत्त्वपूर्ण घोषणा सम्भव*

कल जारी इस्लामाबाद घोषणा-पत्र में कुछ महत्त्वपूर्ण घोषणाएँ की जाने की उम्मीद है। एक तो अन्तरराष्ट्रीय भड़ैतवाद पर काबू पाने की अपील तथा दूसरा अफगानिस्तान व बर्मा को दक्षेस का सदस्य बनाए जाने की सम्भावना है। दक्षिण एशिया को परमाणु हथियारों से मुक्त रखने, राष्ट्रसंघ को और मजबूत करने तथा एक-दूसरे के आन्तरिक मामलों में हस्तक्षेप नहीं करने की अपीलें भी की जा सकती हैं। इसके साथ ही घोषणा-पत्र में इस मुद्दे को भी शरीक किया जाएगा कि दक्षेस घोषणाओं में विश्वास रखनेवाले देशों को इसका सदस्य बना लिया जाए।

# विदेश में चुनाव कवरेज़

## इस्लामाबाद के चुनावी आकाश में अनिश्चय के बादल (1990)

**इस्लामाबाद, 3 सितम्बर। इस्लामाबाद का आसमान कतई साफ नहीं है। हवा का रुख किधर बहेगा, 24 अक्टूबर को आम चुनाव होंगे भी या नहीं, नाबालिग लोकतन्त्र बचेगा भी या नहीं, क्या फौज फिर से अपनी बैरकों से बाहर निकलकर अपना पुराना इतिहास खुलकर दोहराने लगेगी। इस तरह के सवालों, आशंकाओं और भय की पृष्ठभूमि में पाकिस्तान की जनता मध्यावधि चुनाव का सामना करने जा रही है।**

प्रचार माध्यमों में जमकर चुनाव चर्चाएँ शुरू हो चुकी हैं। अंग्रेजी और उर्दू अखबार राजनीतिक सरगर्मियों से भरने लगे हैं। पहले दौर में देश के प्रमुख दलों ने

चुनावी गठवन्धन का चक्र चला रखा है। फिलहाल माहौल बर्खास्त प्रधानमन्त्री बेनजीर भुट्टो और उनकी पार्टी के खिलाफ दिखाई देता है। भुट्टो की पी.पी.पी. के खिलाफ करीब बीस संयुक्त विपक्षी दल सी.ओ.पी. के रूप में चर्चित हैं। पी.पी.पी. भी कुछ अन्य दलों के साथ महागठबन्धन बनाने की कोशिश कर रही है। इस महागठबन्धन में पी.पी.पी. समेत सात पार्टियाँ शामिल हैं। इसमें अवकाश प्राप्त वायुसेनाध्यक्ष एयर मार्शल असगर खान की पार्टी तहरिख-ए-इस्तकलाल भी शामिल है। लेकिन कोई भी तस्वीर अन्तिम नहीं है। आज के चुनावी समीकरण कल टूट भी सकते हैं।

बहरहाल पी.पी.पी. की नेता भुट्टो, संयुक्त विपक्षी दल (सी.ओ.पी.) के नेता तथा पंजाब के पूर्व मुख्यमन्त्री नवाज शरीफ, पूर्व प्रधानमन्त्री जुनेजो, फ्रंटियर नेता खान वली खान सहित सभी प्रमुख नेताओं ने शहरों और कस्बों के दौरे शुरू कर दिये हैं। बेनजीर के तूफानी दौरे ने अच्छी खासी हलचल पैदा कर रखी है। जहाँ भी वे जा रही हैं, भारी भीड़ उमड़ रही है। पिछले हफ्ते उनका शनिवार का क्वेटा दौरा काफी सफल माना जा रहा है। दूसरी तरफ संयुक्त विपक्षी दल के नेताओं की हरचन्द कोशिश है कि बेनजीर के राजनीतिक प्रभाव को बिलकुल समाप्त कर दिया जाए। इस गरज से वे भी तूफानी दौरों में लगे हुए हैं।

पाकिस्तान में आपातकाल है पर एक अच्छी बात यह है कि प्रचार माध्यमों पर किसी प्रकार की बन्दिश नहीं लगाई गई है। सरकार द्वारा नियन्त्रित रेडियो और टेलीविजन पर श्रीमती भुट्टो को भी स्थान दिया जा रहा है। जहाँ वे जाती हैं, जिस सभा को वे सम्बोधित करती हैं, बाकायदा टीवी पर दिखाया जा रहा है। राजनीतिक प्रचार में पी.पी.पी. के प्रतिनिधि भाग ले रहे हैं। शनिवार को पाक टीवी पर लोकतन्त्र को लेकर एक परिचर्चा हुई जिसमें संयुक्त विपक्षी दल के नेता साहबजादा और पी.पी.पी. के महासचिव शेख साहिब ने हिस्सा लिया। पी.पी.पी. नेता ने भुट्टो सरकार की बर्खास्तगी, नेशनल असेम्बली को भंग करने की आलोचना की। उन्होंने कहा कि एक चुनी हुई सरकार खत्म की गई है। इससे फौजी तानाशाही आ सकती है। उन्होंने कहा कि पी.पी.पी. की बीस महीने की हुकूमत के दौरान आपातकाल नहीं लगाया गया, लेकिन सदर ने भुट्टो सरकार को बर्खास्त करने के बाद ही आपातकाल लगा दिया है। इसके बावजूद सब कुछ सामान्य दिखाई दे रहा है। किसी पर कोई रोक-टोक या पाबन्दी नहीं है लेकिन एक अज्ञात भय ने सभी के दिमागों को जकड़ भी रखा है। राजधानी के बुद्धिजीवी और आम लोग यह यकीन करने के लिए तैयार नहीं हैं कि चुनाव सही वक्त पर हो ही जाएँगे। हालाँकि छह सितम्बर को चुनाव व मतदान कार्यक्रम घोषित किया जानेवाला है लेकिन आशंका है कि कोई भी बहाना बनाकर चुनाव टाले भी जा सकते हैं। इसका आधार पाकिस्तानियों के पिछले अनुभव हैं। स्वर्गीय राष्ट्रपति जिया-उल-हक ने चुनाव के वायदे कई मर्तबा किए और हर बार वे टालते भी रहे। लोगों का मानना यह भी है कि चुनाव तभी कराए जाएँगे जब सदर और उनकी मौजूदा सरकार को इस बात का पक्का विश्वास हो जाएगा कि भुट्टो दुबारा सत्ता में नहीं आएँगी।

यदि यह लगा कि श्रीमती वेनजीर भुट्टो और उनकी पार्टी फिर से सरकार बना सकती है, उस स्थिति में किसी भी आधार पर चुनाव टाले भी जा सकते हैं। इतना जरूर माना जा रहा है कि पाकिस्तान की राष्ट्रीय असेम्बली में पी.पी.पी. सबसे बड़े दल के रूप में उभर सकती है क्योंकि संयुक्त विपक्षी दल के किसी भी घटक में यह क्षमता नहीं है कि वह पी.पी.पी. से अधिक सीटें प्राप्त कर ले। अनुमान है कि 237 सीटों की असेम्बली में पी.पी.पी. आज भी कम-से-कम 50-60 सीटें प्राप्त करने की ताकत रखती है। अगर इसे 80-90 सीटें मिल जाती हैं, तो यह सरकार बना भी सकती है। इसलिए सरकारी क्षेत्रों में भुट्टो को लेकर कई तरह की अफवाहें चलने की चर्चा है।

असरदार क्षेत्रों का मत यह भी है कि अगर त्रिकोणात्मक चुनाव होते हैं, संयुक्त विपक्षी दल बिखर जाते हैं तो पी.पी.पी. के लिए भारी भी साबित हो सकते हैं। इसलिए फौज, सदर, सरकार और संयुक्त विपक्षी दल की कोशिश है कि वोटों का विभाजन न हो। पी.पी.पी. के खिलाफ संयुक्त विपक्षी दल का एक ही उम्मीदवार खड़ा हो। यदि एक के विरुद्ध एक उम्मीदवार मैदान में होता है तो भुट्टो की स्थिति नाजुक भी हो सकती है। पर बुद्धिजीवियों का मानना है कि चुनाव हो भी जाएँ तब भी लगातार अस्थिरता बनी रहेगी। संयुक्त विपक्षी दल सत्ता में आ भी जाए तब भी सरकार लम्बे समय तक टिकाऊ नहीं रहेगी क्योंकि 20-22 पार्टियों के मोर्चे में कब तक एकता बनी रह सकती है। भुट्टो के हारने के बाद संयुक्त विपक्षी दल में बिखराव शुरू हो सकता है। संयुक्त विपक्षी दल से सबसे बड़ी शिकायत तो यह है कि पी.पी.पी के समान इसने किसी एक नेता को भावी प्रधानमन्त्री के रूप में सामने नहीं रखा है। पी.पी.पी. के पास एक ही नेता है श्रीमती भुट्टो। भुट्टो के विरुद्ध संयुक्त विपक्षी दल के चार नेताओं को प्रधानमन्त्री पद के लिए दावेदार माना जा रहा है। सबसे पहले है वर्तमान काम चलाऊ सरकार के प्रधानमन्त्री जतोई, दूसरे जिया शासन के बर्खास्त पूर्व प्रधानमन्त्री जुनेजो, तीसरे पंजाब के पूर्व मुख्यमन्त्री नवाज शरीफ और जिया के बेटे इजाहल हक।

## पाक चुनाव में प्रान्तीय स्वायत्तता का नारा

**पेशावर, 6 सितम्बर। खान वली खान की अवामी नेशनल पार्टी ने बेनजीर भुट्टो की पी.पी.पी. का दामन जरूर छोड़ दिया है और प्रमुख भुट्टो विरोधी नेता व पंजाब के पूर्व मुख्यमन्त्री नवाज शरीफ की नेतृत्ववाली पार्टी इस्लामी जम्हूरी इत्तेहाद के साथ नाता जोड़ लिया है। लेकिन प्रान्तीय स्वायत्तता की माँग के साथ रिश्ता नहीं तोड़ा है।**

24 अक्टूबर के बाद सरकार किसी की भी बने, स्वायत्तता का आन्दोलन जारी रहेगा। ए.एन.पी. के महासचिव हाजी गुलाम अहमद बिल्लौर ने पूरे विश्वास व दृढ़ता के साथ यह संकल्प इस संवाददाता के सामने दोहराया। अपने निवास स्थान पर खान वली खान की पत्नी बेगम नसीम वली खान की मौजूदगी में उन्होंने कहा कि पी.पी.पी. ने ए.एन.पी. के साथ विश्वासघात किया है। पठानों को उनका हक नहीं

दिलाया। वेनजीर भुट्टो ने हमारा इस्तेमाल किया है। हमने मजबूर होकर आई.जी.आई. के साथ हाथ मिलाया है। पूरी उम्मीद है कि अगली सरकार ए.एन.पी. के साथ पूरा इन्साफ करेगी। उन्होंने यह चेतावनी भी दी कि अगर प्रान्तीय स्वायत्तता की माँग पर अमल नहीं किया गया तो वली खान खामोश नहीं बैठेंगे। ए.एन.पी. नई सरकार के खिलाफ भी अपना आन्दोलन शुरू कर देगी।

चुनाव के दौरान प्रान्तीय स्वायत्तता का सवाल हाशिए पर नहीं रहेगा। प्रान्तीय पार्टियों की कोशिश रहेगी कि राष्ट्रीय स्तर की पार्टियों से अपनी शर्तें स्वीकार कराएँ। स्वायत्तता का भूत इतना बुरी तरह सवार है कि सिन्ध के राज्यपाल को कल कराची में नेताओं से कहना पड़ा कि सूबाई मानसिकता से बाज आएँ। इसी सूबाई मानसिकता की वजह से पूर्वी पाकिस्तान हम खो चुके हैं। उत्तर-पश्चिम सीमान्त प्रान्त और सिन्ध में सूबाई अन्तर्विरोध उभरे हुए हैं। इन अन्तर्विरोधों की अपनी सामाजिक-राजनीतिक शक्ति है। इसे सभी स्वीकार कर रहे हैं। उग्र प्रान्तीय आकांक्षाओं के बीच नया राजनीतिक गठबन्धन किया जा रहा है।

हालाँकि ए.एन.पी. नेता का दावा है इस दफा सरहदी सूबे की 27 सीटों में से एक भी सीट पी.पी.पी. को नहीं मिलेगी। सूबेवाद का जमकर इस्तेमाल किया जाएगा। लेकिन बिल्लौर का यह दावा कुछ चुनावी अधिक लगता है। सूबे में पी.पी.पी. का अस्तित्व सीमित नहीं है। पेशावर शहर में ही पी.पी.पी. के समर्थकों की कमी नहीं है। सरहदी सूबे की सीमा में दाखिल होते ही ए.एन.पी. के झंडे भी जगह-जगह लगे हैं। गाँवों में भी वेनजीर भुट्टो की तस्वीरें लगी हुई थीं। पेशावर शहर की दुकानों की भी यही स्थिति थी। इतना जरूर है कि पिछली बार की तुलना में ए.एन.पी. को इन चुनावों में तीन से अधिक सीटें मिलेंगी।

उम्मीदवारों के चयन का काम शुरू हो चुका है। ए.एन.पी. मुख्यालय में टिकटार्थियों की भीड़ जमा थी। कराची में बेनजीर भुट्टो ने पार्टी कार्यकर्त्ताओं की बैठक लेना शुरू कर दिया है। वे खुद उम्मीदवारों का चयन कर रही हैं। वफादारी को चयन का प्रमुख आधार माना जा रहा है। लाहौर में नवाज शरीफ पंजाब के लिए उम्मीदवार तैयार कर रहे हैं। देश का सबसे बड़ा प्रदेश होने के कारण पाकिस्तान की राजनीति का भाग्य पंजाब पर निर्णायक रूप से निर्भर करता है। इस बार पंजाब प्रधानमन्त्री का पद सँभालने का स्वप्न देख रहा है।

## पाकिस्तान के चुनाव में कश्मीर मुख्य मुद्दा होगा

कराची, 7 सितम्बर। अगले महीने होनेवाले पाकिस्तान के चुनावों में कश्मीर प्रमुख मुद्दा बनेगा। राष्ट्रपति इसहाक खान, विदेश मन्त्री याकूब खान से लेकर सभी दलों के नेता इसका राग अलाप रहे हैं। चुनाव में एक-दूसरे को शिकस्त देने के लिए नेताओं के हाथों में कश्मीर एक तुरुप चाल बना हुआ है।

आज विदेश मन्त्री खान ने कश्मीर के सवाल पर भारत को जमकर कोसा है और कहा है कि पाकिस्तान भारत को कश्मीरियों की लड़ाई को दबाने की अनुमति हरगिज नहीं देगा। खान ने कल इस्लामाबाद में प्रेस से बात करते हुए कहा कि भारत को खाड़ी के संकट का फायदा नहीं उठाने दिया जाएगा। कल राष्ट्रपति इसहाक खान ने भी कश्मीर की मौजूदा स्थिति को अपने राष्ट्रीय सन्देश का प्रमुख मुद्दा बनाया। सदर ने कहा कि जम्मू-कश्मीर नियन्त्रित रेखा पर फौजी जमाव से पाकिस्तान को भारी खतरा पैदा हो गया है। खान ने पाकिस्तानियों को 1965 के भारत-पाक जंग की भी याद दिलाई, लेकिन हैरत है कि सदर ने अपने सन्देश में कहीं भी शिमला समझौते की चर्चा नहीं की। विदेश मन्त्री ने भी आज वैसा ही कहा है। नेताओं के भाषणों से जाहिर होता है कि पाकिस्तान की यह नीति हो गई है कि शिमला समझौते को भुला दिया जाए। सदर ने केवल एक ही बात दोहराई है कि संयुक्त राष्ट्रसंघ की रोशनी में इस समस्या का समाधान किया जाए। कामचलाऊ सरकार के प्रधानमन्त्री जतोई ने भी संयुक्त राष्ट्र प्रस्ताव का ही राग अलापा है। उन्होंने कहा है कि इस प्रस्ताव की रोशनी में वहाँ मतसंग्रह कराया जाएगा।

चुनाव के मौके पर पाकिस्तानी नेताओं के उत्तेजक बयानों से माहौल तेजी से गर्मा रहा है। लोगों में कश्मीर को लेकर नए सिरे से जुनून पैदा हो रहा है। पूर्व प्रधानमन्त्री श्रीमती बेनजीर भुट्टो और उनके प्रमुख विरोधी नेता और पंजाब के पूर्व मुख्यमन्त्री नवाज शरीफ की भी कोशिश है कि कश्मीर का मुद्दा ज्यादा से ज्यादा गरमाया जाए। पिछले दिनों कराची के प्रेस क्लब में जुनेजो ने भुट्टो और उनकी पी.पी.पी. पार्टी पर इस बात का इल्जाम लगाया था कि कश्मीर की स्थिति उनकी वजह से बिगड़ी है। पाकिस्तान पीपुल्स पार्टी ने समझदारी से काम लिया होता तो यह हालत नहीं होती। भुट्टो पर यह भी आरोप लगाया कि पिछले साल राजीव गांधी की इस्लामाबाद यात्रा के दौरान कश्मीरियों के भारत विरोधी पोस्टरों को हटा दिया गया था क्योंकि इससे भारत के प्रधानमन्त्री नाराज थे।

जे.के.एल.एफ. नेता अमानुल्ला खान भी चुनाव के मौके पर पाकिस्तानियों को भारत के खिलाफ भड़काने में लगे हुए हैं। उन्होंने अपने इस इरादे को दोहराया है कि वह कश्मीर की आजादी से कम किसी भी सवाल पर भारत के साथ बात करने के लिए तैयार नहीं होंगे।

## ये तो वही जगह है, गुजरे थे हम जहाँ से...

**नई दिल्ली, 12 सितम्बर। कराची प्रेस क्लब की एक शाम थी। पाकिस्तान के एक वरिष्ट पत्रकार ने एक शेर के माध्यम से अपने देश की वर्तमान स्थिति पर एक सटीक टिप्पणी की। शेर था : 'ले आई फिर कहाँ पर किस्मत हमें कहाँ से ? ये तो वही जगह है, गुजरे थे हम जहाँ से।'**

यह शेर पत्रकार गाजी सलाउद्दीन ने जरूर सुनाया लेकिन एक सिरे से लेकर दूसरे सिरे तक औसत पाकिस्तानी का यही अहसास है। पाकिस्तान के शहर और देहातों में हरेक की जुबान पर एक ही बात है—'सफर जहाँ से शुरू किया था, वापस पाकिस्तान वहीं पहुँच चुका है। मुमकिन है, कुछ दिनों बाद यहाँ से भी कई कदम और पीछे लौटना पड़े। यह सफर एक ऐसे मुकाम पर पहुँच जाए, जहाँ इसकी पहचान के लिए ही संघर्ष करना पड़े।'

इस्लामाबाद, रावलपिंडी, पेशावर, कराची, लाहौर और कई देहातों में पाकिस्तान के लोकतन्त्र के भविष्य को लेकर पाकिस्तानी बुरी तरह चिन्तित हैं। उन्हें इसकी उम्मीद नहीं है कि उनके देश में लोकतन्त्र भारत की तरह कभी फल-फूल सकेगा। यह संवाददाता जहाँ भी गया, जिससे भी मिला, यही सुनने को मिला कि पाकिस्तान का फौजी निजाम एक स्वतन्त्र लोकतान्त्रिक प्रणाली को कभी भी विकसित व सफल नहीं होने देगा। जब भी लोकतन्त्र के पौधे को अंकुरित करने की कोशिश की जाएगी, फौजी संगीनें भ्रूणावस्था में ही उसकी हत्या कर देंगी। पाकिस्तान के राजनीतिक क्षेत्र, बुद्धिजीवी वर्ग और आम नागरिक यह कतई मानने के लिए तैयार नहीं हैं कि अगस्त में बेनजीर सरकार की बर्खास्तगी और राष्ट्रीय असेम्बली के भंग करने के पीछे फौज का हाथ नहीं था ? हर जगह यही कहा जा रहा है कि पाकिस्तान के राष्ट्रपति गुलाम इसहाक खान ने वही किया है जो उन्हें सेनाध्यक्ष मिर्जा असलम बेग ने कहा। इतना ही नहीं, दस सितम्बर को लाहौर के एक होटल में आयोजित 'लोकतन्त्र बचाओ' सार्वजनिक सभा में सदर गुलाम इसहाक खान को असलम बेग का 'गुलाम' तक कहा गया। पाकिस्तान में स्त्री-मुक्ति आन्दोलन की प्रसिद्ध नेता आसमाँ जहाँगीर ने सदर इसहाक खान को 'फौज का दलाल' तक कह डाला। सभी वक्ताओं के फौज को पाकिस्तानी अवाम का जानी दुश्मन करार दिया। जिस दिन से पाकिस्तान पैदा हुआ है, उस दिन से ही फौजी गिरोह ने इसे अपनी गिरफ्त में ले रखा है। एक अन्य युवती लोबीना ने तो यहाँ तक कह डाला कि सरहदों की बजाय पाकिस्तानी फौजें हमारे सिरों पर तैनात कर दी गई हैं। मुल्क की सरहदों की हिफाजत में नाकाम रहनेवाली यह फौज पाकिस्तानी सरों को तोड़ने में लगी हुई है। वक्ताओं से सवाल किया, जो फौजी जनरल 1971 में तत्कालीन पूर्वी पाकिस्तान में बेशुमार जुल्म के जिम्मेदार ठहराए गए थे, आज वे ही हमारे सीनों पर दनदनाते फिर रहे हैं। सभा में संकल्प लिया गया कि 'हमें गुलामी और गुलामों (इसहाक खान और कामचलाऊ सरकार के मन्त्री) दोनों के खिलाफ लड़ना है।' हर छोटे-बड़े वक्ता की एक ही बात थी कि असलम बेग तथा उनके दूसरे सहयोगी जनरलों ने कामचलाऊ सरकार के प्रधानमन्त्री गुलाम मुस्तफा जतोई तथा उनके सहयोगी मन्त्रियों के नकाब ओढ़ रखे हैं। इस्लामाबाद की जतोई सरकार के लिबास में पाकिस्तान का सेना मुख्यालय हुकूमत कर रहा है।

पहली सितम्बर को पाकिस्तान की राजधानी इस्लामाबाद में पहुँचते ही इस बात का अहसास हो गया था कि आम जनता ने बेनजीर सरकार के पतन को एक फौजी

कार्रवाई के रूप में देखा है। एक टैक्सीवाला कहने लगा कि मोहतरमा भुट्टो की सरकार इसहाक ने नहीं, असलम बेग ने गिराई है। फौज नहीं चाहती थी कि पाकिस्तान पीपुल्स पार्टी की सरकार पाँच साल पूरे करे। टैक्सीवाले के इस अहसास में होटल के बैरा, ऑटो, रिक्शावाला, दुकानदार, देहाती, पत्रकार, अधिकारी, व्यापारी, कलाकर, युवकों की हिस्सेदारी भी है। बुद्धिजीवी वर्ग का विश्लेषण है कि भ्रष्टाचार का आरोप एक बहाना है। असली बात थी कि फौजी व्यक्तित्व और लोकतान्त्रिक व्यक्तित्व के बीच टकराव की स्थिति। पूर्व प्रधानमन्त्री बेनजीर भुट्टो ने टकराव टालने की बेहद कोशिश की। सेना की कई गलत-सलत बातों को माना। वे कई बार असलम बेग के सामने झुकी थीं। लेकिन सेना को यह मंजूर नहीं था कि किसी प्रधानमन्त्री का कठपुतली से ज्यादा उसका कोई अस्तित्व बने। प्रभावशाली लोगों के बताया कि एक तरह से भुट्टो शुरू से ही फौज के सामने झुक गई थीं। सच्चाई तो यह है कि जनरल असलम बेग की सहमति से ही वे प्रधानमन्त्री बनी थीं। उनसे यह बात साफ-साफ कह दी गई थी कि वे सेना के बजट, भारत-पाक सम्बन्ध, पाक-अमेरिका सम्बन्ध, अफ़गानिस्तान जैसे संवेदनशील क्षेत्रों में कोई हस्तक्षेप नहीं करेंगी। इस्लामाबाद में बताया गया कि फौज के दबाव के कारण बेनजीर को सदर के रूप में इसहाक खान और अपनी सरकार में विदेश मन्त्री के रूप में साहबजादा याकूब खान को स्वीकार करना पड़ा। वास्तव में फौज के सामने आत्मसमर्पण की शुरुआत तो पहले दिन से ही हो गई थी। लेकिन मोहतरमा भुट्टो अपनी गुलाम स्थिति से दुखी जरूर रहती थीं। उन्हें इस बात की कुलबुलाहट रहती थी कि वे भी भारत के प्रधानमन्त्री के समान स्वतन्त्र होकर देश का नेतृत्व करें। इसलिए वे गाहे-बगाहे फौज के चंगुल से आजाद होने की फिराक में रहती थीं। भंग राष्ट्रीय असेम्बली के स्पीकर मिराज खालिद ने इस लेखक से लाहौर में कहा कि मोहतरमा को चाहिए था कि वे फौज से निभाकर चलतीं। टकराव की स्थिति टालने की कोशिश करतीं। पाकिस्तान में फौज एक सच्चाई है, जिसे नजरअन्दाज नहीं किया जाना चाहिए। ऐसा लगता है कि मोहतरमा ने कुछ जल्दबाजी से काम लिया है। इसके नतीजे सामने हैं।

फौज के बिना कोई नेता काम नहीं कर सकता। इसका एक अनुभव भी हुआ। कराची प्रेस क्लब में पूर्व प्रधानमन्त्री मोहम्मद खान जुनेजो की एक प्रेस वार्ता थी। वे करीब एक घंटे देर से पहुँचे। बाद में पत्रकारों को पता चला कि प्रेस क्लब में पहुँचने से पहले जुनेजो सिन्ध के एरिया कमांडर के मुख्यालय गए थे। उनके साथ करीब ढाई घंटे तक बातचीत की। फौजी जनरल से ब्रीफिंग लेने के बाद ही वे प्रेस से मुखाबित हुए। हर जगह यही सुनने को मिला कि कामचलाऊ प्रधानमन्त्री जतोई स्वतन्त्र होकर कोई निर्णय नहीं ले रहे हैं। उन्होंने अपने करीबी क्षेत्रों में यह कहा है कि उनके हाथ में कुछ नहीं है। सेना मुख्यालय जो कहता है वही किया जा रहा है। असरदार लोगों ने यहाँ तक बताया कि फौजी मुख्यालय और प्रमुख गुप्तचर एजेंसी आई.एस.आई., पी.पी.पी. विरोधी उम्मीदवारों का चयन तक करेगी। फौजी मुख्यालय ने भुट्टो विरोधी

प्रमुख नेताओं—जतोई, जुनेजो, नवाज शरीफ आदि से साफ शब्दों में कह दिया है कि अक्टूबर के चुनावों में वोटों का विभाजन न होने दिया जाए। प्रमुख विरोधी मंच इस्लामिक जम्हूरियत इत्तेहाद और संयुक्त विरोधी पार्टी (सी.ओ.पी.) को कोशिश करनी चाहिए कि पी.पी.पी. के साथ सीधी टक्कर हो। एक के विरुद्ध एक उम्मीदवार खड़ा किया जाए। इत्तेहाद की प्रमुख घटक मुस्लिम लीग फौज के इशारे पर काम कर रही है। इसके नेता जुनेजो और नवाज शरीफ मुख्यालय के साथ निकट का सम्पर्क बनाए हुए हैं।

इस पृष्ठभूमि में सभी तबकों का यह मानना है कि फौज की भूमिका चुनाव के पहले भी है, और बाद में भी रहेगी। फौज की कोशिश रहेगी कि वह इस्लामाबाद में कठपुतली सरकार का गठन कराए। तर्क दिए जा रहे हैं कि खाड़ी संकट के रहते हुए अमेरिका और फौज यह कभी मंजूर नहीं करेंगे कि इस्लामाबाद में कोई आत्मनिर्भर सरकार अस्तित्व में आए। कई जिम्मेदार लोगों ने यह तक बताया कि बेनजीर भुट्टो के पतन का अन्तिम कारण खाड़ी संकट भी है। अमेरिका को एक ऐसी सरकार चाहिए थी जो उसके इशारों पर नाचती रहे। अमेरिकियों को इस बात की आशंका थी कि श्रीमती भुट्टो पाकिस्तानी सेना को सऊदी अरब भेजने के लिए पूरी तरह से तैयार न हों ? वे मना भी कर सकती हैं। इसलिए उन्हें तत्काल हटाने की तैयारी की गई। इस बात का सबूत इससे भी मिलता है कि सितम्बर के पहले सप्ताह में पाकिस्तानी सेना को सऊदी अरब भेजने का ऐलान सेनाध्यक्ष असलम बेग ने किया, न कि जतोई ने। इस्लामाबाद में चर्चा यह भी थी कि सेना भेजने के सम्बन्ध में जतोई को बहुत बाद में बताया गया। सदर खान से भी सलाह लेने की जरूरत नहीं समझी गई। बेग ने अपनी इच्छा से सेना भेजने का ऐलान किया। जानेवाली सैनिक टुकड़ी को विदाई दी और यह दिखाने की कोशिश की कि पाकिस्तान की असली शासक फौज है, सदर या जतोई या कोई लोकतान्त्रिक संस्था नहीं है। पाकिस्तान में बेनजीर के कट्टर विरोधी भी यह स्वीकार करने के लिए तैयार नहीं हैं कि फौज अपने ही पैरों को काटने की इजाजत अगली सरकार को दे देगी। अपनी सत्ता की रक्षा के लिए असलम बेग किसी भी हद तक जा सकते हैं। पर फौजी हुकूमत खुल्लमखुल्ला कायम होती है; मार्शल लॉ दुबारा लगाया जाता है; निर्वाचित सरकार के बनने के तमाम रास्ते बन्द कर दिए जाते हैं; तो पाकिस्तान एक खौफनाक अन्धे सफर पर निकल पड़ेगा। अंजाम क्या होगा, कोई नहीं जानता ?

## एक राष्ट्रीय सन्देह : क्या अक्टूबर में चुनाव होंगे ?

**नई दिल्ली, 13 सितम्बर। आगामी अक्टूबर के चुनावों को लेकर पाकिस्तान के फौजी निजाम और कामचलाऊ जतोई सरकार की विश्वसनीयता बिलकुल समाप्त हो चुकी है। पाकिस्तान के करीब दस करोड़ लोगों में यह भरोसा पैदा करने के लिए कि उनकी सरकार**

**निर्धारित समय पर चुनाव कराएगी, वाशिंगटन से अमेरिकी कारकूनों ने इस्लामाबाद पहुँचना शुरू कर दिया है।**

इस महीने के शुरू में अमेरिका के पूर्व उपराष्ट्रपति वाल्टर मोन्डेल के नेतृत्व में एक छह सदस्यीय दल ने इस्लामाबाद, कराची और अन्य शहरों का दौरा किया। सदर इसहाक खान से लेकर तकरीबन सभी बड़े नेताओं से बातचीत की। दल का उद्देश्य यह सुनिश्चित करना था कि चुनाव निर्धारित समय पर कराए जाएँगे। इनमें कोई धाँधली नहीं होगी। इसलिए दल के सदस्यों ने पाकिस्तान के चुनाव आयोग के साथ भी बात की। जब तक चुनाव सम्पन्न नहीं हो जाते, वाशिंगटन इसी तरह निगरानी टुकड़ियाँ पाकिस्तान भेजता रहेगा।

पाकिस्तानी अवाम ने इस कदम को एक राष्ट्रीय शर्म के रूप में देखा है। एक सम्प्रभुतासम्पन्न देश में विदेशियों द्वारा इस बात की पड़ताल करना कि चुनाव समय पर कराए जाएँगे या नहीं, किसी भी स्वतन्त्र सरकार के लिए सम्मान की बात नहीं है। पाकिस्तान की जनता इसे सरकार के निकम्मेपन और विदेशी हस्तक्षेप के रूप में देखती है। इससे यह बात प्रमाणित होती है कि पाकिस्तान के वर्तमान नेतृत्व पर से अवाम का भरोसा उठ चुका है। लिहाजा, वहाँ चुनाव कराना बुश-शासन की राजनीतिक-नैतिक जिम्मेदारी है। यदि चुनाव नहीं होते हैं तो अमेरिका की छवि भी खतरे में पड़ जाएगी। इसलिए सावधानी बतौर व्हाइट हाउस यह कदम उठा रहा है।

पाकिस्तान की जिस राजनीतिक पृष्ठभूमि में राष्ट्रपति बुश ने यह दल भेजा है, वह काफी हद तक सही भी लगता है क्योंकि चुनाव कराने सम्बन्धी घोषणा को किसी ने भी गम्भीरता से नहीं लिया है। बल्कि लोगों ने इसका मखौल उड़ाया है। यह संवाददाता जहाँ भी गया, हरेक ने यही कहा कि जनता को बेवकूफ बनाने के लिए चुनावों की घोषणा की गई है। चुनाव-कार्यक्रम को भी सन्देह की दृष्टि से देखा गया है। इस्लामाबाद, पेशावर, कराची और लाहौर के विभिन्न वर्गों की दलील है कि मरहूम राष्ट्रपति जिया-उल-हक ने भी अपने जमाने में कई दफे चुनाव की तारीखों का ऐलान किया था। जेड.ए. भुट्टो की सरकार के पतन के बाद सदर जिया ने वादा किया था कि नब्बे दिन में चुनाव कराए जाएँगे। इस तरह के ऐलानों के झाँसे दे-देकर उन्होंने कई साल निकाल दिए थे। नौ-दस साल के बाद दिखाऊ चुनाव कराए गए थे। इसलिए जरूरी नहीं है कि जनरल असलम बेग इसहाक खान को चुनाव कराने देंगे।

एक तर्क यह भी दिया जा रहा है कि पाकिस्तान के इतिहास में सत्ता का हस्तान्तरण कभी भी शान्तिपूर्वक नहीं हुआ। इन सालों में पाकिस्तान के प्रधानमन्त्रियों की या तो हत्या की गई या उन्हें बर्खास्त किया गया। गिरफ्तार कर उन्हें फाँसी पर चढ़ा दिया गया। भुट्टो इसकी ताजा मिसाल हैं। यहाँ तक कि जुनेजो जैसे लुंजपुंज प्रधानमन्त्री को भी जिया ने सहन नहीं किया। कार्यकाल पूरा होने से पहले ही उन्हें गद्दी से हटा दिया गया। यही हश्र बेनजीर भुट्टो का हुआ। इसलिए इसकी क्या गारंटी कि असलम बेग आसानी से चुनाव हो जाने देंगे और निर्वाचित सरकार को सत्ता में

आ जाने देंगे।

तर्क यह भी दिया जा रहा है कि अगर चुनावों के जरिए लोकप्रिय सरकार को इस्लामाबाद में बैठाना ही था तो बेनजीर-सरकार को सत्ताच्युत ही क्यों किया गया ? असलियत में फौजी हुक्मरानों के मंसूबे कुछ और ही हैं। चर्चाओं के दौरान ज्यादातर लोगों ने आशंका व्यक्त की कि चुनाव नहीं होंगे। कोई बहाना बनाकर इन्हें टाल दिया जाएगा। कहा यह जा रहा है कि इसहाक खान की जुबान पर सवार होकर फौजी जनरल यह बोल सकते हैं कि देश के हालात ठीक नहीं हैं। खाड़ी-संकट से पाकिस्तान में बहुआयामी समस्या पैदा हो गई है, लिहाजा चुनाव मुल्तवी किए जाते हैं। कई जिम्मेदार लोगों को तो यह आशंका भी है कि चुनाव टालने की गरज से असलम बेग भारत-पाक सरहदों को सीमित वक्त के लिए गरमा सकते हैं। कश्मीर की दुहाई दी जा सकती है। ऐसी स्थिति में अनिश्चित काल के लिए चुनाव टाले जा सकते हैं। कराची के कई क्षेत्रों में यह भी चर्चा फैली हुई है कि सिन्ध में सिन्धियों और मुहाजिरों के बीच जातीय दंगे भड़काए जा सकते हैं। जातीय हिंसा का बहाना बनाकर भी चुनाव टाले जा सकते हैं।

राजनीतिक कर्मियों, बुद्धिजीवियों और आम लोगों का एक मत और भी है; चुनाव उसी सूरत में ही मुल्तवी किए जाएँगे जब फौजी-निजाम को यह भरोसा हो जाएगा कि चुनाव परिणाम उनके मनमाफिक नहीं होंगे; या एक ऐसी सरकार सत्ता में आ सकती है जो उनके इशारों पर नाचने से इन्कार कर दे। इस दृष्टि से बेनजीर की पी.पी.पी. सरकार ही हो सकती है। मोहतरमा बेनजीर की सत्ता में वापसी को जनरल असलम बेग हरगिज बर्दाश्त नहीं करेंगे। पाकिस्तान की यह एक मौजूदा हकीकत है। बेनर्जार के भविष्य के सम्बन्ध में कल विस्तार से चर्चा की जाएगी। बहरहाल, यहाँ इतना कहना काफी है कि पाकिस्तानी अवाम की नजर में आम चुनाव तभी मुमकिन हैं जब इस बात का यकीन हो जाएगा कि फौज की ताल पर मतपेटियाँ नाच सकती हैं। इनके अभी से ही अच्छे खासे इन्तजाम कराए जा रहे हैं।

पाकिस्तान में हरियाणा के आयाराम-गयाराम की तर्ज पर जमकर दल-बदल को प्रोत्साहित किया जा रहा है। यहाँ तक कि सदर इसहाक खान ने ही एक बार यह कह दिया कि 24 अक्टूबर को कहीं भी चरने के लिए चुनावी घोड़े स्वतन्त्र हैं। बेनजीर के विश्वस्त साथियों को लालच देकर तोड़ा जा रहा है। विशेष रूप से सिन्ध में दल-बदल बड़े पैमाने पर कराया जा रहा है। पी.पी.पी. के समर्थक जमींदारों और व्यापारियों पर सरकार में या मुस्लिम लीग में शामिल होने के लिए दबाव डाला जा रहा है। जिन्होंने बेनजीर का साथ छोड़ दिया है उन्हें ओहदे दिए जा रहे हैं। इसहाक खान की घोड़ा खरीद-फरोख्त पॉलिसी की जमकर आलोचना भी की जा रही है। लाहौर में आयोजित लोकतन्त्र बचाओ सभा में सदर को दल-बदल का सिरमौर कहा गया। उन्हें नेताओं ने चुनौती दी कि वे नगरपालिका का चुनाव तक जीतकर दिखाएँ। यह सच्चाई भी है। इसहाक खान ने कभी चुनाव नहीं लड़ा। वे तिकड़म के बल पर सदर के ओहदे तक

पहुँचे। लोगों का कहना है कि उन्होंने अपनी वफादारियों का सौदा हर बार किया है। इसी पॉलिसी के बल पर वे कभी पटवारी थे, आज मुल्क के सदर बने हुए हैं। पाकिस्तान में यह आम चर्चा है कि इसहाक खान कभी भुट्टो के साथ थे। फिर जनरल जिया के साथ हो गए। जब लगा जिया का वक्त पूरा होनेवाला है, उन्होंने तुरन्त पल्टी खाई और बेग के साथ हो गए। अफवाह तो यह भी फैली हुई है कि 1988 में जिया की हवाई दुर्घटना की पूर्व जानकारी इसहाक खान को थी। प्रधानमन्त्री का ख्वाब देखनेवाले जिया के बड़े बेटे एजाजुल हक ने अपने करीबी दोस्तों को यह बताया कि उनके वालिद की मौत की साजिश इस्लामाबाद में रची गई थी। असलम बेग और इसहाक खान को इससे बरी नहीं किया जा सकता। सच्चाई कुछ भी हो सकती है। बहरहाल, सदर को दल-बदल के लिए जिम्मेदार ठहराया जा रहा है।

सवाल यह है कि चुनाव मुल्तवी किए गए तो उसका क्या कानूनी आधार होगा ? राजनेताओं का कहना है कि चुनाव को मुल्तवी करने की संविधान में कोई व्यवस्था नहीं है। मौजूदा संविधान इस बात की इजाजत नहीं देता है कि चुनाव अनिश्चित काल के लिए रद्द किए जाएँ। सिर्फ यह व्यवस्था है कि राष्ट्रीय असेम्बली के भंग होने के 90 दिन के अन्दर चुनाव कराए जाएँ। यदि इस व्यवस्था का पालन किया गया तो चुनाव अधिक से अधिक 15 दिन टाले जा सकते हैं। क्योंकि नब्बे दिन की अवधि नवम्बर के प्रथम सप्ताह में पूरी होती है। कामचलाऊ सरकार कोई बहाना बनाकर कह सकती है कि 24 अक्टूबर के स्थान पर 6 या 7 नवम्बर को चुनाव कराए जाएँगे। यदि चुनाव लम्बे समय के लिए टाले जाएँगे तो कोई असाधारण या गैर-संवैधानिक कदम उठाना पड़ेगा। बाद में सुप्रीम कोर्ट से उस पर मंजूरी की मोहर लगवानी पड़ेगी। फौजी निजाम के लिए यह कोई बड़ी बात नहीं है। लेकिन यह काफी जोखिम भरा खेल है। भंग राष्ट्रीय असेम्बली के सभापति खालिद और पाकिस्तान वर्कर्स पार्टी के अध्यक्ष आबिद हसन मिंटो का मत है कि फौज यह खतरनाक खेल खेलने की क्षमता रखती है।

लेकिन, पाकिस्तान के हर तबके ने यह भी कहा कि चुनावों को टालना पाकिस्तान के लिए काफी महँगा पड़ेगा। दक्षिणपंथी और सत्ता-समर्थक अखबार नवाए-वक्त के अध्यक्ष व प्रधान सम्पादक मजीद निजामी ने इस लेखक से कहा कि आम चुनाव टालने का मतलब है अवाम के साथ फौज का पंगा लेना। वह एक खतरनाक दिन होगा। यहाँ तक कि दक्षिणपंथी पार्टियाँ या मजहबी कट्टरपंथी नेता तक यह मानते हैं कि चुनाव टालने से पाकिस्तान की बर्बादी को बुलाना होगा। बुद्धिजीवी ही ऐसा सोचते हैं, यह बात नहीं है। पहले दिन ही इस्लामाबाद में एक टैक्सीवाले ने एयरपोर्ट से होटल जाते समय कहा कि अगर अभी चुनाव नहीं हुए तो मुल्क के लिए बहुत बुरा होगा। पाकिस्तान में तीन-तीन बार मार्शल लॉ लग चुका है। इस बार लगाया गया तो बहुत मुश्किल होगी। मुल्क टूट जाएगा। लोगों ने तो यह भी कहा कि चुनाव न होने की स्थिति से पाकिस्तान को ही नहीं इस पूरे इलाके को नुकसान पहुँचेगा। पाकिस्तान में चुनाव निर्धारित समय पर हों, इसके लिए लोग काफी संयम से काम ले

रहे हैं।

विभिन्न पार्टियों के नेताओं ने कहा कि वे ऐसा कोई काम नहीं करना चाहते जिससे फौज को चुनाव टालने का बहाना मिले। यहाँ तक कि घायल पी.पी.पी. के कार्यकर्त्ता भी हिंसा से बचने की कोशिश कर रहे हैं। हालाँकि उन्हें भड़काने की कोशिशें जारी हैं। खासतौर पर सिन्ध मुहाजिर कौमी मूवमेंट (एम.क्यू.एम.) से पी.पी.पी. के लोगों को भिड़ाया जा रहा है। दोनों के बीच हिंसा की छुटपुट वारदातें भी होती रहती हैं। लेकिन कुल मिलाकर फिलहाल पाकिस्तान में जाहिर तौर पर स्थिति शान्त है। सतह के नीचे लावा जरूर उबल रहा है। चुनाव नहीं हुए तो यह फूट सकता है। पूरे पाकिस्तान को अपने आगोश में ले सकता है !

## बेनजीर के खिलाफ घेराबन्दी में कसावट

**नई दिल्ली, 14 सितम्बर। बर्खास्त प्रधानमन्त्री मोहतरमा बेनजीर भुट्टो को चारों तरफ से घेर लिया गया है। प्रशासनिक और राजनीतिक स्तरों पर उनकी घेराबन्दी कसती जा रही है। एक तरफ फौजी जनरलों का दबाव बढ़ रहा है, दूसरी ओर पाकिस्तान की तमाम विरोधी पार्टियाँ उनके और उनकी पाकिस्तान पीपुल्स पार्टी के खिलाफ फौजी कनात तले जमा हो रही हैं।**

कानून के शिकंजे कस रहे हैं। लाहौर और कराची की विशेष अदालतों में बेनजीर, उनके पति और उनके पूर्व मन्त्री सहयोगियों के खिलाफ मुकदमे दायर किए गए हैं। गिरफ्तारियाँ हुई हैं। चुनाव में भाग लेने के लिए उन्हें अयोग्य करार दिया जा सकता है, इसकी तलवार मोहतरमा पर चौबीसों घंटे के लिए लटका दी गई है। वे गिरफ्तार भी की जा सकती हैं। उनके साथ कोई भी हादसा हो सकता है। पाकिस्तान की वर्तमान स्थितियों का यह एक चक्रव्यूह है, जिसमें फाँसी पर लटकाए गए प्रधानमन्त्री भुट्टो की बर्खास्त प्रधानमन्त्री बेटी बेनजीर फँस चुकी हैं। यह पड़ोसी मुल्क की हकीकत है।

पर सतह के नीचे एक हकीकत और भी है। इस महीने की पहली शाम इस्लामाबाद में कदम रखते ही एक अप्रत्याशित सवाल से सामना हुआ। एयरपोर्ट से शहर जाते समय टैक्सी ड्राइवर ने सवाल किया--जनाब, क्या बीबी हमारे मुल्क की दुबारा वजीरे-आजम बन जाएँगी ? उसने मुझे पाकिस्तानी नागरिक समझा, और बड़े सहज भाव से यह सवाल कर डाला। आश्चर्य तो यह है कि वह पंजाबी था, लेकिन सिन्धीभाषी बेनजीर भुट्टो के लिए उसकी चिन्ताएँ गहरी थीं। पाकिस्तान की राजनीतिक व समाजी जिन्दगी में सिन्धी-पंजाबी जातीय अन्तर्विरोध काफी महत्त्वपूर्ण हैं। लेकिन पंजाबी ड्राइवर का सवाल सिर्फ पंजाबी सूबे तक ही सिमटा हुआ नहीं था। यह पेशावर यानी सरहदी सूबा और सिन्ध में भी फैला हुआ था और बलूचियों में भी यह सवाल अजनबी नहीं मिला। हर जगह पाकिस्तानियों के चेहरों पर दो चिन्ताएँ, दो

सवाल उभरे हुए मिले—क्या पाकिस्तान में आम इन्तखाबात (चुनाव) होंगे भी ? दूसरा सवाल था—क्या वजीर आजम के ओहदे पर मोहतरमा बेनजीर की वापसी मुमकिन है ? उन्हें प्यार से बीबी कहा जाता है।

देखा जाए, दोनों सवाल एक-दूसरे से जुड़े हुए हैं। इसीलिए औसत पाकिस्तानी दोनों सवालों को एक साथ करता है। जब वह बेनजीर की वापसी का सवाल करता है, जाहिर है उसने मोहतरमा को अभी अपने दिल से उतारा नहीं है। इस्लामाबाद के फौजी मुख्यालय ने उन्हें गद्दी से जरूर उतार दिया है, यह बात अलग है।

पाकिस्तान पहुँचने से पहले मैं यही मान रहा था कि बेनजीर गद्दी से ही नहीं, पाकिस्तानियों के दिलों से भी उतर चुकी हैं। सदर इसहाक खान ने 6 अगस्त को उन्हें प्रधानमन्त्री पद से ही बर्खास्त नहीं किया है बल्कि पाकिस्तानी अवाम के दिलो-दिमाग से भी बर्खास्त करने में वे सफल हो गए हैं। क्योंकि अगस्त भर जिस तरह की खबरें हिन्दुस्तान पहुँचीं, अखबारों में छपता रहा, इसके अलावा उससे दूसरा निष्कर्ष नहीं निकाला जा सकता था। बेनजीर और उनके साथियों से सम्बन्धित अनियमितता व भ्रष्टाचार के मामले लगातार प्रकाशित हुए। यहाँ तक कि बेनजीर और उनके गृहमन्त्री चौधरी एजाज अहसान भारतीय गुप्तचर एजेंसी 'रॉ' के एजेंट घोषित किए गये। एजेंट के रूप में उनके कार्टून बनाकर पत्र-पत्रिकाओं में छापे गये। यहाँ तक कि सदर इसहाक खान ने उनकी देशभक्ति पर शक किया। देशद्रोह का मुकदमा चलाने की बात कही गई।

सवालों के साथ-साथ कई पत्रकारों ने गम्भीरतापूर्वक यह पूछा कि क्या ये दोनों नेता रॉ के एजेंट हैं ? कई जगह यह भी सुनने को मिला कि गृहमन्त्री के रूप में अहसान ने अपनी दिल्ली यात्रा के दौरान भारत सरकार को कई संवेदनशील दस्तावेज सौंपे थे। ये दस्तावेज पाकिस्तान में खालिस्तानियों के प्रशिक्षण शिविरों से सम्बन्धित थे। यह भी कहा गया कि जब बेनजीर विपक्ष में थीं, उनकी डाक इस्लामाबाद स्थित भारतीय दूतावास के बैग में लाई जाती थी और उन्हें चुपचाप पहुँचा दी जाती थी। कई जिम्मेदार लोगों ने यह भी कहा कि पूर्व प्रधानमन्त्री राजीव गांधी की इस्लामाबाद यात्रा के दौरान बेनजीर ने उनके सामने राजनीतिक आत्म-समर्पण कर दिया था। जिस कमरे में दोनों प्रधानमन्त्रियों ने अकेले में बात की थी, सेना की गुप्तचर एजेंसी आई.एस.आई. के लोगों ने उसे 'बग' कर लिया था। यानी खुफिया सूक्ष्म टेप रिकॉर्डर के माध्यम से दोनों नेताओं के बीच चली वार्तालाप को रिकॉर्ड कर लिया गया था। यह भी कहा गया कि बेनजीर ने राजीव गांधी के साथ कश्मीर पर गुप्त समझौता कर लिया था। इसी तरह की कई और खबरें भी सुनने को मिलीं।

भ्रष्टाचार के मामले भी कम सुनने को नहीं मिले। दस दिन के पाक-सफर के दौरान हर दिन पढ़ने को मिला कि बेनजीर और उनके साथियों ने करोड़ों रुपयों की हेराफेरी की है। बेनजीर के पति आसिफ जरदारी ने पत्नी की सत्ता का दुरुपयोग किया है। अपने दोस्तों को बैंकों से करोड़ों रुपए के कर्ज दिलवाए हैं। बेनजीर ने इस्लामाबाद

में एक कीमती जमीन को मिट्टी के भाव अपने एक होटल व्यापारी को उपलब्ध कराई है। कोई अखबार, कोई पत्रिका ऐसी खबरों से खाली नहीं थी। यहाँ तक कि रेडियो और टेलीविजन के हर न्यूज बुलेटिन में बेनजीर और उनके पति व पूर्व मन्त्री साथियों के भ्रष्टाचार के कारनामों की खबरें सुनने को मिलीं। यह विश्वास कर पाना मुश्किल था कि बेनजीर ऐसी भी निकल सकती हैं ?

अवाम पर इन प्रचार माध्यमों का जितना प्रभाव होना चाहिए था, उतना दिखाई नहीं दिया। यह आश्चर्यजनक बात जरूर लगी। अखबारों में बेनजीर के कांडों के सामने राजीव गांधी के कथित बोफोर्स कांड को छोटा माना गया। अवाम में इसकी भी चर्चा जरूर मिली। कई जगह पूछा गया कि बोफोर्स कांड का क्या हुआ ? क्या राजीव गांधी के खिलाफ कोई सबूत मिला ? पाठकों को विश्वास नहीं होगा, ड्राइवर, होटल बैरा, दुकानदार, पत्रकार, व्यापारी, नेता, अधिकारी जैसे सभी लोगों ने बोफोर्स कांड में अच्छी खासी दिलचस्पी ली। साथ में यह भी पूछा कि सिंह-सरकार ने गांधी के खिलाफ अभी तक कितने सबूत जुटा लिए हैं ? लाहौर एवं कराची के असरदार लोगों ने यह भी कहा कि प्रधानमन्त्री सिंह ने तो एक महीने में बोफोर्स दलाली खानेवालों के नाम बताने का वादा किया था। अभी तक क्यों नहीं बताया ? दरअसल, वे बोफोर्स पर चर्चा के माध्यम से बेनजीर के अंजाम का जायजा लेना चाहते थे। कइयों ने तो यह तक कहा कि जो हश्र बोफोर्स कांड का हुआ है, वही बेनजीर के खिलाफ लगाए जा रहे कांडों का होनेवाला है। जिन लोगों से यह लेखक मिला, उनमें से करीब 80 फीसदी यह मानने के लिए तैयार नहीं थे कि इन आर्थिक घपलों में बेनजीर का कोई हाथ है। अलबत्ता, भारत की तरह यह जरूर माना जा रहा है कि बेनजीर को छोड़कर उनके पति और सहयोगियों के घपले जरूर हो सकते हैं। जिया के खिलाफ लड़नेवाली औरत पैसा नहीं खा सकती। वह तो एक पाक खातून है। उसे फौजी निजाम फँसाना चाहता है। इन्दिरा गांधी या राजीव गांधी से काफी मिलती-जुलती उनकी छवि पाकिस्तान में मिली। जिस ढंग से उन्हें हटाया गया है, उससे पूरे पाकिस्तान में उनके लिए हमदर्दी पैदा हुई है।

पाकिस्तान के तीनों सूबों के प्रमुख स्थानों का दौरा करने और प्रवासी बलौचिस्तानियों से मिलने के बाद यह स्पष्ट दिखाई देता है कि बेनजीर का बर्खास्त होना लोगों ने पसन्द नहीं किया है। लोगों ने कहना शुरू कर दिया है कि एक फौजी जनरल ने पहले मोहतरमा के बाप को फाँसी पर लटकाया, तो दूसरे ने उन्हें गद्दी से उतार दिया। पंजाब की राजधानी लाहौर में बेनजीर के लिए अच्छी खासी सहानुभूति मिली। निचले तबकों में ही नहीं, बल्कि व्यापारियों, वकीलों, कलाकारों, पत्रकारों और सरकारी अधिकारियों व कर्मचारियों में बेनजीर की बर्खास्तगी को लोकतन्त्र की हत्या के रूप में देखा गया है। इन वर्गों में श्रीमती भुट्टो के लिए खासी सहानुभूति है। आमतौर पर प्रचार यही किया जा रहा है कि सिन्ध को छोड़कर बेनजीर के समर्थक कहीं भी नहीं हैं। असलियत ठीक इसके विपरीत मिली। कराची स्थित विलावल हाउस में टिकट के लिए जुटी भीड़ में मुझे ज्यादातर लोग पंजाबी दिखाई दिए। इसमें सभी तबके के लोग

शामिल थे। पंजाबीभाषी के अलावा उर्दूभाषी मुहाजिर भी थे।

## अधिकांश लोग बेनजीर को ही राष्ट्रीय नेता मानते हैं

**नई दिल्ली, 15 सितम्बर। धार्मिक कठमुल्लाओं को छोड़ बेनजीर के प्रशंसक सभी तबकों में हैं। अधिकांश पाकिस्तानी उन्हें निर्विवाद राष्ट्रीय नेता मानते हैं। मौलवी भले ही कहते फिर रहे हों कि बेनजीर दुबारा प्रधानमन्त्री बनीं तो मुल्क पर कहर बरपेगा, मगर आम जनता को यह बात कबूल नहीं है। बेनजीर की बर्खास्तगी को औरतों ने भी नापसन्द किया है।**

एक बात और साफ उभरी। पाकिस्तान के लोग बेनजीर को सिन्ध का नहीं, पूरे मुल्क का नेता मानते हैं। यह निर्विवाद है कि जुनेजो, नवाज शरीफ, जतोई, वली खान, अल्ताफ हुसैन, असगर खान आदि में कोई भी नेता राष्ट्रीय स्तर का होने का दावा नहीं कर सकता। यह दावा और दर्जा पूरी तरह से बेनजीर के लिए सुरक्षित है। इसे दक्षिणपंथी बुद्धिजीवी, पत्रकार और नेता भी स्वीकार करते हैं। पेशावर से कराची और क्वेटा से लाहौर तक बेनजीर की लोकप्रियता की हवाएँ कम-ज्यादा बहती रहती हैं। जबकि नवाज शरीफ की पंजाब, जतोई व जुनेजो की सिन्ध के कुछ क्षेत्रों, अल्ताफ की कराची और वली खान की सरहदी सूबे की सरहदों को लाँघ नहीं पाती हैं। इसके साथ ही सभी तबकों में ये नेता समान रूप से लोकप्रिय नहीं हैं। धार्मिक कट्टरपंथियों को छोड़कर बेनजीर के प्रशंसक सभी तबकों में मिले।

बेनजीर की बर्खास्तगी को पाकिस्तान की औरतों ने भी पसन्द नहीं किया है। हालाँकि धर्मप्रधान व पुरुषशासित इस्लामी समाज में औरत की स्थिति दयनीय है। फिर भी बेनजीर का हटाया जाना इस्लामी औरतों ने अपना अपमान समझा है। प्रतिशोध की इच्छा उनमें पल रही है।

पंजाब की औरतों ने भी बेनजीर के पतन को दिल से स्वीकार नहीं किया है। उच्च एवं मध्यवर्गीय औरतें फौजों और सदर से काफी खफा हैं। उनकी नजर में इस्लामी दुनिया में चलनेवाले एक प्रयोग का गला घोंट दिया गया है। बेनजीर को सत्ता में रहने दिया जाता तो समूची इस्लामी दुनिया की औरतों पर इसका गहरा प्रभाव पड़ता। समाज में देर-सबेर बदलाव का रास्ता साफ होता। राजनीति के क्षेत्र में बेनजीर की मौजूदगी अपवाद है, ऐसा नहीं है। इससे पहले भी पाकिस्तान में कायदे आजम की छोटी बहन फातिमा जिन्ना को अयूब खान के खिलाफ खड़ा किया गया था। जतोई की कामचलाऊ सरकार की सूचना-प्रसारण मन्त्री महिला हैं। पर, सत्ता के शिखर पर बेनजीर ही पहुँच सकीं, इसलिए वे आधुनिक इस्लामी दुनिया की अपवाद मानी गई हैं। पाकिस्तान में बेनजीर को औरतों की ताकत के उदय के रूप में देखा जा रहा था। यदि वे पाँच साल रहतीं, तो इसके दूरगामी परिणाम निकलते। मर्द-सत्ता पर बदलाव की दस्तकें पड़तीं। उदारतावाद की हवाएँ चलतीं। अब औरतों का आकाश धुँधला दिखाई दे रहा है।

अब सवाल उठता है, बेनजीर के साथ आज भी इतिहास है, तब उन्हें इस्लामाबाद पर कब्जा करने से कैसे रोका जा सकता है ? पूरे पाकिस्तान का यह अहम सवाल बना हुआ है। हर तबके में इस पर बहस की जा रही है। लेकिन किसी अन्तिम निष्कर्ष पर पहुँचने से सभी कतरा रहे हैं। जब इस सवाल पर बहस होती है तब पूरक सवाल भी किए जाते हैं। पूछा जाता है, क्या फौज बेनजीर को दुबारा प्रधानमन्त्री बनने देगी ? यदि मोहतरमा को फिर प्रधानमन्त्री बनना है तो उन्हें तख्त से उतारा ही क्यों गया था ? यदि इस्लामाबाद पर उनका दुबारा कब्जा होता है तो वह फौज की शिकस्त नहीं होगी ? क्या इससे असलम बेग और इसहाक खान की सत्ता पर प्रश्नचिह्न नहीं लग जाएगा ? इस्लामाबाद की चर्चाओं के मुताबिक जब अमेरिका की जानकारी व अनुमति से भुट्टो को हटाया गया है तब वह उन्हें दुबारा कैसे बर्दाश्त कर लेगा ?

डॉन समूह की प्रसिद्ध मासिक पत्रिका 'हेरल्ड' ने अपने विशेष अंक में लिखा है कि इस्लामाबाद स्थित अमेरिकी राजदूत को बेनजीर की बर्खास्तगी की जानकारी थी। बल्कि हेरल्ड ने छह अगस्त से पहले ही बेनजीर के पतन की भविष्यवाणी कर दी थी। डॉन समूह के मालिक इस समय सिन्ध के राज्यपाल भी हैं। अतः यह माना जा रहा है कि बेजनीर सरकार के पतन में अमेरिका की भूमिका तटस्थ नहीं कही जा सकती। इसलिए, बेनजीर की वापसी का सवाल एकांगी नहीं कहा जा सकता। यह बहुआयामी है। भारतीय [illegible]कतन्त्र के अभ्यस्त लोग पाकिस्तानी व्यवस्था की कल्पना नहीं कर सकते। फौज की मर्जी के बिना यहाँ पत्ता तक नहीं हिल सकता। जब तक इस पर वाशिंगटन की मोहर नहीं लग जाती तब तक मर्जी की भी कोई शक्ल नहीं बनेगी। इस सम्बन्ध में जुनेजो की आपबीती याद आती है। चार सितम्बर को कराची प्रेस-क्लब में पत्रकारों से बात करते हुए उन्होंने यह घटना बताई। जब वे प्रधानमन्त्री के रूप में पहली बार वाशिंगटन गए तब वर्ल्ड बैंक के अध्यक्ष ने उनसे कहा कि पाकिस्तान को कर्ज तभी मिलेगा जब वे बैंक की शर्तें स्वीकार करेंगे। इनमें टैक्स बढ़ाना और नये कर लगाना भी शामिल था। अध्यक्ष को दलील दी कि यदि ऐसा किया गया तो पाकिस्तान में तूफान खड़ा हो जाएगा। कोई भी लोकप्रिय सरकार टिक नहीं सकेगी। जुनेजो ने यह भी कहा कि यह शर्त जनरल जिया पर क्यों नहीं लादी गई। आज जब निर्वाचित सरकार का राज है तो उस पर ये शर्तें क्यों थोपी जा रही हैं ? इस पर अध्यक्ष ने कहा कि वे तत्कालीन राष्ट्रपति रेगन से बात करें। जुनेजो ने रेगन से बात की। और चन्द मिनटों में ही बैंक के अध्यक्ष से कह दिया गया कि शर्त मानने के लिए प्रधानमन्त्री पर दबाव न डाला जाए। जुनेजो ने कहा कि अमेरिका की भूमिका इतनी गहरी है। इस घटना से स्पष्ट है कि असलम बेग व इसहाक खान की सहमति के साथ-साथ राष्ट्रपति बुश की हरी झंडी भी जरूरी है। बेनजीर की वापसी तभी मुमकिन है।

लेकिन, सिक्के का दूसरा पहलू भी है। सभी चीजों का फैसला निजाम नहीं किया करते। ऐसा होता तो तानाशाह कभी तख्त नहीं छोड़ते। फौजी मुख्यालय को इस बात का अहसास हो चुका है कि चरित्र हनन का हथियार बेनजीर को खत्म नहीं कर सका

है। किसी भी मुल्क या कौम के लिए कितने शर्म की बात है कि वह अपने ही प्रधानमन्त्री को गद्दार या विदेशी एजेंट कहे ? यह अफवाह बाकायदा फैलाई गई थी। लेकिन, मुख्यालय ने इसके नकारात्मक प्रभाव को जल्दी ही महसूस कर लिया। बेनजीर के खिलाफ देशद्रोह का मुकदमा चलाया जानेवाला था। बाद में, इस्लामाबाद ने इस मुद्दे पर चुप्पी अख्तियार कर ली। क्योंकि लोगों में इसकी उल्टी प्रतिक्रिया हुई। इसलिए बेग और इसहाक खान खुल्लमखुल्ला बेनजीर की वापसी को रोक नहीं सकते। पाकिस्तान में यह कहा जा रहा है कि यदि बहुमत मिलने के बावजूद मोहतरमा को रोका गया तो देश में अराजकता व गृहयुद्ध की स्थिति पैदा हो जाएगी। सिन्ध राष्ट्रीयता का तूफान खड़ा हो जाएगा। वह अलगाव के रास्ते पर निकल पड़ेगा। फौजी मुख्यालय को इस बात का अहसास है। इसलिए, वह अपना खेल काफी सँभल-सँभलकर खेल रहा है।

फौजी निजाम की कोशिश है कि बेनजीर को बहुमत न मिले। उन्हें घोटालों में फँसा दिया जाए। चुनाव लड़ने के लिए अयोग्य करार दिलवा दिया जाए। बल्कि यदि वे चुनाव जीत भी जाएँ तो विशेष अदालतों में उनके खिलाफ़ कार्रवाई चलती रहे। जरूरत पड़े तो बाद में उनकी सदस्यता समाप्त करवा दी जाए। यदि उन्हें बहुमत मिल भी जाए तब भी विशेष अदालतों की तलवार उन पर और उनके साथियों पर हमेशा लटकती रहे जिससे कि वे फौज के सामने कभी सिर न उठा सकें।

कुछ क्षेत्र यह भी मानते हैं कि बेनजीर और फौज में फिर से पुल बनाए जा रहे हैं। बिलावल हाउस और व्हाइट हाउस के बीच भी सुरंग बिछा दी गई है। मुमकिन है, बेनजीर को फिर से स्वीकार कर लिया जाए। स्पीकर मिराज खालिद ने स्वयं इस संवाददाता के साथ बातचीत करते हुए कहा कि मोहतरमा को चाहिए कि फौज की भूमिका को कहीं न कहीं मान्यता दें। उससे टकराव न लें। बात अब भी बन सकती है। वैसे खालिद इस पक्ष में हैं कि बेनजीर विपक्ष में बैठें। पाकिस्तान के चुनाव पंडितों का कहना है कि बेनजीर को अब विपक्षी नेता का रोल अदा करना चाहिए। इससे दो फायदे होंगे। पहला यह है कि वे कुछ सीख लेंगी। दूसरा यह है कि अगली सरकार ज्यादा समय तक टिकी नहीं रह सकती। उसे भयानक आर्थिक संकट और बाहरी दबावों का सामना करना पड़ेगा। खाड़ी संकट से पाकिस्तान को अरबों रुपए का नुकसान होगा। नई सरकार उसकी भरपाई नहीं कर सकेगी। अस्थिरता बनी रहेगी। जल्दी ही दुबारा चुनाव कराने पड़ सकते हैं। उस स्थिति में बेनजीर प्रचंड बहुमत के साथ इस्लामाबाद पर कब्जा कर सकती हैं। तब उन्हें स्वीकार करने के अलावा फौज और अमेरिका के पास कोई रास्ता नहीं रह जाएगा। इसलिए बेनजीर की वापसी आशा और आशंकाओं के भँवर में फँसी हुई है। कुछ भी हो सकता है। पर यह तयशुदा है कि पाकिस्तान बहुआयामी संकट के क्षेत्र में दाखिल हो चुका है। बहरहाल, लाहौर में बेनजीर और जनरल बेग (फौजी निजाम) के रिश्तों पर सुना यह शेर रह-रहकर याद आता है—

*दर्द जब तेरी अता है तो गिला किससे करें,*
*हिज्र जब तूने दिया है तो मिला किससे करें?*

## फौजी गुप्तचरों का जाल व दहशत में पलते लोग

**नई दिल्ली, 16 सितम्बर। पाकिस्तान की राजधानी इस्लामाबाद में मेरी दूसरी शाम थी। इस्लामाबाद स्थिति आकाशवाणी के संवाददाता सुरेश चोपड़ा के घर एक छोटा-सा आयोजन था। उनके बच्चे का जन्मदिन मनाया जा रहा था। इसमें आस-पड़ोस के पाकिस्तानी सहपाठी व पड़ोसी भी मौजूद थे। एक-दो अन्य भारतीय पत्रकार भी इस अवसर पर निमन्त्रित थे।**

आयोजन के शुरू होने के कुछ देर बाद ही चोपड़ा को दो पाकिस्तानी बच्चों ने सूचना दी कि कुछ लोग अन्दर घुसकर अहाते में खड़ी कारों के नम्बर नोट कर रहे हैं। चोपड़ा तुरन्त ही बाहर गए। पूछताछ की। उन्होंने अपने को गुप्तचर एजेंसी का आदमी बताया। चोपड़ा ने गुप्तचरों से कहा कि आप लोग अपना काम जरूर करें। किसी के घर में घुसकर इस तरह से डराने की कोशिश न करें। इसके बाद वे कुछ दूर खड़ी अपनी कार में जाकर बैठ गये।

इस घटना से वहाँ मौजूद पाकिस्तानियों के चेहरों पर दहशत फैल गई। वे कहने लगे कि पुलिस उनसे पूछताछ जरूर करेगी। उन लोगों ने बताया कि अब पाकिस्तानी परिवारों को भारतीय परिवारों से मिलने नहीं दिया जाता है। उन्हें विभिन्न प्रकार से डराया जाता है। उनकी कार का पीछा किया जाता है। फोन टेप किये जाते हैं। यह सिलसिला बेनजीर सरकार के पतन के बाद अधिक बढ़ा है। चोपड़ा ने आशंका जाहिर की कि चूँकि मैं राजधानी में नया-नया पहुँचा हूँ, हो सकता है वे मेरा पीछा कर रहे हों। पर पाकिस्तान में मेरे लिये यह अनुभव पहला था। इससे पहले जिया से लेकर बेनजीर के शासनों के दौरान तीन सफर किये, लेकिन किसी को पीछा करते नहीं देखा।

इस घटना के बाद अन्य पाकिस्तानी पत्रकारों ने भी बताया कि फौजी गुप्तचर एजेंसी (आई.एस.आई.) के लोगों ने प्रेस पर जाल बिछा रखा है। किसी को गिरफ्तार किया गया था। उनका कसूर यह था कि ये लोग इस्लामाबाद स्थित भारतीय दूतावास में गए थे। बाहर लौटते ही उन्हें दबोच लिया गया। एक दिन तक उनका कोई पता नहीं चला। दूसरे दिन किसी तरह उनमें से एक ने अपने घर सन्देश भिजवा दिया। रिहाई के लिए दौड़-धूप शुरू हो गई। सूचनामन्त्री तक बात पहुँची। सदर इसहाक खान के हस्तक्षेप के बाद वे रिहा किये गये। यह भी पता चला कि उन्हें इस्लामाबाद पुलिस ने नहीं, आई.एस.आई. के लोगों ने गिरफ्तार किया था। पहले उन पर देशद्रोह का आरोप लगाने की बात की जा रही थी। अब उन पर इल्जाम है कि वे शराब पीकर बाहर निकल रहे थे। मुकदमा वापस नहीं लिया गया है। जमानत पर वे छोड़े गए हैं। नाम न प्रकाशित

करने का अनुरोध करते हुए उनमें से एक ने इस संवाददाता को बताया कि सदर ने आई.एस.आई. के लोगों को फटकार भी पिलाई है। लेकिन आई.एस.आई. अभी तक बाज नहीं आई है। सदर की वह परवाह नहीं करती है। आई.एस.आई. वही विवादास्पद एजेंसी है जिसके पर कतरने के चक्कर में बेनजीर को लेने के देने पड़ गये। सभी बड़े शहरों में इसका दबदबा है।

पाकिस्तान की फिजाँ बदल चुकी है। पिछले साल-सी मुक्त चहक और खुली महक गायब हो चुकी है। औसत पाकिस्तानी स्वयं को दहशत के साए में महसूस कर रहा है। सतह पर तो सब कुछ सामान्य लगेगा। गोया कि दस करोड़ के इस मुल्क की सतह पर कुछ गुजरा ही नहीं है। लेकिन जैसे ही आप इसके दिल-दिमाग में झाँकने की कोशिश करेंगे वहाँ आपको कुछ घटा-घटा दिखाई देगा। इस्लामाबाद और कराची के कई पत्रकारों ने कहा कि अगर वे किसी भारतीय पत्रकार के साथ घूमते हैं तो उनसे पूछताछ शुरू हो जाती है। जैसे किसी जमाने में भारत में निर्वासित रही पी.पी.पी. समर्थक व कवयित्री फहमिदा रियाज जैसी महिला भी इसी दहशत से ग्रस्त हैं। वे भारतीय प्रेस से मिलने से कतरा रही हैं। बेनजीर ने उन्हें जो पद दिया था, जतोई सरकार ने उसे वापस ले लिया है। कराची स्थित बेनजीर के निवास बिलावल हाउस पर कड़ी नजर रखी जा रही है। हर आने-जानेवाले से पूछताछ की जा रही है। दहशत फैलाने के लिए हथियारबन्द अर्धसैनिक तैनात किये गए हैं। जैसे ही कोई कार बिलावल हाउस के परिसर में दाखिल होती है, उसका पीछा शुरू हो जाता है। उसे रोककर चालक से नाम, पता और काम पूछा जाता है। इसके बाद उसे जाने दिया जाता है। कराची में इस पत्रकार के साथ भी यही बीता।

पाकिस्तान में फौज विरोधियों और पी.पी.पी. समर्थकों में दहशत पैदा करने का दौर चला हुआ है। इसके लिए भारत की विवादास्पद खुफिया एजेंसी—रिसर्च एंड एनेलेसिस विंग (रॉ) का जमकर इस्तेमाल किया जा रहा है। पूरे पाकिस्तान में यह हौवा बनी हुई है। पाकिस्तान में सत्ता विरोधी पत्रकारों, बुद्धिजीवियों और नेताओं को इसका एजेंट घोषित कर दिया जाता है। पत्र-पत्रिकाओं द्वारा यहाँ तक कहा जा रहा है कि पाकिस्तान में रूसी खुफिया एजेंसी केजीबी का रोल अब रॉ ने सँभाल लिया है। पहले केजीबी तोड़फोड़ किया करती थी, अब यही काम रॉ कर रही है। लिखा यह भी जा रहा है कि पूर्व प्रधानमन्त्री व गृहमन्त्री के साथ-साथ पाकिस्तान के वरिष्ठ पत्रकार मजहर अली भी रॉ के एजेंट हैं। मजहर अली लाहौर से प्रकाशित व्यू पॉइन्ट के सम्पादक और सातवें दशक के प्रसिद्ध वामपंथी युवा विचारक तारिक अली के पिता हैं। पाकिस्तानी टेलीविजन पर यहाँ तक कहा गया कि बेनजीर ने अली खान के माध्यम से एक सन्देश भारतीय नेताओं को भेजा है। सन्देश में पूर्व प्रधानमन्त्री ने भारतीय नेताओं से कहा है कि वे भारत-पाक सरहद पर कुछ करें जिससे कि पाक सेनाओं का ध्यान घरेलू मोर्चे से हटकर सरहदों की ओर चला जाए। मजे की बात यह है कि बेनजीर ने भी राजनीतिक हिसाब-किताब चुकता करने के लिए रॉ का इस्तेमाल

किया है। उन्होंने भी कामचलाऊ सरकार के दो मन्त्रियों पर रॉ का एजेंट होने के आरोप लगाए हैं।

आम लोगों में भी कानाफूसी का दौर चल रहा है। मुझे उस समय बेहद हैरत हुई जब कराची प्रवास के दौरान होटल के रूम बॉय ने मुझे बताया कि जतोई साहब का पी.ए. पकड़ा गया है। वह रॉ का एजेंट निकला। बाद में पता चला कि वह जतोई का नहीं अन्य किसी नेता का पी.ए. था। नेता पी.पी.पी. समर्थक था। पर इस घटना से यह जाहिर है कि पाकिस्तानी 'रॉ फोबियो' से कितने ग्रस्त हैं ?

## पाक में हर एक की जुबाँ पर कश्मीर का नाम

**नई दिल्ली, 17 सितम्बर। पाकिस्तान के दौरे पर निकला कोई भारतीय पत्रकार अब कश्मीर–वादी-संकट पर उठनेवाले सवालों की चपेट से बचा नहीं रह सकता। पाकिस्तानी इस संकट को लेकर पहले से अधिक संवेदनशील दिखाई देने लगे हैं। पिछली तीन यात्राओं के दौरान लेखक को कश्मीर मुद्दा लगभग मृत दिखाई दिया था। यहाँ तक कि जनरल जिया-उल-हक के समय में भी आम लोगों की जुबान पर कश्मीर नाम सुनाई नहीं दिया।**

पाकिस्तानी बुद्धिजीवी क्षेत्रों ने इसे चर्चा का विषय नहीं बनाया था। सरकारी स्तर पर जो भी हरकतें चलती रही हों, अवाम पर उसका असर गायब मिला।

पर इस बार फिजाँ का रंग बदला हुआ था। जहाँ भी गया, मुझसे कश्मीर की वर्तमान स्थिति के सम्बन्ध में सवाल पर सवाल किये गये। चुनाव के चक्कर में सरकार और नेताओं ने इस मसले को इतना गरमा दिया है कि सभी के बीच वादी-संकट बहस का मुद्दा बन चुका है। सरकारी प्रचार तन्त्रों के माध्यम से श्रीनगर की स्थिति पर जमकर चर्चा की जाती है। पाकिस्तानी टेलीविजन और रेडियो श्रीनगर की खबरों से भरे रहते हैं। पाकिस्तानी पत्र-पत्रिकाएँ भी इससे अछूती नहीं हैं। कई बार इनमें उन भारतीय पत्रकारों के आलेख छापे जाते हैं जो कश्मीरियों पर भारतीय फौज के अत्याचारों पर केन्द्रित होते हैं। पाकिस्तान में भारत की छवि साम्राज्यवादी देश के रूप में पेश की जा रही है। श्रीनगर घाटी में भारतीय फौजों के आतंक और अत्याचार की कहानी बढ़ा-चढ़ा कर प्रसारित व प्रकाशित की जाती है। पाकिस्तानी नागरिकों के जज्बातों को भड़काने के लिए रेडियो और टेलीविजन हमेशा श्रीनगर के कश्मीरियों के लिए 'मुसलमान' सम्बोधन का प्रयोग करते हैं। भारतीय फौजों ने श्रीनगर के इतने मुसलमानों को मारा, इतने मुसलमानों को जख्मी किया या कैद किया...खबरों के ये शीर्षक होते हैं। उर्दू अखवार भड़कानेवाली खबरों से भरे रहते हैं। अंग्रेजी अखबार जरूर संयत रहते हैं।

इस्लामावाद स्थित एक भारतीय राजनयिक ने अनौपचारिक बातचीत में इस संवाददाता से कहा था कि पिछले दस-ग्यारह साल के दौरान कश्मीर का मामला लगभग दफना दिया गया था। पाकिस्तान का बुद्धिजीवी वर्ग और कुछ जिम्मेदार नेता सोचने

लगे थे कि पाकिस्तान को चाहिए कि कश्मीर की वर्तमान नियति को स्वीकार कर ले और भारत के साथ स्थायी दोस्ती कर ली जाए। पाकिस्तान के जिम्मेदार हलके यह मानते जा रहे थे कि कश्मीर को लेकर भारत के साथ युद्ध में पाकिस्तान कभी जीत नहीं सकेगा। पिछली तीन लड़ाइयाँ इसका सबूत हैं। बेहतरी इसी में ही है कि कश्मीर का वर्तमान विभाजन स्वीकार कर लिया जाए।

आज इस स्थिति में अन्तर आ चुका है। हाशिए पर टिके रहने के बाद अब कश्मीर केन्द्र में आ चुका है। इस्लामाबाद, पेशावर, कराची और लाहौर में इस संवाददाता पर सवाल पर सवाल दागे गए। कई सवाल आक्रामक थे। भड़काने की नीयत से किये गए थे। कुछ ऐसे भी थे जो नई दिल्ली का दिमाग जानना चाहते थे। कुछ ने दो टूक शब्दों में पूछा—आप लोग कश्मीर छोड़ क्यों नहीं देते ? भारतीय फौजें कश्मीर कब छोड़ेंगी ? अब बहुत हो चुका। कश्मीर में जमे रहने का भारत का कोई नैतिक अधिकार नहीं है। कराची प्रेस-क्लब में चर्चा के दौरान 1950 में पोरबन्दर से गए एक पत्रकार ने तो यह भी कह दिया कि भारतीय फौजों को देर-सबेर कश्मीर से जाना ही होगा। कश्मीरी मुसलमानों की न्यायपूर्ण लड़ाई की जीत होकर रहेगी।

पेशावर और बलूचिस्तानियों के बीच यह मुद्दा मुखर नहीं था। इसे लेकर उत्सुकता थी। लेकिन कराची के मुहाजिरों और लाहौर के पंजाबियों के बीच कश्मीर खासा उबला हुआ है। इस्लामाबाद और लाहौर में बसे प्रवासी कश्मीरियों को भी वादी-संकट ने काफी चिन्तित कर रखा है। वे इसके भविष्य को लेकर काफी उलझे हुए हैं।

चुनाव की पृष्ठभूमि में कश्मीर एक अहम मुद्दा है। सभी पार्टियाँ इसको भुनाने में लगी हुई हैं। खासतौर से दक्षिणपंथी इसे लेकर काफी आक्रामक हैं। लेकिन, इसका यह मतलब कतई नहीं है कि सभी लोग इस्लामाबाद के नजरिए से सहमत रहते हैं। अनेक लोग ऐसे भी मिले जो फौजी नजरिए को नापसन्द करते हैं। कई जिम्मेदार लोग यह भी मानते हैं कि पाकिस्तान पर फौजी दबदबा बनाए रखने के लिए जनरल इस मसले को उलझाने की नई-नई साजिश रचते रहते हैं। सभी दलों के नेता वादी-संकट पर अपनी रोटियाँ सेंकते रहते हैं। वही दौर आज जमकर चलाया जा रहा है। इन तबकों का यह भी मानना है कि कश्मीर के नाम पर फौजी हुक्मरान अमेरिका और अरबों से डॉलरों की खैरात बटोरते रहते हैं। कुछ भी कहें, जनरल इस मामले में हमेशा खुशकिस्मत निकले हैं। अब वे खाड़ी-संकट को जमकर दोहेंगे। वामपंथी राजनेता दोनों मुल्कों के शासकों की समान आलोचना करते हैं।

10 सितम्बर को लाहौर की सार्वजनिक सभा में पाकिस्तान के प्रसिद्ध वकील तथा नवगठित विभिन्न प्रगतिशील दलों में पाकिस्तानी लोकतान्त्रिक मंच के अध्यक्ष मिन्टो ने कहा कि दोनों देशों की सरकारें कश्मीर को लेकर हथियारों पर अरबों रुपया खर्च कर रही हैं। यही पैसा गरीबी के खिलाफ जंग छेड़ने में किया जा सकता था। लेकिन ऐसा नहीं किया जा रहा है।

इस यात्रा के दौरान कुछ ऐसे कश्मीरी भी मिले जो इस्लामाबाद, लाहौर और अन्य शहरों में बस गए हैं। इनका नजरिया शेष पाकिस्तानियों से मेल खाए, जरूरी नहीं है। बल्कि दोनों के दृष्टिकोणों में काफी अन्तर मिला। औसत पाकिस्तानी सम्पूर्ण कश्मीर को पाकिस्तान में मिलाने के पक्ष में है, जबकि प्रवासी कश्मीरी ऐसा नहीं सोचता। इस सम्बन्ध में पिछले वर्ष एक कश्मीरी पत्रकार के साथ हुई बातचीत याद आ रही है। राजीव गांधी की इस्लामाबाद-यात्रा के दौरान एक राठौड़ नामक पत्रकार मिला था। मूलतः उसके पूर्वज राजस्थान के थे लेकिन दो-ढाई सौ बरस पहले कश्मीर चले गए थे जहाँ उन्होंने इस्लाम धर्म स्वीकार कर लिया था। लेकिन आज भी राठौड़ की आवाज में राजस्थानी लहजा छुपा हुआ था। यह उसने माना। पत्रकार राठौड़ ने बताया कि उसके बाप-दादा कभी-कभी राजस्थानी बोल लिया करते थे। खैर, कश्मीर पर जब बात चली तो कश्मीरी पत्रकार कहने लगा कि पाकिस्तान के हिस्सेवाले कश्मीर में सब कुछ ठीक-ठाक है, यह सही नहीं है। यहाँ भी हमारे साथ भेदभाव होता है। खासतौर से तब जब कश्मीरी पाकिस्तान के मैदानी इलाकों में पहुँचते हैं। उन्हें अच्छी नौकरियाँ नहीं दी जाती हैं। उन्हें दोयम दर्जे का नागरिक समझा जाता है। सच्चाई तो यह है कि हमारी कोई पहचान नहीं रह गई है। भारतीयों की है, पाकिस्तानियों की है, लेकिन कश्मीरियों की नहीं है।

इस यात्रा के दौरान भी लाहौर में बसे कुछ कश्मीरियों ने नए अन्दाज में यह बात कही। विभिन्न व्यवसायों से जुड़े कश्मीरियों का मत था कि कश्मीर की समस्या के हल का वक्त आ चुका है। इसे लम्बे समय तक लटकाए रखने से किसी पक्ष का लाभ नहीं होगा। इनकी बातचीत से लगा ये पाकिस्तान के साथ भी नहीं रहना चाहते हैं। ये चाहते हैं कि नई दिल्ली और इस्लामाबाद दोनों मिलकर कश्मीर को कोई नया दर्जा देने का फैसला करें। नाम न छापने का अनुरोध करते हुए इन प्रवासी कश्मीरियों का कहना था कि दोनों कश्मीर को एक करके एक 'स्वतन्त्र देश' का दर्जा दे दिया जाए। दोनों मुल्कों के बीच में यह आजाद देश रहे, जिसका सम्बन्ध दोनों देशों से रहे। उनका तर्क था कि दोनों देशों से सम्बन्ध रखे बिना कश्मीर आजाद होकर भी लम्बे समय तक जिन्दा नहीं रह सकता क्योंकि यह एक भूबन्द क्षेत्र है।

इसलिए भारत-पाकिस्तान के साथ मित्रतापूर्ण सम्बन्ध रखना आजाद कश्मीर की आर्थिक-भौगोलिक-राजनीतिक विवशता और आवश्यकता होगी। लेकिन, लाहौर के कश्मीरियों का बुद्धिजीवी वर्ग यह भी मानता है कि यह हल इतना आसान नहीं है। पिछले चालीस साल से कश्मीर को लेकर जिस तरह का माहौल भारत व पाकिस्तान में तैयार किया गया है, वह एक दिन में नहीं बदला जा सकता। और फिर इस्लामाबाद व नई दिल्ली की कोई भी सरकार कश्मीर को खोकर सत्ता में नहीं रह सकती। बल्कि, पाकिस्तान का तो वजूद ही खतरे में पड़ जाएगा। बंगलादेश बनने के बाद, यदि कश्मीर भी हाथ से निकल गया तो फौजी हुकूमत खत्म हो जाएगी। पाकिस्तान का वजूद ही मिट सकता है। इसलिए, पाकिस्तान में कश्मीर के सवाल को बार-बार कब्र से निकालना

वहाँ के शासकों की मजबूरी हो चुकी है। अलबत्ता जनता की यह तीव्र इच्छा है कि कश्मीर विवाद समाप्त कर भारत व पाकिस्तान एक नई इबारत लिखें। कराची एयरपोर्ट जाते समय एक बलोच टैक्सीवाले की यह टिप्पणी सटीक थी, जनाब क्या कहें ? फौजी पहले चार सूबों—पंजाब, सिन्ध, सरहद और बलूचिस्तान को तो सँभाल नहीं पा रहे हैं, चले हैं कश्मीर लेने ! फौजी पाँचवें के लिए अवाम को जंग में झोंक रहे हैं !

## फौज आज भी पाकिस्तान की सर्वेसर्वा

**नई दिल्ली, 18 सितम्बर। बेनजीर-सरकार के पतन के साथ ही सदर इसहाक खान का पराभव काल भी शुरू हो चुका है। फौजी निजाम को अब पठानी सदर की जरूरत नहीं रह गई है। चुनावों के बाद मौका पाते ही सेनाध्यक्ष असलम बेग उनकी सदर के ओहदे से छुट्टी कर देंगे।**

पाकिस्तान के जिम्मेदार व असरदार हलकों में आजकल यह आम चर्चा है। इन हलकों का मानना है कि इसहाक खान की भावी उपयोगिता समाप्त हो चुकी है। चुनाव के बाद बननेवाले नए समीकरण में वे अप्रासंगिक बना दिये जाएँगे। नई सरकार के गठन तक फौज उनका इस्तेमाल करेगी। इसके बाद उनकी छुट्टी कर दी जाएगी। राजनीतिक पंडितों का निष्कर्ष है कि इसहाक खान का वाटरलू काल बेनजीर सरकार और राष्ट्रीय असेम्बली की बर्खास्तगी के साथ शुरू हो चुका है। फौज, एक गैर-फौजी के जरिए बेनजीर को सबक सिखाना चाहती थी, वह उसने कर दिखाया। गैर-फौजी सदर के जरिए फौज ने साबित कर दिया कि वह आज भी देश की सर्वेसर्वा है।

दक्षिणपंथी और वामपंथी दोनों क्षेत्र कहते हैं कि सदर के बदले जाने में अमेरिका को भी विशेष एतराज नहीं होगा। व्हाइट हाउस यह मानने लगा है कि चुनाव के बाद शुरू होनेवाले नाटक में इसहाक खान की भूमिका की जरूरत नहीं रह जाएगी। इस्लामाबाद में खेले जानेवाले नए नाटक के हिसाब से नए चेहरों की जरूरत होगी।

पाकिस्तान के राजनीतिक पंडितों का निष्कर्ष है कि इसहाक खान का हटना प्रधानमन्त्री के चयन से जुड़ा हुआ है। यदि अक्टूबर के चुनाव के बाद प्रधानमन्त्री का पद किसी पंजाबी के पास जाता है तो उस स्थिति में किसी सिन्धी को सदर बनाना जरूरी हो जाएगा। यदि कोई सिन्धीभाषी व्यक्ति प्रधानमन्त्री बनता है तो वह भी इसहाक खान के स्थान पर किसी नए चेहरे को पसन्द करेगा। पाकिस्तान के मौजूदा राजनीतिक परिदृश्य में प्रधानमन्त्री पद की दौड़ में प्रमुख रूप से चार नेता शामिल हैं। इनमें से तीन सिन्धी और एक पंजाबी हैं। बेनजीर भुट्टो, पूर्व प्रधानमन्त्री मोहम्मद खान जुनेजो और वर्तमान प्रधानमन्त्री—गुलाम मुस्तफा जतोई सिन्ध सूबे के हैं जबकि पूर्व मुख्यमन्त्री नवाज शरीफ पंजाब के हैं। वैसे शरीफ के पूर्वज कश्मीर के थे। इसके अलावा मरहूम जनरल जिया के बड़े बेटे एजाजुल हक भी प्रधानमन्त्री बनने के ख्वाब देख रहे

हैं। उनकी दलील है कि उनके वालिद पाकिस्तान में एक सच्चा इस्लामी राज कायम करना चाहते थे। उनका वारिस होने के नाते पाकिस्तान की कमान उनके हाथों में सौंपी जाए ताकि इस्लामीकरण की प्रक्रिया को मंजिल तक पहुँचाया जा सके। बहरहाल, जनरल के बेटे को कोई गम्भीरता से नहीं ले रहा है। पंजाब में उनके और नवाज शरीफ के बीच सीधी टक्कर न हो इसलिए हक को मुस्लिम लीग में एक वरिष्ठ पद दे दिया गया है। कौन जानता है अन्तिम क्षणों में हक शरीफ को चुनौती दे सकता है ?

फिलहाल, प्रधानमन्त्री पद के लिए असली टक्कर बेनजीर और शेष तीन नेताओं के बीच है। यह पहला मौका है जब पंजाब इस पद के लिए दावा कर रहा है। पंजाबियों ने खुले आम कहना शुरू कर दिया है कि पाकिस्तान के सबसे बड़े सूबे होने का परिणाम वह कब तक भुगतता रहेगा ? इस मामले में भारत की मिसाल दी जा रही है। पंजाबी नेता कह रहे हैं भारत में उत्तर प्रदेश सबसे बड़ा सूबा है। मोरारजी देसाई को छोड़कर सभी प्रधानमन्त्री उत्तर प्रदेश से हुए। वर्तमान प्रधानमन्त्री भी इसी सूबे से हैं। चूँकि पंजाब सबसे बड़ा सूबा है और राष्ट्रीय असेम्बली की 217 सीटों में से पंजाब की 115 सीटें हैं। तब इस बार प्रधानमन्त्री पंजाब से होना चाहिए। हर दफा सिन्ध से ही प्रधानमन्त्री क्यों बनाया जाए ? इस परम्परा को इस बार तोड़ा जाना चाहिए।

इस दृष्टि से नए प्रधानमन्त्री के रूप में नवाज शरीफ को तैयार किया जा रहा है। यदि आई.जे.आई को बहुमत मिलता है तो नवाज शरीफ को प्रधानमन्त्री पद की शपथ दिलाने के लिए सदर पर दबाव डाला जाएगा। आई.जे.आई. के प्रमुख घटक मुस्लिम लीग में शरीफ के प्रमुख प्रतिद्वंद्वी हैं। सिन्धी भाई जुनेजो लीग के अध्यक्ष भी हैं, जबकि शरीफ पंजाब प्रान्त के अध्यक्ष हैं।

सिन्धीभाषी होने के नाते जतोई भी इस पद के दावेदार हैं। हालाँकि पाकिस्तान की राजनीति में उनका विशेष दबदबा नहीं है। 1988 के आम चुनावों में वे सिन्ध में ही दो स्थानों से हार चुके हैं। इसके बाद उन्हें एक उपचुनाव में पंजाब से जिताया गया, वे जेड.ए. भुट्टो के साथ रह चुके हैं। लेकिन उनकी बेनजीर से नहीं पटी। इसी कारण वे पी.पी.पी. से अगल हो गए और एक नई पार्टी बना ली। आगे प्रधानमन्त्री भी वैसे ही होंगे, इसकी बहुत कम उम्मीद मानी जा रही है। जुनेजो भी 1988 में हार चुके हैं। पी.पी.पी. और बेनजीर के सामने वे टिक नहीं सकेंगे। इस पृष्ठभूमि में यह माना जा रहा है कि आई.जे.आई. की सरकार बनी तो शरीफ के हाथों में मुल्क की कमान सौंपी जा सकती है और जतोई या जुनेजो में से किसी एक को पाक-सदर बनाया जा सकता है। यदि बेनजीर प्रधानमन्त्री बनती हैं तो पंजाब सदर पर अपना दावा करेगा। उस स्थिति में शरीफ को छोड़कर लीग के किसी दोयम दर्जे के व्यक्ति को सदर बनाया जा सकता है।

तर्क यह भी दिया जा रहा है कि पाकिस्तान में पंजाब का हमेशा से दबदबा रहा है, लेकिन इस समय इत्तेफाक से सेनाध्यक्ष भी पंजाबी नहीं हैं। असलम बेग मूलतः भारत से गए मुहाजिर हैं और उ.प्र. के रहनेवाले हैं। इसलिए चुनाव के बाद इस

असन्तुलन को दूर करना जरूरी हो जाएगा। इसके अलावा इसहाक खान पाकिस्तान की राजनीति में काफी विवादास्पद भी हो गए हैं। उन पर भी भ्रष्टाचार के आरोप सरे-आम लगाए जा रहे हैं। बेनजीर भुट्टो ने सदर से जवाब-तलब किया है। इस्लामाबाद के खास क्षेत्रों में कहा जा रहा है कि उन्होंने अपने दामादों को आर्थिक फायदा पहुँचाने और कारोबार जमाने के लिए पद का दुरुपयोग किया है। खान के कोई बेटे नहीं हैं। खान ने भुट्टो के आरोपों का जवाब तक नहीं दिया है। फौजी दलाल के रूप में वे चर्चित हैं। इसलिए फौजी मुख्यालय एक ऐसे व्यक्ति को ला सकता है जो जाहिरा तौर पर निष्पक्ष लगे। छवि साफ-सुथरी रहे।

## एक बार फिर पाकिस्तान
## (1994)

पिछले दिनों भारत और पाकिस्तान के कुछ सौ समाजसेवियों, कलाकारों, पत्रकारों, बुद्धिजीवियों जैसे उत्साही प्राणियों ने दोनों अभागे राष्ट्रों के बीच सम्बन्धों के नए सेतु के निर्माण की गैर-सरकारी पहल की शुरुआत की। नई दिल्ली में हुई पहल के अवसर पर श्याम बेनेगल की ताजा फिल्म भी प्रदर्शित की गई। फिल्म का नाम था—मम्मों। थीम थी एक औरत की जो विभाजन के बाद पाकिस्तान में बस जाती है। लेकिन शौहर के निधन के बाद वह मुम्बई में बसे अपने सगों के पास लौटती है। कुछ महीने वह वैध तरीके से रहती है और कुछ महीने अवैध तरीके से। मालूम होने पर पुलिस उसे जबरन पाकिस्तान भेज देती है। कई सालों तक उसका अता-पता नहीं चलता। फिल्म समाप्ति के अन्तिम क्षणों में वह लौटती है। वह अब बूढ़ी हो चुकी है। उम्र के अन्तिम पड़ाव पर खड़ी है। वह अब पाकिस्तान कभी न लौटने के लिए अपनी बड़ी बहन और उसके जवान नाती के साथ बस जाती है। फिर एक बार फर्जी दस्तावेज तैयार किया जाता है। इस दस्तावेज में मम्मों को मृत घोषित कर दिया जाता है। इसके साथ ही मम्मों राहत की साँस लेती है। एक वास्तविक घटना पर आधारित यह कहानी है। इस सामान्य कहानी के माध्यम से निर्देशक ने अपनी जमीन से उखड़े लोगों की त्रासदी और वापस उससे जुड़ने की उनकी उत्कंठा को सामने रखा है। लेकिन ऐतिहासिक अपराध की कोख से जन्म एक राष्ट्र के अप्राकृतिक व कुरूप अस्तित्व को भी बड़ी बारीकी के साथ उजागर किया गया है। फिल्म की एक थीम गजल है जिसके भाव कुछ इस प्रकार हैं—*हम कहाँ-से-कहाँ तक आ गए, लेकिन तेरी गलियों की तलाश खत्म न हुई।*

कुछ ऐसा ही अहसास मुझे पिछले बरस पाकिस्तान में हुआ। विगत नवम्बर के अन्तिम सप्ताह में मैं लाहौर और इस्लामाबाद की यात्रा पर था। इस दफा की यात्रा में मुझे कुछ नया ही अनुभव हुआ। पाकिस्तान की यात्रा मेरे लिए नई नहीं थी। 1987 से मैं पाकिस्तान जा रहा हूँ, 1987 की जिया की तानाशाही से लेकर बेगम बेनजीर भुट्टो के नेतृत्व में लोकतन्त्र की वापसी उनकी सरकार का पतन, नवाज शरीफ का उदय,

फिर उनका पतन और आज पुनः मोहतरमा की हुकूमत की वापसी को देखा है। दूसरे शब्दों में तानाशाही के पाकिस्तान और लोकतन्त्र के पाकिस्तान का अनुभव हुआ है। लेकिन इस दफा एक नया ही अहसास हुआ। लगा, दोनों मुल्कों के बीच फासले सिकुड़ नहीं रहे हैं, बल्कि चौड़े हो रहे हैं।

इस एहसास की एक ठोस वजह है। जब तक मैं पाकिस्तान के इन दोनों शहरों में रहा, हर जगह साए की तरह आई.एस.आई. यानि पाकिस्तान की खुफिया एजेंसी ने मेरा पीछा किया। एक क्षण के लिए भी मुझे मुक्त रूप से घूमने नहीं दिया गया। जिस लॉज में ठहरा उसके बाहर खुफिया एजेन्सी का एक मोटर सवार एजेंट तैनात कर दिया गया। इसके अतिरिक्त लॉज से कुछ फासले पर एक कार खड़ी कर दी गई। जब भी मैं टैक्सी में जाता मेरे पीछे एक या दो कारें चलती रहतीं। टैक्सीवाला भी परेशान रहता। इस्लामाबाद स्थित एक भारतीय संवाददाता ने मुझे रात्रि भोज पर निमन्त्रित किया। बस, खुफिया एजेंट पीछे लग गए। जब मैं उसका मकान भूल गया तब उक्त एजेंट ने अपनी कार से उतरकर मुझे घर तक पहुँचने में मदद की। लॉज वाले ने भी कहा कि सँभलकर रहिए, आप पर नजर रखी जा रही है।

इस्लामाबाद में भारतीय उच्चायुक्त में नियुक्त भारतीय राजनयिकों और कर्मचारियों की स्थिति बेहद चिन्ताजनक मिली। इनमें से कई ने मुझे बताया कि उन पर और उनके परिजनों पर कड़ी नजर रखी जाती है। स्कूलों में उनके बच्चों को परेशान किया जाता है। वे कहीं आ-जा नहीं सकते। उच्चायुक्त के ड्राइवरों और गैर-राजनयिक कर्मचारियों को पीटने और उन्हें विभिन्न प्रकार से तंग करने की घटनाएँ तो रूटीन बन चुकी हैं। इन कर्मचारियों के घरों में आग तक लगा दी जाती है। पुलिस में शिकायत करने पर गुप्तचर एजेंसी के एजेंट और अधिक भड़क उठते हैं। पुलिस उनके सामने लाचार रहती है।

29 नवम्बर को भारतीय उच्चायुक्त में एक स्वागत समारोह का आयोजन किया गया था। इसमें पूर्व केन्द्रीय मन्त्री अर्जुन सिंह समेत विभिन्न देशों के शिक्षामन्त्री व राजनयिक भी शामिल हुए। पाकिस्तानी बुद्धिजीवी एवं पत्रकार भी आमन्त्रित थे। इस अवसर पर पाकिस्तानी मित्रों ने जानकारी दी कि अब यहाँ की फिजाँ बहुत बदल चुकी है। घोषित तानाशाही नहीं है, लेकिन इसका साया सब जगह है। दोनों मुल्कों के बीच हालात पहले से ज्यादा बिगड़ चुके हैं। शक़ की खाई और गहरी होती जा रही है जिसमें दोनों देशों के लोग खोते जा रहे हैं। पहले भारतीय हाईकमीशन यानी दूतावास में आसानी से आ-जा सकते थे। अब ऐसा मुमकिन नहीं है। अगर कोई आता है तो समझो उसने क़यामत को बुलावा भेज दिया है। भारत के साथ हमदर्दी रखनेवाले को भी भारतीय खुफिया एजेंसी 'रॉ' यानी रिसर्च एंड एनालिसिस विंग का एजेंट घोषित कर दिया जाता है। उसे तरह-तरह की यातनाएँ दी जाती हैं। मुहाजिरों और कादियानियों-अहमदियों को तो शक़ के घेरे में रखा ही जाता है।

मेरे पुराने पाकिस्तानी मित्र इस बार मिलने से कतराते रहे। टेलीफोन पर बात करने

से भी घबराते थे। जिस किसी को फोन किया उसने मिलने या बात करने में संकोच जाहिर किया। कुछ ने तो कहलवा दिया कि वे नहीं हैं। जब इस्लामाबाद स्थित भारतीय पत्रकारों से इस सम्बन्ध में पूछा तो उन्होंने इसकी वजह आई.एस.आई. की आँखें बताईं। उन्होंने कहा कि आई.एस.आई. के गुप्तचरों की आँखें भारतीय और पाकिस्तानी पत्रकारों का पीछा करती रहती हैं। इसलिए पाकिस्तानी पत्रकार हम लोगों से दूर-दूर रहते हैं।

एक वक्त था जब 4-5 भारतीय संवाददाता इस्लामाबाद में हुआ करते थे लेकिन अब सिर्फ दो रह गए हैं। 'हिन्दुस्तान टाइम्स' और 'टाइम्स ऑफ इंडिया' के प्रतिनिधियों को परेशानी की हालत में पाकिस्तान छोड़ना पड़ा। उनकी वीजा अवधि नहीं बढ़ाई गई। इसके विपरीत दिल्ली में पाकिस्तान का एक संवाददाता सालों से रह रहा है। भारतीय उच्चायुक्त उदारता के साथ वीजा देता है। पाकिस्तान विमान सेवा पी. आई. ए. के एक व्यक्ति ने मुझे बताया कि यदि भारतीय उच्चायुक्त वीजा जारी करने में कड़ाई दिखाए तो उनकी एयरलाइंस पर प्रतिकूल प्रभाव पड़ सकता है। उच्चायुक्त के उदार रवैये की वजह से ही लाहौर और कराची के बीच उनके विमान उड़ रहे हैं। सचमुच यह फिजाँ ऐसी तो न थी। 1987 में जियाशाही के जमाने में मैं पहली बार पाकिस्तान गया था। लाहौर, इस्लामाबाद और कराची की यात्राएँ की थीं। तब घूमा था इन शहरों को। जाहिरा तौर पर किसी गुप्तचर ने मेरा पीछा किया हो मुझे ऐसा नहीं लगा था। इसके बाद 1988 में गया, 1989 में गया और फिर 1990 में। इन यात्राओं में घूमा और खूब घूमा। पेशावर तक गया। वहाँ से अफगानी शरणार्थी शिविरों को भी देखने गया। विभिन्न राजनैतिक दलों और पत्रकारों के साथ बेरोक-टोक बातें कीं। जाहिर है राजनीति पर ही चर्चा हुई। कराची तब भी जल रहा था। कराची के कई क्षेत्रों में दिन ढले कर्फ्यू लगा दिया जाता था। मैं कराची स्थित मित्र पत्रकारों और लेखकों के साथ जमकर ऐसे क्षेत्रों में जाता था। सिन्धी, हिन्दू बस्तियों में जाया करता था। लेकिन गुप्तचर एजेंटों ने मुझे या मेरे मित्रों को कभी इसका अहसास नहीं होने दिया कि प्रत्यक्ष या परोक्ष रूप से उनकी आँखें हमारा पीछा कर रही हैं। मुमकिन है उनकी नजरों के घेरे में मैं रहा हूँ, पर मुझे ऐसा नहीं लगा कि मैं उनके घेरे में क़ैद हूँ। लेकिन इस बार का मंजर बिलकुल बदला-बदला-सा लगा था।

पाकिस्तान में चारों ओर कश्मीर-प्लेग फैला हुआ था। पाकिस्तानी टीवी-रेडियो खोलो तो कश्मीर सुनाई देगा; अखबार खोलो तो कश्मीरी जेहाद की तस्वीर छपी दिखाई देगी। जिस किसी से बात करो, कश्मीर छोड़ कोई दूसरा मुद्दा उसके पास नहीं मिलेगा।

पाकिस्तान के तमाम सियासतदानों का तो कश्मीर एक धर्म बन चुका है। जितने दिन मैं इस्लामाबाद व लाहौर रहा हर राजनीतिज्ञ को कश्मीर की रट लगाते हुए पाया। ऐसा लग रहा था पाकिस्तान और उसके राजनीतिज्ञों का वजूद ही कश्मीर पर टिका हुआ है। विडम्बना यह है कि उनका जीवन ही कश्मीर-प्लेग में सुरक्षित है। इसलिए इस प्लेग को वे हर कीमत पर जीवित रखते हैं।

यह स्थिति पिछली यात्राओं में नहीं थीं। ऐसा नहीं था कि तब कश्मीर मुद्दा नहीं था। जरूर था, लेकिन आज की तरह इस कदर तब प्लेग के रूप में फैला हुआ नहीं था। और भी दुख-सुख की बातें हुआ करती थीं। हुकूमत ने पूरी कौम को इसमें झोंक नहीं दिया था। मीडिया के जरिए सरकार पाकिस्तानी जनता के दिमागों को अनुकूलित करने में जुटी हुई है। पाकिस्तानी जीवन के पोर-पोर में कश्मीर-मुक्ति का उन्माद भरा जा रहा है। इसकी सबसे बड़ी वजह यह है कि पाकिस्तानी सरकार चाहती है कि जनता का ध्यान सिन्ध के मुहाजिरों की त्रासदियों की ओर न जाए। पाकिस्तानी में किस तरह से इन्सानी हुकूमत को कुचला जा रहा है ? कौमों को कैसे आपस में भिड़वाया जा रहा है ? शिया-सुन्नी की खूनी झड़पें करवाई जा रही हैं ? मुस्लिम अल्पसंख्यकों के साथ कैसा बर्बरतापूर्ण बर्ताव किया जा रहा है ? कैसे इस्लाम के नाम पर औरतों को नारकीय जीवन जीने के लिए मजबूर किया जा रहा है ? कैसे कानून की छाती में मुल्ला कट्टरपन्थी बेधड़क अपने खंजर उतारते फिर रहे हैं ? मोहतरमा की हुकूमत नहीं चाहती है कि जनता की निगाहें, इन सवालों पर गड़े। बेनजीर नहीं चाहती हैं कि उनकी जनता उनसे पूछे कि आज भी पाकिस्तान में कई पाकिस्तान क्यों बने हुए हैं ? 1947 में भारत से गए करोड़ों मुसलमानों को आज भी मुहाजिर यानि शरणार्थी क्यों समझा जाता है ? क्यों नौकरियों में उनके साथ भेदभाव बरता जाता है ? ऊँचे पदों पर उन्हें आसानी से क्यों नहीं पहुँचने दिया जाता है ? क्यों मुहाजिरों की वर्तमान पीढ़ी स्वयं को पाकिस्तान का नागरिक समझने से झिझकती है ? क्यों वह स्वयं को आज भी मुहाजिर कहते हैं ? जब एक मजहब है; एक अल्लाह है; मजहब के नाम पर एक मजहबी राष्ट्र है; तब क्यों शियाओं को मौत के घाट उतार दिया जाता है ? उनकी मस्जिदों पर बम फेंके जाते हैं ? इन तमाम सवालों पर पहरा बैठाने की कोशिश में जुटी हुई है मोहतरमा-सरकार।

दिल्ली में दो दिन तक चले भारत-पाकिस्तान बुद्धिजीवियों के सम्मेलन के अवसर पर पाकिस्तान मानव अधिकार आयोग की ताजा रपट हाथ लगी। 1994 की इस रपट में पाकिस्तानी जनता की दर्दभरी दास्ताँ छिपी हुई है। इस रपट में कहा गया है कि ईश-निन्दा के कानून के नाम पर लोगों को तरह-तरह की यातनाएँ दी जा रही हैं। पिछले दिनों दो ईसाइयों के साथ जो सुलूक हुआ, यह किसी से छुपा नहीं है। एक ऐसा किशोर जो लिखना-पढ़ना तक नहीं जानता, उसे स्थानीय रंजिश की वजह से ईश-निन्दा के कानून में फँसवा दिया गया। जब पाकिस्तान की अन्तरराष्ट्रीय स्तर पर बदनामी हुई तब लाहौर उच्च न्यायालय ने इस मुकदमे से सम्बन्धित दो ईसाइयों को इस आरोप से बरी कर दिया। दोनों को अपनी जान बचाकर रातों-रात देश से भागकर यूरोप में शरण लेनी पड़ी।

पाकिस्तान की प्रसिद्ध समाजसेवी श्रीमती आसमाँ जहाँगीर की अध्यक्षता में लिखी गई इस रपट में कहा गया है कि कानून-व्यवस्था की दृष्टि से पाकिस्तान के इतिहास में 1994 का वर्ष सबसे अन्धकारमयी वर्षों में से एक रहा है। कराची में चारों ओर अराजकता का राज रहा है। मानवाधिकार रपट में इस महानगर को 'वध मैदान' की

संज्ञा दी गई। एक वर्ष में कराची में एक हजार से ज्यादा लोगों की जानें जा चुकी हैं। हर दिन इस शहर में हत्यारों और हत्याओं की तादाद बढ़ती ही जा रही है। सिन्ध में ही अपहरण के मामलों की बाढ़ उमड़ आई है। इसी तरह सुन्नी मिलीटेंटों की संस्था सिपाह-ए-सहबा और शिया मिलीशिया-सिपाह-ए-मोहम्मद ने खून की नदियाँ बहाना शुरू कर दिया है। दोनों एक-दूसरे के लोगों को चुन-चुनकर मार रहे हैं। यहाँ तक कि इबादतगाह में नमाजियों पर गोले बरसाए जाते हैं। कराची, लाहौर, गुजरेवाला सहित कई स्थानों में खूनी दंगे हो रहे हैं।

पूरे पाकिस्तान में अहमदियाओं की तो शामत आई हुई है। इस सम्प्रदाय के लोगों को पहले ही गैर-मुस्लिम घोषित किया जा चुका है। अब इन्हें खुलकर इबादत नहीं दी जाती है। यहाँ तक कि ये अपनी इबादतगाह को मस्जिद नहीं कह सकते और न ही औपचारिक रूप से नमाज पढ़ सकते हैं। इनके पूजाघरों पर हमले तो आम बात हो चुकी है। एक अन्य सम्प्रदाय जिक्रिस की भी यही हालत है। इसके अनुयायियों को भी इबादत की अनुमति नहीं है। इनके खिलाफ घृणा अभियान चलाया जा रहा है। मलकांद के क्षेत्र में हुए इसके सालाना उत्सव खोही-ए-मुराद को सुन्नियों के हमलों का सामना करना पड़ा। इनके पूजाघर जिक्री बैतुल्लाह यानि ईश्वर का घर को तोड़ने की माँग उठाई गई है। कट्टरपंथियों की जमात ने बेनजीर भुट्टो से माँग की है कि इस सम्प्रदाय पर पाबन्दी लगाई जाए।

पाकिस्तान की स्थिति यह है कि वह अपने ही अन्तर्विरोधों, तनावों और रक्त-रंजित सम्बन्धों के बोझ तले पिसता जा रहा है। आज पाकिस्तान के समक्ष सबसे बड़ा संकट 'अस्तित्व' का पैदा हो गया है। एक ओर उसे मजहब के नाम पर दो राष्ट्र सिद्धान्त को जीवित रखना है, वहीं आधुनिक चुनौतियों का भी सामना करना है। इन चुनौतियों में एकलध्रुवीय शक्ति-व्यवस्था, अर्थव्यवस्था का भूमंडलीकरण जैसी समस्याएँ भी शामिल हैं। वह अपने अस्तित्व को तभी सुरक्षित रख सकता है जब वह सामाजिक व सांस्कृतिक स्तरों पर मध्ययुगीन दृष्टि अपनाए और कश्मीर की रट लगाता रहे। पर उसे नई सच्चाइयों का भी सामना करना पड़ रहा है। वह जान रहा है कि पश्चिम एशिया में नए समीकरण उभर रहे हैं। यहूदियों और फिलिस्तीनियों के बीच समझौता हो सकता है। अरब देशों की पेट्रो डॉलर शक्ति भी बिखर चुकी है। इस्लामी बम का हौवा भी बुलबुला दिखाई दे रहा है। अमेरिका ने पाकिस्तान को आतंकवाद के खिलाफ कड़ी चेतावनी दे रखी है। अमेरिका ने उसे चेतावनी दी है कि वह कश्मीरी आतंकवादियों को सहायता देने से बाज आए। एक तरह से पाकिस्तान आतंकवादी राष्ट्र घोषित किए जाने के कगार पर खड़ा हुआ है। इन विरोधाभासों के जाल से वह निकले तो कैसे निकले ?

एक वक्त था जब वह अफगानियों को हथियारों से सेहतमन्द बना रहा था। नशीले पदार्थों की तस्करी खूब होती थी। पाकिस्तानी सेना तक इसमें लिप्त रही। अब ये जनविरोधी कदम पाकिस्तान के लिए जानलेवा सिद्ध हो रहे हैं। अफगानी अपने

हथियारों की सिन्ध और पंजाब में जमकर तस्करी कर रहे हैं। इन हथियारों का इस्तेमाल शिया-सुन्नी तथा अन्य साम्प्रदायिक दंगों में खुल्लमखुल्ला हो रहा है। भुट्टो सरकार की गर्दन पर दो-दो तलवार लटकी हुई हैं, एक, मिलीटेंट धर्मान्धता और दो, अवैध हथियारों व नशीले पदार्थों की। इसलिए पाकिस्तान के लिए यह सामाजिक व राजनैतिक विवशता हो गई है कि वह भारत के खिलाफ अनवरत घृणा अभियान चलाता रहे। पाक नेताओं को यह गलतफहमी है कि वे इस अभियान के जरिए पाकिस्तान के अन्दर विभिन्न समुदायों में मौजूद फासलों को ढँक सकेंगे। लेकिन सच तो यह है कि जहाँ वे अपने आन्तरिक फासलों को और गहरा कर रहे हैं वहीं भारत की जनता के साथ रिश्तों के फासलों को और अधिक चौड़ा कर रहे हैं। इन फासलों में अन्धकार के सिवाय कुछ और नहीं दिखाई दे रहा है। ये फासले, फासले नहीं, दोनों मुल्कों के लिए दोजख की शक्ल लेते जा रहे हैं। त्रासदियाँ ही इन फासलों को पाट सकती हैं। कम-से-कम मुस्कुराहटें तो नहीं !

असलियत यह है कि पाकिस्तान की सामाजिक नब्ज पर कट्टरपंथी मुल्लाओं का कब्जा हो चुका है। मोहतरमा की तथाकथित लोकतान्त्रिक सरकार इन कट्टरपंथियों के सामने घुटने टेक चुकी है। इसलिए बहुसंख्यक सुन्नी समुदाय की कट्टर धर्मान्ध शक्तियाँ पूरे पाकिस्तान को तलवार की नोक पर उठाए हुए हैं। अहमदिया, बुद्धिजीवियों और पत्रकारों के खिलाफ जहर उगला जा रहा है। पिछले वर्ष अहमदिया दैनिक 'अल फतह' के सम्पादक नूर मोहम्मद सैफी, इसके प्रकाशक आगा सैफुल्लाह, मुद्रक काजी मुनीर अहमद, मासिक 'अंसारुल्लाह' के सम्पादक मिर्जा मोहम्मद दीन नाज और मोहम्मद इब्राहिम को गिरफ्तार किया गया। उनका गुनाह बस इतना था कि ये मुस्लिम के नाते अहमदिया सिद्धान्तों का प्रचार कर रहे थे। मजिस्ट्रेट ने उन्हें जमानत पर रिहा करने से भी इन्कार कर दिया। उन पर ईश-निन्दा का भी आरोप लगा दिया गया। इस आरोप के अन्तर्गत मौत की सजा भी दी जा सकती है। जरा कल्पना कीजिए भारत की स्थिति की जहाँ प्रत्येक धर्म के प्रचारक निर्बाध रूप से अपने धर्म का प्रचार कर सकते हैं। बल्कि भारत के कई क्षेत्रों में धर्मान्तरण तक कराया जाता है। खासतौर से आदिवासी और हरिजनों का लालच के बल पर धर्मान्तरण कराया जा रहा है।

पाकिस्तान में कई प्रकाशनों पर प्रतिबन्ध भी लगा दिया गया है। इन प्रतिबन्धित प्रकाशित सामग्रियों में पाकिस्तान धर्मान्धता का सर्प-बाँबी, औरत-दोयम दर्जे की नागरिक, इस्लाम क्या है ? जवाब, ईसाइयत क्या है ? पवित्र बाइबिल और शान-ए-अम्बिया, क्या हम पूछ सकते हैं ? इस्लाम या कुरान क्या है ? सिन्ध के बारे में, सिन्ध जागता है, दुनिया की आखिरी आबादी, सिन्ध की आवाज, पाकिस्तान के गोएबल्स सहित अनेक पत्र-पत्रिकाएँ व पुस्तकें शामिल हैं। भारतीय पत्रिका 'इंडिया टुडे' के 2 मई के अंक पर भी पाबन्दी लगाई गई।

अहमदिया समाज के साथ-साथ ईसाई और हिन्दू समुदायों के खिलाफ भी घृणा अभियान चलाया जा रहा है। अपहरण, धर्म-परिवर्तन और जबरन विवाह जैसी घटनाएँ

उफान पर हैं। मंजूर मसीह और सलामत मसीह का केस तो अब विश्व भर में चर्चित हो चुका है। इसी केस से सम्बन्धित एक अन्य ईसाई की तो हत्या ही कर दी गई। मंजूर मसीह मारा जा चुका है। सलामत और रहमत मसीह पाकिस्तान छोड़कर योरोप में शरण ले चुके हैं। ईसाई पूजाघरों को भी कट्टरपंथी के हमलों का निशाना बनाया जा रहा है। लाहौर के पास जन्द्रा गाँव के एक चर्च पर हमला कर दिया गया। यह ऐतिहासिक चर्च था। ईसाइयों के कब्रिस्तान को भी नहीं बख्शा गया। खबर एजेंसी के क्षेत्र में एक चर्च पर बुलडोजर चलवा दिए गए। एक गाँव के ईसाइयों को गाँव से भगा दिया गया। इस गाँव में करीब 40 ईसाई परिवार थे। ईसाई लड़कियों का अपहरण, उनका धर्मान्तरण और बाद में मुस्लिम युवकों से विवाह तो रुटीन की घटनाएँ बनती जा रही हैं।

मानवाधिकार आयोग की रपट के अनुसार हिन्दू लड़कियों को भी अपहरण व बलात विवाह की घटनाओं का सामना करना पड़ रहा है। रपट में कहा गया है कि सिन्ध में हिन्दू लड़कियों का अपहरण बाद में उनका धर्म-परिवर्तन और इसके बाद विवाह की घटनाएँ तेजी से हो रही हैं। पिछले वर्ष फरवरी में अपर सिन्ध के गाँवों पानो अकुदूल जहाँखान, सक्कर, लरकरलर, शिकारपुर, बक्सपुर में से अविवाहित लड़कियों तथा विधवाओं तक का अपहरण किया गया। रपट में कहा गया है कि इस तरह की लड़कियों का जबरन धर्म-परिवर्तन कराया जाता है और मजिस्ट्रेट के सामने कहलवाया जाता है कि उन्होंने स्वेच्छा से मुस्लिम युवकों के साथ शादी की है। रपट में सवाल उठाया गया है—क्या इस तरह की लड़कियाँ अपने प्रेम की खातिर घर से भागती हैं और अपनी मर्जी से प्रेमी से शादी करती हैं?

रपट में ऐसी आशंकाएँ जाहिर की गई हैं कि सिन्ध में ऐसी परिस्थितियाँ पैदा की जा रही हैं जिनसे विवश होकर हिन्दू मुसलमान बन रहे हैं। गत अप्रैल में गोथ हाजी इब्राहिम शाह बुखारी में 42 हिन्दुओं ने इस्लाम स्वीकार किया। कहा जाता है कि उन्होंने स्वेच्छा से ऐसा किया है।

अपर सिन्ध की एक सौ हिन्दू पंचायतों की एक बैठक हुई थी। उक्त बैठक में अपहरण, बलात विवाह, धर्म परिवर्तन जैसी घटनाओं पर विचार किया गया। इस बैठक में यह भी जानकारी दी गई कि पिछले वर्ष अकेले जनवरी महीने में लड़कियों के अपहरण के अलावा 31 हिन्दू डॉक्टर, इंजीनियर और व्यापारियों का भी अपहरण किया गया। मन्दिरों को जलाया गया। रपट में कहा गया है कि हिन्दू युवकों को कानून लागू करनेवाली विभिन्न एजेंसियों के व्यक्तियों द्वारा धमकियाँ दी जाती हैं कि यदि उन्होंने हर महीने रिश्वत देने से इन्कार किया तो उन्हें भारतीय गुप्तचर एजेन्सी रॉ का एजेंट घोषित कर दिया जाएगा। इस तरह की माँग 10 हजार से 15 हजार रुपए के बीच होती है।

रपट के अनुसार भारी संख्या में हिन्दू अपनी सम्पत्ति को बेचकर भारत में बसने के लिए जा रहे हैं। एक समृद्ध हिन्दू जमींदार ठाकुर जटमल सिंह अपनी 1,800 एकड़ भूमि बेचकर अपने परिवार सहित पाकिस्तान को छोड़कर भारत चला गया। उसके अन्य

रिश्तेदार भी इसी जुगाड़ में हैं। रपट में यह भी बताया गया कि एक खबर के अनुसार लाहौर में हिन्दुओं की संख्या 8000 से घटकर 40 या 50 रह गई है। ये हिन्दू या तो भारत चले गए या सिन्ध के थार पारकर इलाके की ओर चले गए हैं। रपट में इस बात पर चिन्ता व्यक्त की गई है कि इन हिन्दुओं के पास दाह-संस्कार के लिए श्मशान भूमि तक नहीं रह गई है और इन्हें अपने मृतकों को सिन्ध ले जाना पड़ता था।

## क्या तानाशाही नशेड़ी इतिहास से सबक लेंगे ?

पाकिस्तान एक बदकिस्मत देश है। जन्म से ही फौजी तानाशाही से यह ग्रस्त है। बावन वर्ष से अधिक का यह राष्ट्र हो चुका है, लेकिन अभी तक इसे एक असली एवं सेहतमन्द लोकतन्त्र का चेहरा नसीब नहीं हो सका है। लोकतन्त्र अपवाद की शक्ल में इस्लामाबाद में आता-जाता रहा है, और वह भी फौजी बैसाखियों के सहारे। फौज ने अपने पिंजरे से लोकतन्त्र को बाहर निकाला, कुछ साँसें लेने की मोहलत दी और पेशावर से लेकर हैदराबाद सिन्ध तक इसने लुंज-पुंज ढंग से यात्रा की। लेकिन जैसे ही इसने जरूरत से ज्यादा साँसें लेने व इतराने की कोशिशें कीं, इसे तुरन्त ही दबोचकर वापस फौजी पिंजरे के हवाले कर दिया गया।

14 अगस्त, 1947 से लेकर अक्टूबर 1999 तक पाकिस्तान में चार फौजी तानाशाह (अयूब, याह्या खाँ, जिया-उल-हक और परवेज मुशर्रफ) हो चुके हैं। इस दौर में सही अर्थों की एक भी निर्वाचित लोकतान्त्रिक सरकार सत्तारूढ़ नहीं हो सकी। फौजियों के रहमोकरम से ही भुट्टो से लेकर, नवाज शरीफ की सरकारें सत्ता में आ सकीं। जब कभी किसी सरकार ने खुदमुख्तयार बनने की ठानी, सैनिक सत्ता प्रतिष्ठान की त्यौरियाँ चढ़ने लगीं और इस टकराव में उसे ही अकाल मृत्यु का सामना करना पड़ा। इस सन्दर्भ में, जेड.ए. भुट्टो, जुनेजो, बेनजीर भुट्टो और नवाज शरीफ की सरकारों के उत्थान-पतन को मिसाल के रूप में देखा जा सकता है। 1948 में कायदे आजम मोहम्मद अली जिन्ना की मौत के बाद से ही यह राष्ट्र कभी सँभल नहीं सका। यह लगातार सामाजिक एवं राजनीतिक भूकम्पों की गिरफ्त में रहता आ रहा है।

12 अक्टूबर, 1999 को फौज द्वारा वर्खास्त प्रधानमन्त्री मियाँ नवाज शरीफ को दिये गए आजीवन कारावास का दंड भी एक महाभूकम्प से कम नहीं है। यह भूकम्प उन तमाम भूकम्पों की याद ताजा करेगा जिनमें तथाकथित लोकतान्त्रिक सरकारें समा गई थीं। ताजा भूकम्प से पुनः यह बुनियादी सवाल उठता है कि क्या पाकिस्तान को स्वस्थ राष्ट्रों की श्रेणी में रखा जा सकता है ? क्या यह एक परिपक्व है ? क्या इसमें लोकतन्त्र की सम्भावनाएँ चुक चुकी हैं ? क्या इस भूकम्पग्रस्त राष्ट्र पर भरोसा किया जा सकता है ? इस तरह के सवाल इसलिए मौजूँ हैं क्योंकि यह भारत का करीबी देश है और दोनों के बीच रक्त-मांस के सम्बन्ध हैं। कश्मीर मुद्दे को लेकर दोनों ही देश तनावों, आतंकवाद और जंग की आशंकाओं के भँवर में फँसे हुए हैं।

अतः पाकिस्तान के घरेलू घटनाचक्र की उपेक्षा भारत के हित में कैसे हो सकती है ? यह समझना ही पड़ेगा कि क्या पड़ोसी देश को फौजी शासन के साथ भारत के लोकतान्त्रिक शासन का संवाद सम्भव है। संवाद के पहले यह जान लेना भी जरूरी है कि फौजी हुकूमत किस सीमा तक पाकिस्तान की जनआकांक्षाओं का प्रतिनिधित्व करती है ?

शरीफ-युग का पटाक्षेप उनकी सरकार या उनकी पार्टी मुस्लिम लीग की सियासत का अन्त नहीं है, बल्कि पाकिस्तान की सम्पूर्ण लोकतान्त्रिक प्रक्रिया का दम घोटना है। यह सही है कि इस त्रासदी के लिए वहाँ के निर्वाचित जनप्रतिनिधि भी फौजी तानाशाहों से कम जिम्मेदार नहीं हैं। स्वर्गीय प्रधानमन्त्री जेड.ए. भुट्टो से लेकर बर्खास्त प्रधानमन्त्री नवाज शरीफ तक के काल में तथाकथित लोकतान्त्रिक नेताओं ने अपने देश में लोकतन्त्र की जड़ें मजबूत करने की कतई कोशिश नहीं की। इन जड़ों को फैलने भी नहीं दिया गया। बल्कि इनका 'व्यक्तिवादीकरण' किया गया। नतीजा यह रहा कि राजनीतिक पार्टियों, उनके नेताओं और जनता के बीच गहरी संवादहीनता लगातार बनी रही है।

यह पीड़ाजनक व विडम्बनापूर्ण है कि निर्वाचित जनप्रतिनिधियों का सम्पूर्ण राजनीतिक वजूद फौजियों पर ही निर्भर रहा है। फौज के संगीन साये में इन नेताओं ने सत्ता प्राप्त की और सैनिकों के फूल बूटों ने इन्हें गद्दी से नीचे धकेल दिया। फौजी तानाशाह इस बात से हमेशा बाखबर रहे हैं कि तथाकथित जनप्रतिनिधि एक प्रकार से हवाई नेता हैं। दूसरे शब्दों में वे परजीवी राजनीति से बँधे हुए हैं। स्वयं के दम पर इन्हें सियासत करना नहीं आता है। अतः इन्हें गद्दी पर खिलौने की तरह बैठाया जा सकता है और फेंका जा सकता है। अयूब खाँ, याह्या खाँ, जिया-उल-हक और अब जनरल मुशर्रफ ने खिलौने की तरह राष्ट्रपति या प्रधानमन्त्री को गद्दी पर बैठाया या उन्हें अपदस्थ किया। यदि नवाज शरीफ के साथ जनमत चट्टान के साथ खड़ा होता तो फौज की हिम्मत उन्हें बर्खास्त करने की कभी नहीं होती। क्या यह सही नहीं है कि बेनजीर भुट्टो और नवाज शरीफ आकंठ भ्रष्टाचार में लिप्त माने जाते हैं ? इन पर विदेशों में खरबों रुपये की जायदाद जमा करने के आरोप हैं। बेनजीर का इंग्लैंड में आलीशान भवन लम्बे समय से मीडिया विवाद में बना हुआ है। जेड.ए. भुट्टो पर भी भ्रष्टाचार और कदाचार के आरोप लगे। वे निरन्तर जनता से कटते चले गए। इसी तरह बेनजीर भुट्टो की प्रधानमन्त्री पद से बर्खास्तगी के बावजूद जनता उनके समर्थन में खड़ी नहीं दिखाई दी। इस्लामाबाद, रावलपिंडी, पेशावर, कराची और हैदराबाद सिन्ध की सड़कों पर खून का एक कतरा भी नहीं बहा। जनता की उदासीनता का सीधा अर्थ यही लगाया जा सकता है कि पाकिस्तान की राजनीति का लोकतन्त्रीकरण बिलकुल नहीं किया गया है।

फौज एक नागरिक सरकार पर तभी हाथ डालने का दुस्साहस करती है जब उसे यह विश्वास हो जाए कि वह जनता से पूरी तरह कट चुकी है। पाकिस्तान जैसे पिछड़े

समाज में सामन्ती तत्व अकल्पनीय रूप से प्रभावशाली हैं। केन्द्र से लेकर निचले स्तर तक सामन्ती शक्तियों का वर्चस्व है। पाकिस्तान में भू-सुधार बरा-ए-नाम हुआ है। औद्योगीकरण की स्थिति चिन्ताजनक है। संक्षेप में पाकिस्तान एक प्रकार से 'परजीवी राष्ट्र' के दर्जे में आता है। इसे अमेरिका का 'ग्राहक देश' के नाम से भी पुकारा जाता है अर्थात् यह सम्प्रभुतासम्पन्न होते हुए भी 'सम्प्रभु राष्ट्र' के रूप में नहीं देखा जाता। पाकिस्तान की अर्थव्यवस्था 'मनीआर्डर इकॉनामी' के रूप में भी विख्यात है। दूसरे शब्दों में, यह राष्ट्र अरब देशों से मनीआर्डर के रूप में प्राप्त होनेवाले दीनारों व डॉलरों पर आश्रित है।

जब मैं पहली बार 1987 में पाकिस्तान गया था तब साइकिल जैसी छोटी-सी वस्तु का भी आयात किया जाता था। 1987 से लेकर 1994 तक की विभिन्न यात्राओं के दौरान मुझे एक ही अनुभव हुआ कि इसके फौजी और गैर-फौजी नेताओं के बीच एक प्रकार का 'अदृश्य गठबन्धन' बना हुआ है। इस गठबन्धन के बल पर फौज और राजनीतिज्ञ बारी-बारी से जनता पर हुकूमत करते रहते हैं। क्योंकि फौज और राजनीति दोनों ही क्षेत्रों में पारम्परिक सामन्ती शक्तियों का वर्चस्व है। जब-जब खेल में सन्तुलन बिगड़ता दिखाई देता है तब जेड.ए. भुट्टो जैसे नेता को फाँसी की सजा और शरीफ को आजीवन कारावास का दंड दे दिया जाता है। यदि गठबन्धन के खेल का ईमानदारी से पालन किया जाए तो राजनेता सत्ता में हमेशा बने रह सकते हैं। संक्षेप में, फौज की नेताओं से अपेक्षा रहती है कि उसे राष्ट्र के प्रत्येक मामले में 'निर्णायक शक्ति' के रूप में मान्यता दी जाए। दिक्कत तब होती है जब भुट्टो या उनकी बेटी बेनजीर भुट्टो या नवाज शरीफ गठबन्धन के नियमों को तोड़कर फौज को 'प्यादा' समझने लगते हैं, और वे एक वास्तविक प्रधानमन्त्री के रूप में व्यवहार करने लगते हैं। पाकिस्तानी सेना प्यादे का दर्जा कभी भी स्वीकार नहीं कर सकती। वह शह और मात, दोनों को अपनी मुट्ठियों में भींचे रखना पसन्द करती है। इसलिए ये कैसे सम्भव हो सकता है कि नवाज शरीफ एक खुद मुख्तयार प्रधानमन्त्री के रूप में कार्य करते ?

नवाज शरीफ को यह भ्रम होने लगा था कि वे एक स्वयंभू प्रधानमन्त्री हैं। उन्होंने बड़ी आसानी से राष्ट्रपति लेघारी और मुख्य न्यायाधीश को बदल डाला था। इतना ही नहीं, परवेज मुशर्रफ से पहले के सेनाध्यक्ष को भी उन्होंने आसानी से उनके पद से हटा दिया था। वे भारत के साथ सम्बन्ध सुधारने के मामले में तेजी से स्वतन्त्र नीति पर चलने लगे थे। सेना उनकी इन चालों को कब तक बर्दाश्त करती ? यदि प्रधानमन्त्री नवाज शरीफ को पूरी तरह से 'छुट्टा' छोड़ दिया जाता तो सेना की हैसियत 'दासी' में बदल जाती। शरीफ, परवेज मुशर्रफ से पिंड छुड़ाना चाहते थे। इस योजना पर उन्होंने काम शुरू भी कर दिया था। जब जनरल श्रीलंका के प्रवास पर थे तब उन्होंने उनकी अनुपस्थिति में उन्हें सेनाध्यक्ष पद से हटा दिया। नवाज शरीफ के लिए यह कदम आत्मघाती सिद्ध हुआ। नवाज शरीफ को गुमान था अपनी लोकप्रियता पर। यह सच भी है कि नवाज शरीफ को अपने पूर्ववर्ती प्रधानमन्त्रियों की तुलना में सबसे अधिक

सीटें पाकिस्तान की राष्ट्रीय असेम्बली में प्राप्त हुई थीं। उनकी पार्टी का एक तरह से एकछत्र राज था। वे आश्वस्त थे कि इतने भारी-भरकम बहुमत की पृष्ठभूमि में पाकिस्तानी फौज उनका कुछ नहीं बिगाड़ सकेगी। इसलिए उनकी कार्यशैली में स्वेच्छाचारिता भी दिखाई देने लगी थी। फौज उन पर कड़ी निगरानी रख रही थी। वह एक प्रकार से प्रधानमन्त्री को जमकर ढील दे रही थी ताकि वे अपनी गलतियों के जाल में फँसते चले जाएँ। फौजी नेतृत्व की यह रणनीति सफल रही और मौका पाते ही फौजी संगीनों ने एक निर्वाचित प्रधानमन्त्री को उनके पद से अपदस्थ कर दिया।

विमान अपहरण और आतंकवाद के आरोपों की पुष्टि को लेकर नवाज शरीफ को दिये गए आजीवन कारावास से स्थिति शान्त नहीं होगी। यद्यपि जनरल मुशर्रफ दुनिया से यह कह सकते हैं कि पूर्व प्रधानमन्त्री की जान बख्श दी गई है। उन्हें जेल के सींखचों के भीतर ताउम्र जीने की मोहलत दे दी गई है। अमेरिका भी अदालत के इस फैसले से सन्तुष्ट दिखाई देता है। हालाँकि ब्रिटेन की सरकार इससे अप्रसन्न है। यदि कोई भी शक्तिशाली व्यक्ति अपराध करता है तो उसे सजा मिलनी ही चाहिए। इसमें कोई अपवाद नहीं होना चाहिए। यदि आतंकवाद और विमान अपहरण कांड में शरीफ की लिप्तता है तो वे निःसन्देह सजा के भागीदार हैं। पर फैसला ऐसा होना चाहिए कि वह पूर्वाग्रहों एवं प्रतिशोध की भावना से बिलकुल मुक्त दिखाई दे। लेकिन शरीफ-प्रकरण में ऐसा दिखाई नहीं दे रहा है। विशेष अदालत द्वारा दिया गया फैसला विवादों में घिर चुका है। इसे फौजी शासकों द्वारा 'नियन्त्रित व निर्देशित फैसला' बताया जा रहा है। यह आश्चर्यजनक है कि नवाज शरीफ के भाई तथा अन्य सहयोगियों को बिलकुल आरोप मुक्त कर दिया गया है। शरीफ के खिलाफ हत्या के षड्यन्त्र का आरोप भी सिद्ध नहीं हुआ है। जबकि फौजी शासक लगातार इस बात पर जोर देते रहे हैं कि बर्खास्त प्रधानमन्त्री ने जनरल मुशर्रफ की हत्या का षड्यंत्र रचा था। अदालत के फैसले से यह लगता है कि नवाज शरीफ को जीवनदान देकर जहाँ मुशर्रफ एक उदारवादी नेता की छवि स्थापित करना चाहते हैं वहीं वे उम्र कैद की सजा दिलवाकर उन्हें राजनीति से हमेशा के लिए अलग कर देना चाहते हैं। नवाज शरीफ को राजनीति से अलग करना इतना महत्त्वपूर्ण नहीं है जितना कि सम्पूर्ण लोकतान्त्रिक प्रक्रिया को एक सबक सिखाना है। नवाज शरीफ की इस नियति के बाद अब कोई नेता आसानी से फौजी तानाशाही के खिलाफ आवाज उठाने की हिम्मत निकट भविष्य में नहीं कर सकेगा। यह सम्भव है कि मुशर्रफ अपने किसी प्यादे के हाथों में 'दिखावटी सत्ता' की नकेल सौंप दें। यह भी सम्भव है कि जनरल मुशर्रफ सम्भावित असन्तोष को दबाने के लिए चुनावों की घोषणा कर दें और फौज द्वारा प्रायोजित किसी राजनीतिक पार्टी या नेता को चुनावी अखाड़े में उतार दें। हालाँकि यह काफी जोखिम भरा खेल है।

एक यह भी सच्चाई है कि परवेज मुशर्रफ उतने लोकप्रिय फौजी नेता नहीं हैं जितने की अयूब खाँ और जिया-उल-हक थे। अभी तक उन्होंने ऐसा कोई कदम नहीं उठाया

है जिसको लेकर जनता उन्हें सिर पर बिठा ले। भ्रष्टाचार के खिलाफ चलाई गई शुरुआती मुहिम भी मौसमी दिखाई देती है। पाकिस्तानी समाज और राजनीति में बुनियादी सुधारों पर फौजी नेतृत्व खामोश दिखाई दे रहा है। पिछले दिनों अपनी इस्लामाबाद यात्रा के दौरान क्लिंटन ने जिस प्रकार फटकार लगाई थी उससे मुशर्रफ का कद घटा ही है। ऐसा लगता है मुशर्रफ अपने मकड़जाल में स्वयं फँस चुके हैं। उन पर एक ओर कट्टर तालिबानपंथियों का दबाव बढ़ रहा है, दूसरी ओर लोकतन्त्र की बहाली के लिए अमेरिका दबाव बढ़ा रहा है। और तीसरा फौजी तन्त्र सत्ता में बने रहने के लिए दबाव डाल रहा है। मुशर्रफ के विकल्प सिकुड़ चुके हैं। नवाज शरीफ की उम्र-कैद से समस्या का निदान नहीं हुआ है पर इस्लामाबाद में खेले जा रहे सत्ता ड्रामा के एक भाग का पटाक्षेप जरूर हुआ है लेकिन क्लाइमेक्स अभी दूर है। यह जरूरी नहीं कि क्लाइमेक्स मुशर्रफ के लिए व्यक्तिगत रूप से सुखद ही सिद्ध हो। यह भी तो हो सकता है कि क्लाइमेक्स में उनकी नियति जिया-उल-हक की नियति से भिन्न रहे। पर एक बात तय है कि पाकिस्तान के लोकतन्त्र का सफर आगे बढ़ने के बजाय, कई कदम पीछे खिसक गया है। यदि इस बार फौजी नेतृत्व का सत्ता के साथ लम्बा 'मधुमास' रहता है तो कोई आश्चर्य नहीं होगा कि इस अधकचरे आधुनिक एवं मजहबी राष्ट्र में 'गृहयुद्ध' भी छिड़ सकता है क्योंकि पाकिस्तान में 'जातीय अन्तर्विरोध' उग्र से उग्रतर होने लगे हैं। शिया-सुन्नी हिंसात्मक झड़पें आम घटनाएँ बन चुकी हैं। अप्रैल के पहले सप्ताह में ही पाकिस्तान के मुत्तेहिद कौमी आन्दोलन के नेता मोहम्मद एहसन ने जेनेवा में संयुक्त राष्ट्र मानव अधिकार आयोग के समक्ष कहा है कि "एक ऐसे देश में जहाँ मध्ययुगीन सामंतवाद और समकालीन सैन्यवाद की राजनीतिक व आर्थिक सत्ता में सहभागिता है वहाँ मुहाजिर (भारत से गए मुस्लिम) तथा निचली सतह से सिन्धियों को आर्थिक एवं सामाजिक विकास में सम्पूर्ण अधिकारों की प्राप्ति कठिन या असम्भव है।" गौरतलब है कि जातीय अन्तर्विरोधों का हिंसात्मक विस्फोट जिया-तानाशाही में हुआ था। ये विस्फोट अभी तक थमे नहीं हैं। बल्कि इनका फैलाव ही हुआ है। याद रहे बंगला देश का जन्म भी फौजी तानाशाही की कोख से ही हुआ था। लेकिन 'सत्ता नशेड़ी' इतिहास से सबक कब लेता है ? तब इस मामले में मुशर्रफ क्यों अपवाद होने लगे ?

●●●